DEEP FIGHTER

HERVÉ JUBERT

HERVÉ JUBERT

DEEP FIGHTER

LA PROMOTION 66

ÉDITIONS J'AI LU

Collection créée par Jacques SADOUL

Commençons par un peu de géographie avant de passer à l'histoire.

La constellation de la Lyre, dont Véga marque le centre, est composée de quatre partitions : Primavère, l'amas des chasseurs, Acqua Alta et la nébuleuse de la princesse endormie.

Primavère est le monde du printemps et de la douceur de vivre. Là est basé le Haut Commandement, comme y siège le dynaste qui règne sur les fragments de l'Empire depuis son palais d'airain.

L'amas des chasseurs désigne un nuage d'astéroïdes habité par des chimères qui sillonnent leurs rochers dans d'interminables parties de chasse.

Acqua Alta est le second joyau planétaire de la constellation. Sérénisse, la ville lagune, flotte à la surface de ce monde aquatique. La guilde des marchands de l'Archipelago Flota y a élu domicile.

La quatrième et dernière partition désigne une nébuleuse, immuable. Les volutes de gaz stellaires qui se déploient vers Véga donnent l'image d'une princesse endormie, disent certains. Je n'y vois pour ma part que des réactions physico-chimiques, certes démesurées, mais sans aucun pouvoir d'évocation poétique.

Passons.

Nous sommes en l'an de guerre 666 contre les Sans-voix.

L'Empire est écartelé, agonisant, au bord du précipice. L'essaim des barbares, le ruban, s'est installé dans la Lyre sous le règne de Palandon Ier. La portion d'espace qui l'entoure est protégée par les tridents, les appareils des Sans-voix qui ont l'étrange faculté d'apparaître et de disparaître pour abattre leurs ennemis. Aucun équipage n'a jamais réussi à atteindre le ruban. Nul ne sait ce qu'il est vraiment.

Pourquoi les appelle-t-on Sans-voix ? Le premier barbare capturé vivant se révéla télépathe. Au fait, ils ressemblent à des raies carnivores, repoussantes et haineuses. De vraies bêtes de guerre. À croire qu'elles ont été conçues pour tuer et uniquement pour ça.

Le ruban s'est étendu pendant six centuries, aux dépens de la Lyre, séparant ses partitions, la divisant inexorablement.

Les chasseurs se sont retranchés sur leurs rochers. Les reîtres du Losange (ou les capuchons, comme les appellent leurs contempteurs), des fanatiques dévoués à la cause barbare, ont pris le pouvoir sur Acqua Alta. Les cargos et les marchés flottants de l'Archipelago Flota relient encore les partitions de l'Empire. Pour combien de temps ?

Nous sommes en l'an de guerre 666. La ligne de front du ruban avance sur Primavère. Elle atteindra son espace protégé dans deux semaines environ. Le Haut Commandement est seul pour faire face à la menace.

Là où tout commence et tout s'achève, dans l'Espace vide et infini, des vaisseaux se croisent et se heurtent sans bruit.

Enfin presque.

PREMIÈRE PARTIE

PRIMAVÈRE

1

— Ils se rassemblent ! Figure à trois, non, six sommets !
hurla l'un des spinmakers de l'escorte de tête.

— Gardez votre calme, ordonna l'instructeur dans le com
de la formation. N'utilisez les contretemps qu'une fois la
figure achevée, pas avant.

Il y eut un silence de quelques secondes, puis le pilote reprit
d'une voix plus posée :

— Figure achevée. Je lance la première salve.

Les écouteurs basculèrent en mode restreint. Santa Lucia
vit loin, très loin devant elle, trois petites fleurs bleues s'épa-
nouir à la tête du convoi dont elle protégeait la queue. Elle
vit aussi six points brillants indiquer les tridents disposés en
étoile autour du premier navire de l'Archipelago Flota. Elle
poussa un soupir résigné en se maudissant d'avoir opté pour
protéger celui qui fermait le convoi. Elle pensait que les Sans-
voix s'attaqueraient à lui en premier. Erreur, jeune fille.
C'était ce crétin de Kasdan et ses deux acolytes qui se payaient
le luxe d'affronter une figure à six sommets. Et ça dans un
temps qui n'était plus ou pas encore celui des gens de la Lyre.

Santa Lucia essaya d'imaginer les tridents apparaissant
tout à coup en un point donné, leurs feux s'allumer et leurs
corps fuselés osciller. Kasdan se rendant compte, trop tard
comme d'habitude, qu'une figure était en train de se former
sous son nez, lâchant ses bombinettes à contretemps pour
faire revenir cette petite portion d'Espace en arrière de quelques secondes. Puis se mettant en position lui et ses acolytes
pour briser la figure avant qu'elle ne soit achevée et prendre
enfin les tridents en chasse.

Tout cela était en train de se passer. À moins que ce ne soit
déjà fini. Les cadets ne connaissaient des bombes à contretemps que leur usage offensif, pas leurs vertus paradoxales.

On ne les avait pas formés pour spéculer sur la nature du Temps et de l'Espace. Juste pour les parcourir et en chasser les Sans-voix qui avaient le malheur de s'y aventurer.

— Eh, Lucy ! s'exclama Gonzo de sa voix haut perchée sur le com réservé à l'escorte. On dirait que t'as tiré le mauvais numéro en choisissant la queue plutôt que la tête !

La jeune fille regarda le spinmaker de Gonzo. Il protégeait le flanc gauche du navire patatoïde qu'ils étaient en train de couvrir. Le com était toujours muet. Elle répliqua d'un trait :

— C'était juste pour te faire plaisir, Gonzo. Je connais tes priorités.

Contarini, le troisième acolyte de leur formation, s'esclaffa bruyamment.

— 1-0-0 pour Santa Lucia ! s'exclama-t-il. Un fingersnake pour celui qui trouvera plus spirituel que ça !

Contarini était mignon, gentil et timide. Il ne laissait pas Santa Lucia indifférente. Elle se demandait régulièrement pourquoi elle n'avait pas encore cédé à ses avances avant de hausser les épaules et de se traiter d'idiote, sans raison apparente. Ce qu'elle fit alors que Gonzo, en veine, se lançait :

— Vous connaissez celle du dynaste qui voyage sur l'Archipelago déguisé en chimère ?

Santa Lucia fut prise d'un pressentiment.

— Taisez-vous un peu, les enfants, annonça-t-elle. Je sens que nos amis reviennent.

Gonzo et Contarini se turent. Ils faisaient équipe avec la jeune fille et ils avaient appris à prendre ses pressentiments au sérieux. Le com de la formation crachota, laissant échapper des voix incohérentes qui se chevauchaient et s'organisaient petit à petit.

— Prends ça, fils de pute !

— Il serre à droite ! Il... il me suit ! (Santa Lucia reconnut la voix de Fraser, un type sympa qui était né avec un volant de spinmaker entre les mains.) Où êtes-vous ? Ahhhhhhh ! ! ! ! ! !

Un crachotement puis un cliquetis indiquant qu'une source d'émission venait de se taire. La jeune fille sentit un nœud se former au creux de son ventre.

— Retraite ! Retraite ! ordonna Kasdan. Et larguez vos...

Seconde coupure, sèche et explicite.

— Nom d'un chien, souffla Gonzo. Où est Donnelly ?

Il parlait du troisième acolyte, le seul survivant de l'escorte de tête. Un chant lui répondit. Donnelly chantait sur la bande courte. Et chacun l'imaginait les mains serrées sur son volant, les pieds enfoncés sur les pédales de poussée, son spinmaker transperçant l'éther comme une flèche et poursuivi par une nuée de tridents virevoltant autour de lui.

— Je t'emmènerai à Lagos, Almadora, Ortigal, psalmodiait-il, lieux de mon désir, beautés inégales.

Sa voix triste s'éteignit sur le premier couplet de cette vieille chanson romantique. Il y eut un bruit d'explosion reconstitué par les consciences des spins afin de rendre la scène plus réaliste.

Une boule de feu incendia l'Espace à la tête du convoi. « Le navire de tête », songea Santa Lucia. Les pilotes anticipèrent l'onde de choc qui se précipitait vers eux en mettant les gaz droit dessus pour en atténuer l'impact. La jeune fille fendit la vague avec dextérité, imitée par Gonzo et Contarini. L'immense navire de l'Archipelago qu'ils escortaient n'avait lui presque pas bougé. Le convoi automatique continuait à avancer vers la frontière invisible qui séparait Primavère de l'amas des chasseurs comme si de rien n'était.

Santa Lucia allait demander ses instructions au chef d'escorte lorsqu'un reflet attira son attention en haut de sa visière. Elle vit le trident se détacher du voile de l'Espace plus près qu'elle n'avait jamais approché un seul de ces engins redoutables lors de toutes ses missions d'entraînement. Les trois éléments fuselés comme des ogives et reliés les uns aux autres par un réseau de tubules inextricable se dessinèrent petit à petit. Les lucarnes ouvertes à l'avant du trident apparurent.

Santa Lucia put se rendre compte à quel point ces machines incarnaient la malveillance. Elles sortaient toujours de l'invisible petit à petit, se contentant de former leurs figures autour de la cible avant de la pulvériser. Les Sans-voix utilisaient une technologie que les gens de la Lyre ne comprenaient pas et dont ils n'avaient jamais réussi à s'emparer. Primavère avait basé sa réponse tactique sur cette énigme, détournant le problème en concevant les bombes à contretemps. Elles permettaient au moins de prendre les tridents par surprise et d'engager un combat plus classique en espace profond. Santa Lucia avait répété ce moment des dizaines de fois. Elle allait enfin passer à l'action.

— Gonzo, Contarini ? murmura-t-elle, comme si les Sansvoix pouvaient l'entendre.

— Vus, répondirent-ils en même temps.

« Un triangle simple », pensa-t-elle, avant de se corriger. Trois autres tridents étaient en train d'apparaître.

— Figure à six branches en gestation sur la queue du convoi, indiqua-t-elle dans le com de la formation.

— Bien reçu, Santa Lucia, dit l'instructeur. Essayez d'être meilleurs que Kasdan et ses acolytes.

Le com fut coupé. L'instructeur ne pouvait de toute façon rien faire pour eux depuis son vaisseau de commandement. Santa Lucia laissa les secondes défiler, interminables, attendant que la figure soit complète pour larguer ses bombes à contretemps. Elle savait que Gonzo et Contarini faisaient de même. Elle serra la main autour du levier de largage en paramétrant le compteur sur cinq unités. « Amplement suffisant pour que chacun prenne deux de ces salauds par-derrière », pensa-t-elle avec un frisson de plaisir prémonitoire.

— Lucie, geignit Gonzo dans le com.

— Quoi !

— Poupe et proue de l'Archipelago.

La jeune fille fit basculer le nez de son spin pour s'offrir un panoramique de la situation. Deux nouveaux tridents étaient en train d'apparaître aux deux bouts de l'axe longitudinal du navire. Un troisième devait compléter la figure en triangle sous son ventre.

— Un neuf sommets ! jura Santa Lucia. Merde ! (Elle réfléchit à toute vitesse.) Vos soutes sont pleines ? (Affirmation des acolytes.) À mon signal, vous larguez tout ce que vous avez dans le ventre et on s'en fait trois chacun en temps figé. C'est faisable.

Santa Lucia n'envisageait même pas l'option de la retraite.

— Mais, réfléchit Gonzo à voix haute, si nous vidons nos soutes d'un coup...

— Nous aurons droit à trois coups chacun, compléta Contarini, pressé par le temps. Ils sont presque clairs, maintenant ! C'est le ressac qui m'inquiète.

L'acolyte parlait du moment qui suivait la création d'une poche de temps figé. Malmener le continuum créait un effet de ressac dans la portion d'espace affecté aussi violent qu'imprévisible. Toute leur cargaison de bombes à contretemps, ça faisait une cinquantaine d'unités. Jamais, à sa connaissance, on n'avait tenté d'arrêter le temps aussi violemment sur un terrain de bataille. Le ressac allait peut-être les pulvériser. Peut-être pas.

— C'est le ressac ou les Sans-voix ! Choisissez ! s'impatienta Santa Lucia.

Il n'était plus temps de choisir. La figure à neuf sommets était complète. Les yeux des tridents s'étaient allumés. Leurs canons étaient pointés sur le navire automatique qui poursuivait sa course, inconscient du danger.

— Maintenant ! hurla la jeune fille en enfonçant le levier de largage, le compteur au maximum.

Quinze traits de feu partirent du ventre de son spinmaker vers des points de l'Espace calculés par avance. Ils explosèrent en même temps, chacun en une fleur bleue d'une magistrale beauté qui donna à l'espace environnant une couleur claire et soudaine. Les étoiles s'éteignirent derrière les pétales des bombes à contretemps qui se déployaient en bouquet devant Santa Lucia. Le navire se retrouva environné de lumière. Les tridents dessinaient des lettres de ténèbres contre la flamboyance.

La jeune fille s'arracha à la fascination du spectacle, jeta un coup d'œil au chrono, arrêté comme il se devait. Le viseur tête haute était inefficace en temps figé. Et elle avait cinq, six secondes pour abattre trois tridents. Elle tourna son volant trois fois, mettant son spin dans l'axe de chaque appareil et tirant deux salves de missiles à destination de chacun. Elle vit le premier appareil exploser dans une gerbe bleu orangé. Le second, touché, partit en tournoyant. Les missiles se précipitaient vers le troisième lorsque le ressac emporta Santa Lucia dans la tourmente.

Elle sentit son spin se soulever et partir droit sur le navire qu'elle était censée protéger. Ses moteurs ne répondaient plus. Plus rien ne répondait. Des formes ailées passaient devant sa visière alors qu'elle enfonçait les commandes pour retrouver du jus, pour faire dévier la trajectoire de son engin. Le ressac la rattrapa, la doubla en l'emportant et frappa le navire qu'ils escortaient comme un raz-de-marée.

Il se coucha lentement sur le flanc en poussant un gémissement d'animal blessé. Les plaques de tôle de sa coque furent arrachées et emportées dans l'Espace. Le ressac creusait son chemin dans la carcasse. Il s'enfonçait dans la structure du vaisseau. Santa Lucia avait réussi à rétablir l'assiette de son spin mais elle tombait toujours.

Une faille apparut dans le ventre du navire de l'Archipelago et s'élargit. Le vaisseau se déchira tout à coup comme un gigantesque morceau de tissu et ses éléments explosèrent les uns après les autres sous la violence de la dépressurisation. Les fragments s'éparpillèrent autour du spin de la jeune fille qui contemplait à nouveau l'Espace là où se trouvait auparavant un cargo automatisé du dernier cri. Un amalgame de métal et de plastique trois fois grand comme son spinmaker fonçait vers elle en tournoyant comme une serpe.

Les moteurs du spin réagirent enfin et plaquèrent Santa Lucia contre son siège. Elle braqua aussitôt pour éviter le débris qui passa sur le côté. La jeune fille pilotait dans une mer parsemée de récifs en suspension, anticipant leurs mouvements tournoyants, évitant leurs trajectoires avec dextérité. Jamais elle n'avait été aussi précise, elle le savait. Elle sentait l'excitation grimper le long de son échine, lui hérisser les poils des avant-bras. Ce qui avait été un canon passa juste devant sa visière avant de s'écraser contre un caisson gros comme un immeuble de la ville haute. Lucie plongea pour éviter une pluie de microdébris et sortit enfin du nuage constitué par l'épave disloquée.

— Gonzo ! Contarini ! appela-t-elle dans le com qui resta muet.

Il lui suffit de regarder autour d'elle pour comprendre pourquoi.

Le ressac avait dû les emmener en aval, bien plus loin que le point de largage des bombes. L'ensemble du convoi était maintenant le théâtre d'un affrontement généralisé. Six navires sur la quinzaine initialement rassemblés étaient encore entiers. Ils ressemblaient à de gros fruits métalliques autour desquels virevoltaient deux catégories d'insectes jaloux de leurs trouvailles. Les escortes affrontaient une armée de tridents qui jouaient à abattre les spinmakers les uns après les autres, comme à la foire.

Santa Lucia arrivait à la fin de la bataille. Et cette bataille-là était en train d'être perdue.

Elle tira une salve droit devant juste avant qu'une forme sombre obscurcisse sa visière. Le trident touché de plein fouet zigzagua jusqu'au nuage de débris, un de ses moteurs lançant des étincelles. Il s'écrasa dans le creux d'un amas de tôles torturées. Le com de la formation parla enfin, de la voix de l'instructeur :

— Repli ! hurlait-il. Repli !

Santa Lucia estima sa situation. L'épave derrière, l'Espace devant sillonné d'engins plus ennemis qu'amis. Elle repéra un trident qui s'intéressait enfin à elle, rejoint par un puis par deux autres appareils. La formation en triangle, typique des Sans-voix, fonça vers le spin de la jeune fille qui ne se repliait pas, les regardant approcher en se mordillant la lèvre inférieure.

— J'intéresse enfin quelqu'un dans ce foutoir, constata-t-elle.

Les tridents étaient juste dans son axe. Leurs nez s'allumèrent. Les missiles qui s'en échappèrent ressemblaient à des têtes d'épingles incandescentes.

— Va falloir penser à bouger, ma fille, marmonna Santa Lucia en poussant la puissance à fond et en braquant son spin vers le haut.

Les missiles passèrent en dessous de son appareil alors qu'elle grimpait à la verticale. L'un d'eux percuta un fragment. Les autres retrouvèrent leur cible après quelques circonvolutions et foncèrent à nouveau dans sa direction.

— Merde, jura-t-elle en vérifiant sa vision arrière.

Les trois tridents suivaient leurs missiles pour s'assurer qu'ils toucheraient bien le spin. Lucie manœuvrait entre deux vaisseaux du convoi. Elle voyait de moins en moins de spinmakers, de plus en plus de tridents. Un engin de la Lyre s'écrasa à la surface du navire devant elle dans une explosion que le vide souffla aussitôt. D'autres tridents s'intéressaient maintenant à elle. Elle ne comptait plus les engins qui lui collaient au train, rien que pour elle. Elle en ressentit une certaine fierté.

Les alarmes se mirent à hurler alors que les missiles la rattrapaient. Elle plongea sur son volant et son engin partit droit entre les réacteurs d'un cargo qui ressemblaient à d'énormes baobabs à facettes. Elle exécuta un S impeccable pour se couler entre les tuyères éteintes. Sa vision arrière s'illumina par deux fois, indiquant que deux des Sans-voix qui la suivaient venaient de confirmer leur réputation de pilotes médiocres lorsque des obstacles se dressaient devant eux.

Elle glissa sous le ventre du vaisseau et fonça vers la proue en frôlant les dômes, bulbes et moteurs d'appoint qui le transformaient en un paysage hérissé de pièges. Un trident s'accrocha à une antenne et dessina une balafre lumineuse sur le côté droit de son spin. Un autre voulut utiliser ses missiles mais fut surpris par un brusque décrochement qui joua le rôle d'obstacle.

Santa Lucia comptabilisait les ennemis qui tombaient. Mais elle savait qu'elle ne gagnait que quelques secondes chaque fois alors qu'il lui aurait fallu dix bonnes minutes pour rejoindre le vaisseau de commandement. Il y avait toujours autant de tridents dans sa vision arrière et plus aucun spin. Elle était seule dans une portion d'espace qui appartenait désormais à l'ennemi.

Elle arrivait à la proue du navire. Elle se demandait quoi faire pour finir en beauté, ou ne pas finir du tout, lorsqu'elle découvrit droit devant la torsade laiteuse du ruban des Sans-voix. La construction se déployait d'un côté à l'autre de l'Espace. Nul pilote de la Lyre n'avait jamais réussi à l'atteindre. Les autorités pensaient qu'elle servait d'habitat aux barbares de la Frange. Le pilonner n'avait servi à rien. De nombreux équipages avaient tenté de l'approcher pour en trouver l'angle d'attaque, en vain. Ils n'étaient jamais revenus.

Santa Lucia pointa son spin vers le ruban, enclencha quelques commandes et demanda une poussée supplémentaire à son engin qui laissa le convoi derrière lui, le réduisant dans l'instant à quelques points brillants se confondant avec les étoiles. Les tridents, surpris, adoptèrent rapidement la même vélocité pour partir à la poursuite du spin. La jeune fille calcula rapidement le moment où ils la rattraperaient. Le ruban occupait maintenant la moitié de sa visière. On distinguait comme un mouvement dans le gigantesque conduit. Santa Lucia pensa à du sang pulsant dans des artères. Les tridents armèrent leurs missiles et firent feu.

« Plus vite », songea-t-elle sans dévier sa course. Elle n'avait aucune chance contre une salve en plein espace. Elle le savait. Elle pouvait en revanche faire en sorte que tout s'arrête avant d'être touchée.

La conscience de son spin lui annonça l'impact. L'univers se dilata autour de Santa Lucia, commençant par son tableau de bord qui perdit toute cohérence, puis par l'espace profond qui se décomposa en une nuée de pixels. Les polygones qui constituaient les missiles furent pulvérisés avant de l'atteindre.

Santa Lucia poussa un soupir de soulagement et porta les mains à ses tempes pour en retirer le casque du simulateur, un peu curieuse de la réaction de l'assistance à la pirouette qu'elle venait d'exécuter. Elle découvrit l'amphithéâtre silencieux. L'Amiral Bubba Kosh, un des pivots du Haut Commandement, l'observait avec un sourire narquois. Dans l'ombre de l'Amiral se trouvait son aide de camp. À sa droite, l'instructeur Keane qui leur avait enseigné le combat en espace

16

profond et joué les chefs d'escorte dans cette simulation affichait un air déconfit.

Santa Lucia se sentit envahie par le désespoir. Gonzo et Contarini étaient assis à côté d'elle. Kasdan, Fraser et Donnelly occupaient l'autre côté des stalles réservées aux cadets opérant en simulations de combat.

— Instructeur Keane, commença l'Amiral d'une voix profonde, je vous remercie pour cette démonstration... édifiante. Nous venons d'assister à la destruction d'un convoi de l'Archipelago qui aurait été en droit de nous demander des comptes dans la réalité. Quant à vous, mademoiselle (il regarda fixement Santa Lucia), je vous félicite pour la subtilité de votre manœuvre. Atteindre la bordure de l'espace calculé pour échapper au verdict du feu... Ma foi, c'est faire preuve d'imagination. Je n'avais jamais vu ça en dix ans d'Académie.

— Merci, Amiral, se permit de répondre l'effrontée en lui renvoyant son air narquois.

L'instructeur Keane bouillonnait. La présence de l'Amiral l'empêchait d'attraper la jeune fille par le col et de la faire sortir de l'amphithéâtre *manu militari*. Quant à Kosh, il contemplait l'hémicycle dans lequel se pressaient une centaine de cadets qui rêvaient de combattre les Sans-voix. « Des gamins », pensa-t-il. C'étaient les mêmes visages, les mêmes expressions à peine sorties de l'adolescence.

On leur apprenait à tuer dans des simulateurs, à abattre des ennemis fantômes, à s'abstraire de la réalité. Certains s'en sortaient mieux que d'autres au jeu de la guerre. Comme cette jeune fille. Sa manœuvre audacieuse aurait pu la sauver dans l'espace réel, en effet, si celui-ci avait eu les mêmes attributs qu'une simulation.

L'Amiral, héros de la Concession 55, porteur de la cape pourpre depuis l'attaque du poste frontière d'Andyslas et chargé du discours de clôture de l'Académie de Primavère depuis sa quarantième année, jaugeait l'échantillon de soldats. La remise des palmes venait d'avoir lieu. Ce discours était leur dernier avant que le Haut Commandement les envoie à la boucherie en espace profond, eux qui n'avaient jamais approché un Sans-voix autrement que par l'imaginaire.

Des fresques se déroulaient autour de l'amphithéâtre et représentaient les grandes batailles qui avaient marqué la Lyre depuis plus de six centuries de guerre contre les barbares. La charge d'Aladfar qui avait vu la fin d'un bataillon tout entier. Les tentatives de 32 et de 34 pour atteindre le ruban. Des échecs. Le fameux promontoire de Némès, désormais intégré dans l'amas des chasseurs. Ces faits d'armes et lieux illustres nourrissaient les ouvrages de propagande diffusés dans les écoles et les familles. D'innombrables actes de bravoure accomplis par les pilotes de la Lyre, tant de sang dispersé dans l'espace profond qui n'avaient servi à rien d'autre qu'à gagner un peu de temps.

Six centuries de guerre pour arriver à ce moment ultime. La ligne de front du ruban était en mouvement depuis trois semaines. Elle se rapprochait de l'espace protégé de Primavère pour la première fois depuis le début des hostilités. Une offensive désespérée était prévue par le Haut Commandement pour l'arrêter, engageant toutes les forces dans la bataille. L'ambiance était fiévreuse, les cadets plus impatients que jamais. « Combien en reviendront ? Y aura-t-il seulement des survivants ? » se demanda l'Amiral.

Bubba Kosh contempla ses mains parsemées de taches de son, ses veines qui trahissaient son âge. Il avait refusé de profiter de la cure de Jouvence à laquelle il avait pourtant droit. Il laissait ces futilités au dynaste Méandre et à son entourage de courtisans dégénérés. Il n'avait pas survécu à la Concession 55, ramené sa colonie dans le giron de la Lyre et passé toutes ces années à défier la mort pour reculer devant elle une fois le moment venu.

Kosh était fier de sa carrière. Son sang-froid était légendaire. Tous le regardaient. Le soldat jugea le moment opportun pour commencer son discours.

— Cadets ! tonna-t-il d'une voix puissante.

Il s'imagina tel qu'il était en cet instant : plus grand que les autres, la cape pourpre jetée sur les épaules, le visage volontaire mangé par les favoris, des rides profondes cernant des yeux sombres qui avaient toujours donné l'impression de juger. Séduire s'apprenait dans les couloirs du Haut Commandement. Et Kosh sentait le charisme émaner de sa personne, irradier comme chaque fois qu'il prenait la parole devant un auditoire. Il s'agissait peut-être de son dernier discours de clôture devant l'Académie. Cela méritait un effort d'éloquence.

— Vous savez que le dernier épisode de cette guerre sans merci se rapproche et vous vous êtes préparés pour ce moment. Fiers de vos victoires en simulateurs et des sommes de connaissances avalées dans cette prestigieuse Académie, vous attendez d'en découdre avec les tridents. Vous vous voyez déjà auréolés de gloire, couronnés par Méandre lui-même, après avoir accompli un acte de bravoure héroïque sauvant la Lyre de la menace des Sans-voix.

Ils s'y voyaient, en effet. La plupart des cadets étaient sous le charme de l'Amiral Kosh. Santa Lucia quant à elle l'observait avec une moue sceptique. Elle se méfiait des beaux discours en général et du personnage en particulier. Elle voulait se battre et n'avait besoin de personne pour partir au feu tête haute. Kosh tapa du poing contre son pupitre. La moitié de l'assistance sursauta.

— Eh bien, vous vous foutez le doigt dans l'œil ! Et plus profond que vous ne pouvez l'imaginer.

Les cadets s'agitèrent sur leurs gradins, mal à l'aise.

— Vous êtes bravaches et pleins d'illusions. Mais quelles leçons avez-vous tirées de votre enseignement ? Vous vous croyez immortels aux commandes de vos spinmakers ? Cette simulation de clôture était un véritable carnage ! Les tridents maîtrisant le convoi au bout de dix minutes, les équipages perdant toute cohérence, le dépourvu et le manque total de bon sens...

Quelques cadets, les plus téméraires, grognèrent de désapprobation. L'instructeur Keane émit un raclement de gorge qui se voulait discret. Kasdan et ses acolytes étaient plus pâles que jamais. Contarini, Gonzo et la jeune Lucie ne bronchaient pas.

— Les palmes vous ont été remises, reprit Kosh, soucieux de faire succéder le chaud au froid. Vous serez envoyés dans l'espace profond dans moins de deux semaines, lorsque l'attaque ultime contre le ruban aura été décidée.

Les cadets s'étaient tus, comprenant que quelque chose de grave était en train de se produire. Les yeux de l'Amiral brillaient d'un éclat sauvage. Lui aussi attendait ce moment avec impatience.

— Les meilleurs instructeurs vous ont appris à vous placer dans l'Espace, à anticiper les mouvements de l'ennemi, à ne faire qu'un avec votre machine, à avoir conscience de vous et de vos propres limites. Se replier ne signifie pas trahir. Et il n'y a rien d'héroïque dans le suicide, je vous le rappelle.

Kosh regarda rapidement Santa Lucia qui piqua un fard en se mordant les lèvres.

— Pourquoi vous a-t-on enseigné ces notions, pourquoi dans cet ordre ?

Personne ne se risqua à répondre. Il s'agissait d'une leçon de clôture magistrale et le public se taisait.

— Les tridents appliquent la même tactique depuis que nous les connaissons : ils apparaissent dès que nous pénétrons dans leur espace protégé et forment une figure à trois, six ou neuf sommets. Après ils s'éparpillent et le véritable combat peut commencer.

L'Amiral marqua un temps de silence.

— Ceux d'entre vous qui survivront au face-à-face avec les Sans-voix seront ceux qui auront gardé cet enseignement à l'esprit. (Il scanda :) Le pilote qui connaît sa place dans l'Espace sait où se trouvent ses ennemis et les abat. Le pilote qui anticipe les évolutions de ses ennemis les abat. Le pilote qui ne fait plus qu'un avec sa machine devient aussi habile qu'un trident et l'abat. Le pilote qui connaît ses limites abandonne le combat lorsqu'il risque d'être abattu.

Kosh avait l'impression de parler dans le vide en regardant les visages de ces gamins. Ils ne pensaient qu'à plonger dans la mêlée, pulvériser le plus de tridents possible en utilisant les bombes à contretemps. Tout cela ressemblait à un jeu. « Trop de simulations, pas assez de sorties en espace profond », n'avait-il cessé de se plaindre auprès des instructeurs. Les cadets partaient au combat comme des enragés voulant bouffer du Sans-voix. Et c'était bien ce que voulaient les stratèges pour lancer leurs forces dans une bataille qu'ils jugeaient perdue avant même qu'elle ne commence.

— On pourrait croire que l'enseignement de cette Académie est apparu avec les Sans-voix, qu'il s'est adapté à eux, reprit l'Amiral d'une voix un peu plus lasse qu'auparavant. Il n'en est rien. Ce qui vous a été enseigné l'a été aux cadets ayant connu les balbutiements de la Lyre, lorsque le dynaste régnait encore sur les quatre partitions de l'Empire.

Ce « encore » était lourd de sens pour l'Amiral Kosh. La charge de dynaste était aujourd'hui bien loin de sa grandeur passée.

— Cette Académie ne se limitait pas, alors, à Primavère. Chaque cadet était appelé à se rendre dans les partitions pour y compléter son enseignement. On apprenait dans l'amas des chasseurs l'Espace et le Temps, comment se situer sur les deux plans et y situer son ennemi.

Connaître sa position était un des quatre piliers de l'enseignement prodigué par les instructeurs de l'Académie. Santa Lucia se souvenait très bien de son apprentissage des directions en chambre noire, des tests d'équilibre en plein espace auxquels elle s'était soumise de bonne grâce. Les bombes à contretemps remplaçaient cette faculté que tous avaient perdue, ce fameux sixième sens qui faisait la force de la jeune fille.

— Le cadet rejoignait alors Acqua Alta. Il y apprenait l'art subtil de la diplomatie. Reconnaître ses amis de ses ennemis, vous semble peut-être absurde. La ligne de front est si claire, et les camps tellement définis. Mais connaître son ennemi, c'est connaître ses défauts.

Santa Lucia se dit que cet aspect concernait plus les pontes du Haut Commandement que les simples cadets. C'était le problème des amiraux s'ils n'avaient pu élaborer que des réponses militaires aux attaques des Sans-voix, si les barbares avaient toujours gardé leur mystère.

— Au cadet était alors attribué un spinmaker. Il devait rejoindre Primavère en traversant la nébuleuse de la princesse endormie, seul. (L'Amiral marqua une pause théâtrale.) Vous ne pouvez imaginer les pièges que peut receler un nuage d'hydrogène. Seuls les pilotes qui parvenaient à échanger avec leur machine comme avec eux-mêmes pouvaient abattre la distance. L'empathie ! (L'Amiral tendit une main aux doigts griffus vers son assistance.) Que les spins deviennent un prolongement de vous-mêmes et peut-être échapperez-vous aux tridents ! Faites corps avec vos engins ! Mettez-vous à la place de l'ennemi ! rugit-il alors que son ombre semblait se dilater derrière lui, sur le mur du fond de l'amphithéâtre.

Kosh sentait le climax approcher. Il décida de précipiter la fin de son discours.

— La victoire ! exulta-t-il, la victoire se trouve à la conjonction de ces compétences qui ne sont rien sans le recul, la connaissance de ses propres limites, enseignée autrefois dans la quatrième partition de l'Empire, ici même. D'autres que vous sont morts en criant triomphe. Craignez que cela ne vous arrive.

La douche glacée était une des spécialités de l'Amiral Kosh. Il trouva celle qu'il venait d'administrer à la dernière promotion particulièrement réussie. L'instructeur Keane s'agitait à côté de lui. Les pontes du Haut Commandement étaient tous des foudres de guerre qui galvanisaient les troupes avant de les envoyer au combat. Le héros de la Concession 55 allait déprimer l'amphithéâtre tout entier s'il continuait sur le même ton.

— Que faites-vous ? murmura l'instructeur dans sa direction.

Kosh lui signifia d'attendre et de se taire. Derrière ses paupières mi-closes, il observait la jeune fille au premier rang, celle qui avait essayé de semer les tridents. Elle n'était pas très grande, plutôt jolie. Ses yeux clairs sautaient de Keane à Kosh et de Kosh à Keane. Santa Lucia n'en revenait pas. Ce haut gradé, ce médaillé les voyait perdre avant qu'on ne leur affecte leurs spinmakers ?! Les cadets de la promotion 66 allaient lui montrer ce qu'ils avaient dans le ventre, par le Grand Attracteur ! Elle se leva, hors d'elle, et lança en direction de la tribune :

— Malgré tout le respect que nous vous devons, Amiral, sachez que la promotion 66 ne cédera jamais devant les Sans-voix, qu'aucun de ses membres n'abandonnera de bonne grâce, qu'aucun de ses spins ne tombera sous le feu de l'ennemi avant d'avoir reçu sa part de chocs et de cris.

L'Amiral la regardait maintenant franchement, un sourcil soulevé en accent circonflexe, avec le même air narquois que lorsqu'elle était sortie de la simulation. Emportée par son élan, Santa Lucia se retourna vers les gradins et entonna l'hymne de triomphe des cadets de la promotion qui traitait les Sans-voix de noms d'oiseaux et peignait les sauveurs de la Lyre comme des héros des temps modernes. L'instructeur, auquel la situation échappait totalement, affichait un air désemparé. Cette démonstration d'enthousiasme, dans son Académie, devant l'un des pontes du Haut Commandement !

Kosh se pencha sur son épaule et lui dit, un petit sourire aux lèvres :

— Donnez-leur quartier libre pour ce soir, mon ami. Vos cadets ne pilotent pas aussi bien que les Sans-voix, mais ils ont assez de cœur à l'ouvrage pour leur faire bouffer leur flagelle tout cru avant que notre sort se décide.

L'Amiral s'esquiva discrètement, suivi de son aide de camp, laissant derrière lui la promotion 66 remplir l'amphithéâtre de cris de joie comme ceux poussés par les soldats à la veille d'une bataille victorieuse.

L'Excelsior de l'Amiral Kosh glissait au-dessus de la ville rouge. Le dôme des Havilands qui recouvrait le palais d'airain tremblait derrière la brume. Kosh aurait déjà pu rejoindre la ville bleue, la Haute, en sortant de l'Académie. Mais il avait demandé à son véhicule personnel de prendre la route la plus longue pour effectuer ce court trajet.

Docile, l'Excelsior venait de les emmener au-dessus des docks tenus par le Haut Commandement et l'Archipelago Flota. Il les ramenait maintenant vers le marché flottant du Jubilé que l'on voyait amarré de l'autre côté du Labyrinthe, l'un des quartiers les plus malfamés de Primavère. L'immense plate-forme supportait la foire des cinquante ans qui romprait bientôt ses amarres pour s'élancer vers l'amas des chasseurs.

Une escorte de spinmakers, comme celle à l'œuvre dans la simulation, était prévue pour protéger le convoi jusqu'à la frontière séparant l'espace protégé de Primavère de celui de l'amas. Les frondeurs pilotés par les fonctionnels, une fratrie androïde au service des chasseurs, prendraient le relais des spins pilotés par les cadets.

La partition de l'espace profond était aberrante aux yeux de l'Amiral. Comment les dynastes successifs avaient-ils pu laisser la Lyre se désaccorder à ce point ? Les reîtres n'auraient pas pris le pouvoir sur Acqua Alta et les chasseurs ne se seraient pas retranchés sur leurs rochers si le palais d'airain n'avait multiplié les signes de faiblesse face à la menace barbare. Lenteur des temps de réponse, absence d'imagination de la part des stratèges. Seules les bombes à contretemps avaient permis de tenir ces quelques centuries. « Un pis-aller », avait toujours jugé l'Amiral.

Les stratèges estimaient que la ligne de front des Sans-voix atteindrait l'espace protégé de Primavère dans quinze jours. Ils avaient décidé de frapper les premiers. Attaque fixée dans douze jours. La totalité des forces engagée dans la bataille. Onze divisions lancées sur le ruban. Il était prévu que Kosh commande la huitième.

Deux faits inquiétaient l'Amiral. Tout d'abord, cette démonstration n'aurait aucun effet si les deux tiers du ruban servaient de retraite aux Sans-voix. Dès le départ, la partition jouait contre eux.

Deuxio, ils ne savaient pas à quoi ils s'attaquaient.

Le Haut Commandement connaissait les tridents et leur modus operandi. Les appareils ennemis ne se manifestaient qu'à proximité du ruban. Ils agissaient comme des chiens de garde, apparaissant et frappant à l'approche d'un intrus. Le problème étant : qu'est-ce qu'ils pouvaient bien garder d'aussi précieux pour opposer une telle résistance ?

Le ruban ne constituait que la partie visible du camp ennemi. Quelque chose de gigantesque le suivait comme son ombre. Les détecteurs confirmaient l'existence de la masse énorme sans parvenir à l'identifier.

Concentration de matière noire, remous du continuum, amas malsain ? C'était invisible, létal, énorme. Très peu de personnes en connaissaient l'existence. Le secret n'avait en tout cas pas filtré en dehors de l'Amirauté. Ce serait déjà un miracle que les cadets atteignent le ruban proprement dit et le détruisent. On verrait après quoi faire de ce qui se cachait derrière.

— Étonnante, votre petite manœuvre pour faire réagir les cadets, estima l'aide de camp. La simulation n'était pourtant pas si mauvaise que ça ?

— Un truc que m'a appris l'Amiral Corany. Il s'amusait à provoquer les cadets de l'Académie à ses discours de clôture. S'ils osaient réagir, s'insurger, il leur mettait un A plus. S'ils restaient béats et silencieux, la promotion était bonne à être envoyée au casse-pipe sans espoir de retour.

L'Amiral contempla le marché du Jubilé qui recouvrait toute une partie de la ville rouge. Les flotteurs créaient un matelas d'air trouble en dessous de lui. Des chaînes gigantesques le retenaient au sol. Autour des premiers maillons s'étaient agglutinés des habitats de fortune. Kosh pensa à la misère qu'ils étaient en train de survoler. L'Excelsior frôla le Jubilé et bifurqua pour se diriger vers la chambre des marchands et ses dômes façonnés dans la fonte et le verre opalin.

— Ils étaient même plutôt bons, reprit l'Amiral. Il y a bien eu une certaine débandade sur la fin, mais la seconde escorte s'en est bien sortie. Le ressac leur a posé quelques problèmes. Mais ils apprendront vite à le maîtriser une fois qu'ils piloteront en grandeur réelle.

— La jeune fille, Santa Lucia... elle a de l'avenir.

Une traînée blanche indiquait la présence du ruban en dessous de Véga. Le jour, la ligne de front donnait l'image d'un conduit laiteux qui parcourait le ciel.

— De l'avenir, murmura-t-il, songeur. Espérons que nous avons tous de l'avenir.

L'Excelsior survola la chambre des marchands et repartit vers la ville haute, le nez pointé sur les ruines de l'ancien siège des chasseurs sur Primavère.

— Que dit notre agenda ? demanda l'Amiral à son aide de camp.

Le jeune homme s'empara du bloc qui pendait à sa ceinture et l'effleura de l'index.

— Réunion à l'Amirauté à quinze heures. Un point avec les stratèges sur l'évolution du ruban et les derniers scénarios de combats proposés par les simulateurs.

— Les simulateurs ! cracha l'Amiral. On ne peut plus piloter un spin sans ces satanés simulateurs. Dessiner un plan de bataille encore moins. Tant que nous ne pourrons pas couper la retraite des tridents, toute attaque sera vaine.

L'aide de camp se tut. Le vieux soldat avait pris l'habitude d'extérioriser sa frustration en sa présence.

— Avec un peu d'entraînement, les troupes solides que nous avons, assez de bombes à contretemps et un plan intelligent, nous pourrions atteindre le ruban. J'en suis sûr.

— Il faudrait pour cela que reîtres et chasseurs collaborent avec nous. Autant abattre les premiers et mater les seconds. Celui qui réussira ce double exploit ne fait pas partie de ce monde.

— Oubliez les reîtres et remplacez-les par les marchands. Quant aux chasseurs, il fut un temps où ils combattaient aux côtés du dynaste.

— La charte de l'Archipelago Flota refuse pourtant l'engagement dans quelque camp que ce soit. Le droit du commerce prévaut sur celui des armes, disent les marchands. Ils ont, de plus, assez clairement défini leurs positions depuis qu'ils ont lâché le représentant du dynaste sur Sérénisse.

— Ces crétins s'en mordent les doigts ! Ce sont bien les tridents qui attaquent leurs convois lorsqu'ils traversent l'espace non protégé, que je sache ? Ce sont bien les spinmakers qui les protègent contre les tridents ?!

— Les taxes que nous leur faisons payer alimentent en grande partie notre effort de guerre.

— Comptez sur eux pour augmenter les prix de leurs produits, répliqua l'Amiral aussi sec. Imaginez la puissance de l'Archipelago armée, obéissante et dans notre camp ?

L'Excelsior glissa au-dessus du temple des chasseurs,

détruit juste après leur sécession. Le bâtiment s'était effondré sur lui-même. Il avait été brûlé et pilonné. Il avait malgré tout conservé de sa grandeur. Le vaisseau continua vers la ville haute sans que l'Amiral le fasse dévier de sa route. L'aide de camp reprit son agenda et continua :

— Dix-huit heures, réception sur les docks de l'Archipelago Flota pour l'inauguration du croiseur Excalibur, le classe 1 financé par les guildes pour porter le coup final aux barbares de la Frange. Ce soir, dîner au Falstaff et représentation exceptionnelle du dernier spectacle marin conçu, mis en scène et interprété par notre bien-aimé Méandre, premier dynaste de la lignée.

— Vous parlez comme de la propagande, râla l'Amiral.

L'aide de camp renvoya un sourire contraint.

— Je ne fais que lire ce que mon agenda me dicte, s'excusa-t-il.

— Bon, accepta Kosh, résigné. Encore un jour à marquer d'une pierre noire. (Il soupira plus fort que jamais.) Que pourrions-nous faire pour sauver la situation ? Que pourrions-nous faire pour éventrer cet incommensurable ennui ?

Il reprenait à son compte les paroles d'une rengaine qui avait cours dans les cabarets de la ville bleue. Il se préparait à demander à l'Excelsior de se diriger vers l'Amirauté directement (il y déjeunerait en attendant que la réunion commence) lorsque le calendrier de son aide de camp se mit à biper. Le jeune homme le contempla avec un air étonné.

— Oh, oh, dit-il, les yeux écarquillés. Changement de programme.

— Quoi ! s'impatienta l'Amiral, irrité.

L'aide de camp prit son temps avant de lui dire, un sourire jusqu'aux oreilles :

— Vous êtes invité à déjeuner par Son Excellence Méandre. Vous êtes prié de vous présenter pour le tête-à-tête dès que possible. Cette invitation est de code 3. Ce qui signifie que le souverain vous attend en toute priorité.

— Dans le palais d'airain ? s'étonna l'Amiral.

Il n'y avait mis les pieds qu'une seule fois, lors de son investiture. Ceux de la Cour évitaient les militaires tant qu'ils le pouvaient, et les soldats comme Kosh le leur rendaient bien. L'aide de camp était déjà en train de ficher l'agenda dans le navigateur de l'Excelsior pour lui faire part des codes d'accès permettant de franchir les Havilands, le dôme climatique qui recouvrait le palais. Le vaisseau assimila les codes mais ne dévia pas de sa trajectoire, attendant l'ordre de son seul maître à bord.

« Que me veut Méandre ? se demanda l'Amiral. Aurait-il un commandement plus prestigieux que celui de la huitième division à m'offrir ? »

— Exécution ! ordonna-t-il à la conscience pilote.

L'Excelsior bascula doucement sur le côté pour se mettre dans l'axe du halo brun qui surplombait la ville haute. Il releva le nez très légèrement et poussa ses moteurs d'une manière imperceptible pour parcourir plus vite les quelques kilomètres qui le séparaient du palais d'airain. Toute machine qu'il était, on lui avait appris ce qu'était un dynaste. Et il savait qu'un dynaste, ça n'attend pas.

L'Excelsior s'enfonça dans le tunnel qui s'ouvrait à la base du dôme après que leur code d'accès eut été accepté par la conscience des Havilands chargée de sa sécurité. Ils commencèrent à traverser la structure à vitesse réduite. De gigantesques conduites passaient sur les côtés, ainsi que des postes de tir dont les canons suivaient leur course. Ils s'enfonçaient à l'intérieur d'une machinerie cyclopéenne qui servait d'enceinte et de climatiseur pour le palais d'airain, les jardins et les nombreuses dépendances que protégeait le dôme.

Primavère ne connaissait qu'une seule saison, douce et constante. Le palais du dynaste en connaissait quatre tout au long de l'année, artificielles, qui respectaient le calendrier du déplacement de la Cour de monde en monde lorsque la Lyre était encore accordée. Kosh savait que l'été régnait en ce moment sous le dôme bâti par les Havilands qui donnaient leur nom à chacune de leurs réalisations.

L'été était la saison d'Acqua Alta, la saison du Losange. Les reîtres entretenaient des liens avec la Cour malgré les différences de points de vue vis-à-vis des barbares. « Différences de points de vue ! » se moqua intérieurement l'Amiral. Les gens de la Lyre agissaient comme des condamnés à mort tendant la main aux traîtres. L'entourage du dynaste justifiait le suivi des relations diplomatiques avec Acqua Alta en rappelant d'obscures raisons de cousinage. Pencher du côté de l'ennemi, était-ce devenir ennemi soi-même ? s'excusaient les diplomates courtisans.

Kosh savait bien que le dynaste comptait sur la soi-disant relation entre le Losange et les Sans-voix. Flatter les négociateurs, une fois la défaite avalée, reviendrait à flatter ceux avec qui les gens de Primavère auraient à négocier. L'Amiral aurait mis sa main droite au feu que jamais les barbares ne négocié-raient une fois la flotte écrasée. Si jamais cela devait arriver.

— Qu'en est-il des reîtres ? demanda-t-il à son aide de camp.

Ce mot lui écorchait la langue comme une mauvaise eau-de-vie chaque fois qu'il avait à le prononcer.

— Une de leurs délégations est arrivée au palais d'airain il y a une semaine, pour inaugurer la saison d'été du dynaste. Ils sont toujours là.

— Engeance, maugréa Kosh. Sérénisse est tombée comme un fruit mûr entre leurs mains. Ils n'ont même pas eu à se baisser pour la ramasser. (Il se frotta les yeux.) Que pensez-vous d'eux ?

— Ils prétendent avoir contacté les Sans-voix, essaya le jeune homme, éludant la question. Nous avons échoué face aux barbares, jusqu'à présent. Si nous avions besoin d'inter-médiaires... le temps venu ?

Le jeune homme savait qu'il marchait sur des braises. Il lâchait ses syllabes les unes après les autres, avec précaution. L'Amiral le contempla avec curiosité. Son aide de camp était en train de faire preuve de bravoure pour exposer de telles idées en sa présence. Il n'avait pas été habitué à ça.

— Certes, nous ne comprenons pas leur technologie, ren-chérit Kosh. Aucun de nos ingénieurs n'a été fichu de faire fonctionner, même d'expliquer le fonctionnement de ces sata-nés tridents. Nous ne savons pas non plus comment ils appa-raissent et disparaissent pour former leurs figures. Mais leurs *amis* les reîtres en savent-ils plus que nous ?

— Sûrement pas. Sinon ils apparaîtraient et disparaî-traient de la même manière, tenta le jeune homme.

L'Amiral leva la main pour le faire taire.

— Nous ne savons pas d'où viennent les Sans-voix, de quelle manière ces bestioles pratiquent la télépathie. Les reî-tres le savent-ils plus que nous ?

L'aide de camp eut l'air gêné.

— Ils sont passés à l'ennemi, dit le jeune homme.

— Voilà toute la question.

Kosh essaya de percer l'obscurité du conduit dans lequel évoluait l'Excelsior, sans y parvenir. Le véhicule savait de toute façon où il allait.

— Vous ai-je déjà parlé des émissaires ? reprit-il. (Le jeune homme fit non de la tête.) Lorsque j'étais cadet sur la Concession 55, j'ai eu l'occasion d'échanger quelques passes d'armes avec des créatures qui ressemblaient comme deux gouttes d'eau aux reîtres : encapuchonnées, énigmatiques, malfaisantes. Les émissaires n'étaient pas passés à l'ennemi, ils étaient l'ennemi. Les Sans-voix nichaient dans leur thorax. Les possédés seraient morts sans les barbares qui les maintenaient en vie.

L'aide de camp avait du mal à visualiser ce que lui décrivait l'Amiral.

— Vous voulez parler d'une relation symbiotique ? essaya-t-il.

— Je veux parler de vampires grimés et méconnaissables.

L'aide de camp eut le réflexe que Kosh avait eu vingt-cinq ans auparavant.

— Mais, s'ils avaient, de cette manière, réussi à infiltrer...

L'Amiral coupa court à son extrapolation.

— Vous vous doutez bien que j'ai mis le Haut Commandement au courant. (« Ils m'ont écouté et ils ont arrêté tous les reîtres qui traînaient sur Primavère », eut-il envie d'ajouter.) Ils m'ont écouté et m'ont épinglé ce morceau de bakélite sur la poitrine pour me féliciter. (Il tapota l'insigne de sa charge.) Résultat, les capuchons continuent à fréquenter le palais d'airain. La politique, mon jeune ami... (Il soupira.) La politique a été conçue pour détruire des empires comme le nôtre.

L'Excelsior était toujours environné de brume. Kosh était à nouveau plongé dans ses pensées.

— Vous me demandiez ce que je pensais des reîtres, Amiral. Vous vouliez le point de vue du soldat ou celui du civil ?

— Qu'ils s'expriment tous les deux, proposa Kosh.

— Eh bien, le soldat les déteste. Refuser de combattre les Sans-voix, laisser le ruban se rapprocher de Primavère est pour moi aussi inacceptable que pour vous. Nous retirer sans nous battre même si l'issue semble perdue d'avance...

— L'affrontement plutôt que le repli, une erreur commune aux jeunes pilotes de l'Académie.

— Quant au civil, embraya l'aide de camp, il aspire à la paix et à la réouverture des frontières. Le problème, ce n'est pas les Sans-voix mais ce qu'est devenue la Lyre. Chasseurs, marchands et gens de Primavère sont devenus fous. Vous voulez que je vous dise, Amiral ? (Le jeune homme regarda fixement son supérieur.) Les Sans-voix ont joué le rôle de déclencheur. Cela aurait pu être un météore, un trou noir, ou je ne sais quoi encore. Je pense que notre civilisation a ce qu'elle mérite, à avoir joué la carte de la stupidité pendant tant de dynasties. Nos ancêtres étaient des visionnaires qui savaient écouter. Nous sommes devenus sourds et ne voyons plus qu'à court terme.

— Voilà qui est bien dit, garçon ! Et je ne suis pas loin de vous rejoindre sur ce point. Ah, nous arrivons.

L'Excelsior sortit du tunnel. Le paysage surnaturel du palais d'airain apparut devant eux. Le dôme des Havilands donnait l'illusion d'un ciel limpide et éclatant. En dessous, le palais avait été construit sur un bloc de quartzite de trois cents mètres de haut offert par les chasseurs. Les maîtres jardiniers de Primavère avaient réalisé l'exploit de planter une forêt d'essences rares dans le bloc de cristal sombre. Elle explosait de verts et de bleus profonds aux endroits où des lacs s'ouvraient. On voyait des bâtiments percer les frondaisons de place en place, donnant l'image d'une ville oubliée recouverte par la jungle.

L'Excelsior se mit en stationnaire en bordure du rocher, attendant l'escorteur réglementaire. Un aéro monoplace approcha en vrombissant, tourna autour du véhicule et lui ordonna de le suivre. Ils descendirent vers la forêt plantée jusqu'au bord de la falaise et se mirent à la raser doucement, en épousant les accidents de la canopée. Pinçons et hérons becs-de-lièvre s'envolaient à leur approche. L'escorteur les conduisit à un cercle de sorcières de dimensions stupéfiantes au centre duquel l'Excelsior se posa comme une plume.

Le soldat marcha jusqu'à la passerelle qui venait de se déplier et sauta dans l'herbe brûlée par la chaleur de l'été. L'escorteur bascula sur l'aile et disparut à ses yeux. Le jeune homme rejoignit Kosh et scruta l'enceinte faite de racines entortillées, de bulbes poisseux et de cheveux de saules qui les entourait. Il n'y avait pas âme qui vive.

— Vous venez pour la première fois au palais d'airain, n'est-ce pas ?

— Oui, monsieur, répondit-il, subjugué par le paysage. (Il se tordait le cou pour contempler le ciel artificiel.) Ce sont bien les Havilands qui ont bâti cet endroit ? demanda-t-il.

— Tout ce qui est dôme et climatiseur. Ainsi que le champ de force de l'amas des chasseurs et la digue entourant Sérénisse, à ce qu'il paraît. Je n'y suis jamais allé.

— On dit que leur planète est d'une beauté qui peut vous rendre fou.

— On dit ça. Pour ce qui est du palais d'airain, vous risquez d'être déçu. (Le jeune homme s'arracha à sa contemplation.) Il est souterrain, sous nos pieds, creusé dans le quartz. (Kosh tassa l'herbe avec sa botte.) La surface n'accueille que ce jardin et quelques édifices d'agrément. Mais vous n'en verrez pas grand-chose. Je ne pense pas que Méandre vous ait inclus dans son invitation. Ah ! Enfin quelqu'un, c'est pas trop tôt.

Un petit homme portant une veste magenta, des hauts-de-chausse outremer et un bonnet à soufflets jaune citron accourrait en ahanant et en faisant de grands gestes de la main. L'aide de camp resta pétrifié devant l'apparition. Avec ce costume ridicule, le nouvel arrivant aurait pu jouer sur les scènes de théâtre qui se produisaient dans la ville rouge.

— Me... voilà... J'arrive... hoqueta le comité d'accueil en sautant au-dessus de quelques bouquets de plantes grasses.

Il se courba devant l'Amiral et ignora complètement l'aide de camp. Le petit homme courut autour du vieux soldat comme s'il s'agissait d'une borne et repartit avec la même démarche bondissante en les enjoignant de le suivre.

— Ouf... Bonne route ? Je me présente, Fording Bingul-bargue, courtisan affecté à la casina du dynaste dans laquelle vous êtes attendu. Je tiens aussi le rôle de concierge à mes heures perdues.

— Fording Bingulquoi ? cracha l'Amiral. C'est un nom à coucher dehors ?!

— L'imagination de Son Illustrissime Grandeur était dans un jour faste le jour où elle m'a baptisé ainsi. Et je couche parfois dehors, en effet. Après vous, je vous en prie.

Kosh écarta les branches tombantes du premier rideau de saules et passa sous la voûte naturelle en appréciant tout de suite la fraîcheur qui y régnait. Comme dans tout cercle de sorcières, des hurleurs formaient une haie silencieuse. L'aide de camp contemplait les troncs à deux pattes et les gueules béantes creusées dans l'écorce, fasciné. Il n'en avait jamais vu que dans ses livres de contes.

— Impressionnant, hein ? l'entreprit le courtisan. Ils deviennent terrifiants quand ils se réveillent ! Et impossible de les arrêter ! C'est par là.

Un sentier était tracé sur le sol sablonneux. Il courait autour des hurleurs vers une zone plus lumineuse que les autres. L'Amiral aurait aimé marcher en silence pendant les deux petites minutes que dura la traversée de la forêt fantastique. Mais le courtisan, babillant sans cesse, ne lui fit pas ce plaisir.

— Vous déjeunerez avec le dynaste dans la salle du Spécule, au rez-de-chaussée de la casina. Je m'occuperai du jeunot en attendant que Méandre en ait fini avec vous. (L'aide de camp déglutit en se demandant ce que le concierge voulait dire par là.) Le dynaste est en bonne forme. Il a bien dormi la nuit dernière. Sa couleur est aujourd'hui le minium. La pourpre de votre cape est de bon augure.

— C'est l'un des insignes de mon rang, répondit l'Amiral, collet monté.

— C'est quand même de bon augure. Bon. Vous connaissez le protocole pour aborder le dynaste ?

— Attendre qu'il ait commencé de manger, ne pas proposer de sujets de conversation, ne pas le regarder dans les yeux plus de cinq secondes... Ça va, concierge ! Je connais mon code de courtoisie comme vous !

Bingulbargue s'arrêta et tendit un doigt boudiné vers Bubba Kosh.

— Amiral ou pas Amiral je vous conseille de le prendre sur un autre ton. Si je vous perds, vous n'arriverez jamais à la casina. Et si vous n'arrivez jamais à la casina, ce sera votre faute. N'oubliez pas ça !

— D'accord, concierge, le calma Kosh. Dès cette forêt quittée, je deviendrai aussi doux qu'un agneau.

Le courtisan contempla la montagne de muscles aux traits marqués par une vie de discipline avec un air dubitatif. Il se remit tout de même en marche.

— Nous arrivons au parterre.

Ils sortirent du cercle de sorcières pour déboucher au pied d'une succession de volées de marches. Un angle de la casina était visible derrière les Cyprès Folicus plantés sur la dernière terrasse. Un jeu d'eau sans fin montait et descendait la pente en circuit fermé, hissant l'art hydraulique au niveau de l'absurde. L'aide de camp essaya de comprendre le jeu de vases communicants dessiné par les cascades. Il se demandait comment une même eau pouvait grimper une pente et la dévaler à la fois.

— Une cascade d'Escher, indiqua le concierge d'une voix blasée. Coûteux mais grandiose.

Une petite foule se pressait autour des bassins, sur les marches des escaliers, autour des statues en quartzite qui s'élançaient des bosquets de calicules bourgeonnantes. Des frelons eunuques gros comme le poing frôlaient les courtisans et déposaient de petites charges de pollen sur leurs épaules avant de repartir.

— La Cour ! annonça fièrement le concierge en reprenant son allure trottinante en direction des escaliers.

Ils gravirent l'allée qui remontait le premier bassin dans lequel des poissons sans queue ni tête fendaient l'eau en échangeant leurs écailles. Kosh contemplait d'un œil sceptique les petits groupes de courtisans qui papotaient sans leur prêter aucune attention. Le palais d'airain était un monde à part qui vivait avec ses propres saisons, ses propres rites, ses grandeurs et ses misères. L'Amiral se demandait comment le dynaste parvenait à gouverner Primavère, lui qui ne pouvait voir le monde que voilé derrière la vitre opaque de sa lignée décadente.

Quelques reîtres du Losange étaient présents, écoutant les conversations. Leurs lèvres bougeaient à peine lorsqu'ils émettaient un avis. Leurs visages étaient en partie voilés, avalés par l'ombre de leurs capuchons. Les courtisans écoutaient les reîtres, le regard vide. « Sangsues », songea Kosh en serrant les poings et en se retenant de ne pas sauter au cou du premier qui se trouvait à dix mètres à peine. Il était intimement persuadé que ces hommes cachaient quelque chose de plus malfaisant que les Sans-voix. Si seulement il n'avait pas laissé ses armes de poing dans l'Excelsior...

Ils abordèrent la première volée de marches, laissant les capuchons derrière eux.

— Dis-moi, concierge, quelles sont les modes qui tiennent le haut du pavé en ce moment ?

— Hein ? Oh ! s'exclama le courtisan qui sortait d'une longue rêverie. Les chimères, monsieur.

— Les chimères ? À la mode ?! s'exclama l'Amiral. Mais, les faiseurs de chimères existaient avant que la guerre ne commence, que je sache ?

— C'est même l'une des guildes fondatrices de l'Archipelago Flota, répondit le courtisan. Et nous savons ce que les chasseurs leur doivent. Mais l'accès aux chimères pour les loisirs des courtisans est récente et a connu une fortune surprenante. Chacun veut désormais son animal de compagnie, à poil, à griffes ou à plume.

Ils arrivaient au niveau du déversoir d'où s'échappait et où s'engouffrait l'eau qui courait en cycle continu sur le parterre. Un dynaste que Kosh ne reconnut pas était représenté tenant une corne d'abondance à deux becs dans laquelle devait être caché le mécanisme d'Escher.

— Palandon VI, indiqua le guide. Assassiné avant sa première cure de Jouvence. Quel gâchis !

Le concierge s'engagea sur l'avant-dernière volée avec un air las au possible.

— À part les chimères, dites-moi ce que j'ai raté comme innovation majeure depuis ma première et dernière visite au palais, demanda Kosh.

Fording jaugea l'Amiral des pieds à la tête d'un coup d'œil critique tout en continuant à marcher.

— Vous connaissez les régulateurs d'ambiance ?

L'Amiral hocha la tête.

— J'en ai un chez moi.

— Bon. Il y a les consciences intégrées. Tout le monde en porte ici. Même moi. Je suppose que c'est la même chose dans la ville haute.

La ville basse n'existait apparemment pas pour le courtisan. L'Amiral s'arrêta, en profitant pour reprendre son souffle.

— Pas tout le monde, dit-il en le regardant par en dessous.

— Quoi... Vous voulez dire que vous n'avez pas de... (Kosh hocha la tête.) Sauf votre respect, Amiral, je ne pensais pas qu'un seul citoyen de la Lyre avait refusé cette... ce...

— Cet esclavagisme, l'aida Kosh. J'ai connu, et vous aussi sans doute, l'époque où on pouvait discuter avec les consciences d'égal à égales. Elles étaient alors intégrées aux machines, navigateurs, programmes de maintenance, interface, à tout ce que vous voudrez, et non aux humains comme maintenant. Je refuse qu'une intelligence artificielle soit implantée dans mon cortex cérébral, que ce soit pour mon bien ou non. Que je ne puisse plus faire la différence entre mes propres rêves et un spectacle programmé pour me séduire ou m'effrayer.

— Certes, essaya le concierge. Mais une conscience intégrée, dans votre cas, jouerait le rôle d'aide de camp, sans plus ? (Le concierge se tourna vers le jeune homme, silencieux depuis un moment.) Vous jouez bien le rôle de conscience de temps en temps, non ? lui demanda le concierge.

« Qu'est-ce que ce pervers est en train d'imaginer ? » pensa Bubba Kosh en voyant le sourire du courtisan. Le jeune homme ne savait quoi répondre et dansait d'un pied sur l'autre, mal à l'aise.

— Il serait préférable que vous m'attendiez à l'Excelsior, mon ami, lui proposa l'Amiral.

L'aide de camp claqua des talons et s'esquiva sans demander son reste, en se retournant à de fréquentes reprises. Le concierge le regarda s'éloigner avec un air sincèrement peiné.

— Tant pis, dit-il en reprenant son ascension.

Kosh continua sa réflexion sur les consciences intégrées là où il l'avait interrompue.

— Nous nous sommes laissé envahir par ces saletés comme la Lyre s'est laissé envahir par les Sans-voix, exprima-t-il d'une voix posée. La même histoire à différentes échelles.

— Les consciences n'ont pourtant été inventées ni par les Sans-voix, ni par les reîtres, ni par les marchands, plaida le concierge. Elles se proposent libres à nous et libres nous les acceptons.

— La vieille histoire, chantonna l'Amiral. Il a bien fallu que quelqu'un les conçoive ?

— Vous savez comme moi que leur origine n'a jamais pu être clairement définie. Elles se sont proposées d'elles-mêmes pour nous servir, et nous les avons acceptées, répéta-t-il.

L'Amiral se tut. Le petit homme avait raison. Les consciences n'avaient ni forme, ni consistance. Elles étaient spectrales, aussi impalpables qu'une colonie de quarks gesticulants. La technologie des gens de la Lyre était balbutiante, l'infraluminique un doux rêve, la vélocité des spinmakers d'aujourd'hui inconcevable avant qu'elles n'apparaissent, à la même époque que les Sans-voix.

Il existait des interfaces intelligentes auparavant, bien sûr. Mais poussives et mécaniques. Ors, du jour au lendemain, le moindre processeur s'était retrouvé *pensant* et se déclarant prêt à répondre aux moindres désirs de son utilisateur. Les gens de la Lyre n'avaient bien sûr pas refusé le miracle. Le ruban venait d'apparaître et aucune chance de progrès ne pouvait être écartée. Même si le mystère restait entier sur l'origine des consciences qui éludaient les questions lorsqu'on les interrogeait à ce sujet.

— Nos amis les parasites, grinça l'Amiral. (Il s'arrêta et planta l'index dans la poitrine du petit homme.) Dans ma jeunesse, les consciences étaient intégrées aux machines. Et seulement aux machines. Maintenant, elles le sont à l'esprit de nos pilotes, des marchands, qui ne peuvent plus traiter sans elles, des courtisans (il cracha plus qu'il ne prononça le mot) qui entretiennent avec elles des conversations stériles et sans fin. On les dit soumises. Soit. Mais je n'ai aucune envie de découvrir le contraire.

Le courtisan tendit l'oreille et sourit à ce qu'il prenait pour une de ses propres pensées mais qui aurait tout aussi bien pu être une des suggestions de sa conscience.

— Êtes-vous au courant de la revendication dont elles nous ont fait part ?

L'Amiral partit dans un éclat de rire sauvage.

— Déclarer la nébuleuse de la princesse endormie, la quatrième partition de l'Empire, Territoire des consciences avec une reconnaissance souveraine de la part des autres partitions ? (Il regarda le courtisan avec un air de profonde pitié.) Mon pauvre ami, voyez l'effet pervers que ces programmes chuchotants ont eu sur votre esprit. Il n'y a rien dans cette portion d'espace que les consciences puissent revendiquer. Comment pourrions-nous leur offrir ce rien ? Elles qui ne sont rien.

— Et qui nous ont tout apporté... Que serions-nous sans elles ? Pouvez-vous l'imaginer, vous, l'homme de guerre ?

La Lyre avait atteint un niveau technologique époustouflant depuis quelques années. Et les choses allaient en s'accélérant. Nul ne savait où tout ça s'arrêterait. Plus les machines se perfectionnaient, plus les consciences devenaient nécessaires pour les piloter. Que celles-ci viennent à refuser de répondre pour une raison ou pour une autre, et c'était tout le système qui s'effondrait. Les tridents n'auraient plus qu'à les allumer comme à la fête foraine.

— L'homme de guerre n'est pas payé pour imaginer mais pour combattre, répondit Kosh au concierge.

Ce dernier lui adressa un sourire ironique, comprenant que le soldat voulait clore le débat.

— Comme vous voudrez, dit-il.

Ils attaquèrent la dernière volée de marches. On entendait des bruits de foule au-dessus d'eux.

— Et ces chimères ? demanda l'Amiral. Où sont-elles ?

Le concierge lui montra un rassemblement autour d'une barrière circulaire au centre de la terrasse qu'ils venaient d'atteindre. S'échappaient du cercle martèlements, cris et nuage de poussière.

— En voilà une à l'œuvre. Celui qui l'a achetée à la guilde n'a pas réussi à l'apprivoiser. Une chimère de mauvaise qualité, d'après lui. Il pense s'en débarrasser rapidement.

36

Bubba Kosh ne l'écoutait plus. Il fendit les rangs de spectateurs en jouant des épaules. Il s'appuya contre la barrière et contempla le spectacle. Un courtisan à la tunique cousue de grelots avec des ombrelles attachées aux cuisses venait d'être propulsé dans les airs par un animal que l'Amiral n'avait jamais vu auparavant.

La bête avait un torse puissant, quatre pattes fines et musclées, un cou fort et long au bout duquel saillait une tête élancée. Sa gueule écumait. Ses yeux étaient globuleux. Elle dégageait une énergie phénoménale. Cette bête était une vraie monstruosité mais l'Amiral s'imagina assis sur son dos, tapant des pieds dans ses flancs, la mettant au pas pour la voir obéir comme un vaisseau doit obéir à son pilote. Il s'arracha au spectacle et rejoignit Bingulbargue qui attendait, bien à l'abri.

— Personne n'a réussi à monter cette chimère ?

— Vous essaierez après votre entrevue si ça vous amuse, le pressa le concierge. Mais Méandre vous attend.

Il le poussa vers la casina dont on voyait la façade principale. Elle était assez modeste d'aspect, avec ses deux étages, ses grandes fenêtres, son toit plat et simple. Mais l'Amiral savait que les figures représentées entre les ouvertures, qui montraient des guerriers de face et des femmes de profil leur apportant des offrandes, avaient été réalisées en poudre de lune, le matériau le plus précieux que la Lyre possédât.

— Ne vous inquiétez pas. Il est dans un bon jour, l'assura le courtisan. Au fait, les éloges à utiliser sont « Illustre Grandeur », « Majesté Omnipotente » et « Maître Vénéré ». Bon courage.

L'Amiral prit son courage à deux mains et pénétra dans le hall de la casina.

3

Ses pas résonnèrent dans un silence de mort. Le pavement du petit édifice était décoré d'une mosaïque continue de fragments de marbre coloré qui dessinaient une lyre en trompe-l'œil. Les précédents dynastes étaient représentés sur les parois, dans des médaillons de fruits et de fleurs. La vérité des figures aurait trompé un geai cordon bleu, pourtant expert en matière de tromperie. Le plafond montrait l'Espace vu depuis Primavère. Kosh remarqua que le ruban des Sans-voix n'avait pas été représenté par l'artiste.

Le rez-de-chaussée de la casina paraissait vide. Un escalier grimpait vers les étages de l'autre côté du hall. L'Amiral se lançait dans cette direction lorsqu'un « Stop ! » le figea sur place. L'air se troubla devant lui. Une petite table chargée de fruits apparut. Un vieillard était assis à un bout. Kosh reconnut Méandre.

Par quelle espèce de magie le dynaste était-il passé de l'invisible au visible ? L'Amiral se courba en manière de révérence. Le dynaste l'invita à s'asseoir dans un fauteuil en face de lui. Kosh s'assit en prenant soin d'enrouler sa cape pourpre autour d'un bras, comme le faisaient les amiraux lorsque paraître importait.

Méandre était vêtu d'une simple veste de laine multicolore. Il ne portait aucun des ornements l'indiquant comme le maître des centaines de millions de citoyens qui habitaient Primavère. Il n'avait pas changé d'un pouce depuis que Kosh l'avait vu pour la dernière fois.

Son front haut signifiait la sagesse et la profondeur d'esprit, le menton volontaire la fermeté. Ses yeux mêlaient bleus et verts de Primavère et d'Acqua Alta. L'iris était parsemé de taches brunes comme si l'amas du rocher y était emprisonné. On disait que les dynastes se léguaient leurs yeux pour assurer une continuité du pouvoir et des choses vues. Kosh se dit que la Cour aurait bien été capable d'une telle monstruosité.

Le dynaste lui jeta un boîtier métallique grand comme sa main par-dessus la table.

— Accrochez ça à votre ceinture et appuyez sur le bouton. Sinon nous ne nous entendrons jamais.

L'Amiral obéit. La casina se voila, les figures de dynastes se mêlèrent, les choses perdirent proportion et cohérence. Seuls la table, Méandre et lui-même étaient d'une netteté criante dans la pièce mouvante comme le cauchemar d'un cadet ayant bu trop de fingersnakes.

— Troublant, hein ?

— Majesté Illustre, commença l'Amiral en s'accrochant un peu à la table, je... Comment cela se peut-il ?

— Laissez tomber les Majesté Machin. Personne ne nous écoute ni regarde. Appelez-moi Méandre, je vous appellerai Bubba. Ça vous va ?

L'Amiral retrouvait petit à petit son équilibre.

— Ça vous va ? répéta le dynaste.

— Ça me va.

— Bon, goûtez-moi ce blanc rubis. C'est une pure merveille.

Kosh remplit son verre avec la cruche de cristal déjà sérieusement entamée par le souverain.

— Je n'ai pas très faim, lui dit le dynaste. Boire nous tiendra lieu de déjeuner. Mais servez-vous en fruits si le cœur vous en dit.

Les fragments de marbre de la casina continuaient à se fondre autour d'eux dans un même mouvement fluide et infini.

— Nous sommes dans un contretemps ? demanda l'Amiral avant de goûter le blanc rubis, somptueux en effet.

— Un cadeau de mes amis de l'Archipelago. Un champ permanent qui nous fige dans une succession d'instants, à la manière d'un stroboscope, expliqua le dynaste. Personne ne peut nous voir.

Kosh essaya de distinguer les détails mouvants de la casina.

— Vous savez que cette bâtisse est la plus ancienne du palais d'airain ? On dit que les dynastes fondateurs l'ont bâtie de leurs propres mains, qu'elle est tellement vieille qu'un coup de vent pourrait l'emporter.

L'Amiral se taisait. Le dynaste reposa son verre sur la table et s'empara d'une pomme qu'il empala sur un morceau de bois tendre.

— Mais nous ne sommes pas ici pour parler architecture, mon cher Bubba Kosh, Amiral du Haut Commandement, héros de guerre et soldat au sang-froid légendaire.

Les yeux de Méandre ne quittaient plus son invité. Ce dernier reposa son verre et adopta une pose plus martiale afin d'entendre ce que le dynaste avait à lui dire.

— Votre dernière implication dans un combat armé contre le ruban remonte à l'an de guerre 658. Vous vous êtes illustré en 53, je crois, pour défendre le poste d'Andyslas. Ce qui vous a permis d'accéder au grade d'Amiral, et de recevoir la charge pourpre que vous n'avez, à ma connaissance, jamais déshonorée.

Kosh s'abstint de réagir. Le dynaste avait apparemment l'intention de remonter le fil de son existence à sa place. Et il n'était qu'au tiers du chemin.

— De 48 à 53, vous étiez simple Général. Chose déjà remarquable en soi pour un soldat de votre âge. Vous aviez rejoint la Lyre au début de cette période, à l'issue d'un voyage spatial assez rocambolesque entre la Concession 57 et Primavère, ce me semble ?

— Il s'agissait de la Concession 55, corrigea l'Amiral. Et, oui, en effet, le voyage n'a pas été de tout repos.

— Soit. Vous avez gagné vos galons de Général sur cette fameuse concession, une planète sur laquelle une colonie de soldats prospecteurs avait été envoyée afin de prospecter le thorium, si précieux pour fabriquer nos petites bombes à contretemps.

Méandre caressa la coque lustrée d'un fruit noir comme s'il s'agissait d'une bombe posée au milieu de la table, laissant la main à Kosh pour résumer cette partie de son histoire. L'Amiral se racla la gorge et commença par le commencement pour rejoindre le discours dynastique.

— Juste après ma naissance sur la Concession 55, l'enclave sous-marine dans laquelle mes parents prospectaient le thorium fut l'objet d'une attaque pirate particulièrement violente qui détruisit une partie de la ville et nous enleva tout espoir de rejoindre la Lyre par nos propres moyens comme la procédure de départ le prévoyait.

— Des pirates. Fâcheux. Quelle engeance.

Méandre n'accordait plus à la conversation qu'un intérêt lointain. Kosh se sentit bouillir, mais il parvint à placer sa voix afin de continuer sur le même ton.

— Les années ont passé et je suis devenu soldat prospecteur. La Lyre n'avait jamais répondu à nos appels de détresse. Mais nous crûmes, un jour, qu'une mission de récupération nous avait été envoyée. On me chargea de la rejoindre pour signaler notre position.

— Attendez, le coupa le dynaste. Vous voulez parler de ce récit distrayant dont on me fit part autrefois ? Avec cet équipage pirate qui vous avait fait prisonnier ? Je me souviens de la jeune fille. Une certaine Venise, c'est bien ça ?

Kosh ne répondit pas à la question. Il sentait la paume de sa main droite chauffer, là où Venise l'avait entaillée pour échanger son sang avec le sien. Les moments partagés avec elle ne l'avaient pas quitté depuis que le destin les avait séparés l'un de l'autre.

— Apparemment, vous vous en souvenez, estima le dynaste devant le silence de l'Amiral. Racontez-moi ce qu'il advint après ce chapitre mouvementé de votre existence.

Kosh hésita. Il pouvait occulter certains aspects de l'histoire, le fait que le Haut Commandement et le dynaste lui-même les avaient trompés. Il décida qu'il n'avait plus aucune raison de se taire à l'approche de la charge ultime contre les Sans-voix.

— Nous apprîmes que la colonie avait été installée sur la Concession 55, non pour y prospecter le thorium, mais pour y retrouver les ruines d'une ancienne civilisation, d'une cité engloutie dont les habitants avaient déjà eu affaire aux Sans-voix. Ils avaient conçu une arme ultime que nous trouvâmes, en effet. Nous eûmes d'ailleurs l'occasion de tester son efficacité lors d'une attaque des Sans-voix.

— Oui, nous vous avions envoyés là-bas pour retrouver cet objet, avoua Méandre. Seule la conscience de la cité connaissait l'intitulé réel de la mission.

Pour le dynaste, il s'agissait juste d'un fait. C'était bien plus pour l'Amiral.

— L'artefact, murmura Méandre, l'arme ultime qui devait nous permettre d'éliminer la menace des Sans-voix de notre constellation. Quel héritage ! Et quelle déconvenue !

L'arme léguée par les anciens n'avait fonctionné qu'une fois. Depuis que Kosh l'avait ramenée dans la Lyre, les stratèges avaient essayé de l'activer à nouveau. En vain. Ils avaient échoué à comprendre son fonctionnement. L'artefact était rangé depuis vingt ans quelque part au Haut Commandement, d'après ce que savait l'Amiral. Des spécialistes se penchaient sur lui régulièrement sans parvenir à en tirer quoi que ce soit.

— Nous avons utilisé l'artefact pour repousser les Sans-voix, répéta Kosh pour la millième fois.

— Et le Haut Commandement de la Lyre vous a pris pour un fou, embraya Méandre, fou et héros à la fois. Étrange conjonction, vous ne trouvez pas ? L'Amirauté vous a néanmoins offert la pourpre. Vous devez donc être plus héros que fou. C'est parfait, j'ai besoin d'un héros.

L'Amiral attendit que le dynaste s'exprime plus clairement.

— Nous savons, je sais que vous avez utilisé l'artefact et qu'il a fonctionné. Toute la colonie a pu en témoigner.

— Ont-ils réussi à le faire fonctionner ?

Méandre ne répondit pas. Il exhiba le fruit qu'il avait précédemment empalé.

— Voici Véga. (Il le posa au centre de la table.) Une colonie de mouches est attirée par le fruit, les Sans-voix. Trois mondes sont menacés. Tous trois réagissent différemment. En premier...

Il prit un morceau de pain qu'il émietta entre ses doigts à côté de la pomme.

— L'amas des chasseurs, reconnut l'Amiral.

— Le royaume des chimères. Nous n'avons plus rien à voir avec les créatures qui vivent dans cette portion d'espace, même s'ils sont nos lointains cousins, lignée oblige. Les chasseurs se moquent des Sans-voix. Ils vivent repliés sur eux-mêmes et ne nous seront d'aucun secours pour détruire cette engeance.

— Ils pourraient au moins ouvrir leurs frontières.

— Certes. Passons au deuxième monde.

Cette petite simulation stratégique avait l'apparence d'un jeu entre les doigts d'un de ses protagonistes les plus puissants. Méandre renversa son blanc rubis sur la table et planta un cuissot au milieu comme un phare.

— Acqua Alta, reconnut l'Amiral tant bien que mal.

— Les gens d'Acqua Alta n'ont plus grand-chose à voir non plus avec ceux de Primavère. Même si, eux, ont conservé leur apparence humaine, au contraire des chasseurs.

— En-êtes-vous si sûr ? grinça le soldat.

— Votre vieille idée que les reîtres du Losange sont des missionnaires, c'est ça ?

— Des émissaires, rectifia l'Amiral. Des humains habités par des Sans-voix. Des sortes de morts vivants, infiltrés dans notre société, y jouant les espions et la détruisant de l'intérieur comme une vermine.

— Théorie intéressante. Peut-être un peu paranoïaque. Vous avez ramené ça de votre expérience sur la concession, si je ne m'abuse ?

Kosh revit les émissaires tomber vers lui dans la serre de la première cité. Les raies aux rostres armés de dents éventrer les cadavres dans lesquels elles se cachaient. La pluie de chair humaine. L'Amiral se frotta les yeux pour essayer d'en chasser les images.

— Les stratèges n'ont pas cru bon de m'écouter lorsque je leur ai fait part de cette menace.

— Détrompez-vous, mon ami. Ils vous ont écouté. Ainsi que les reîtres qui composaient le second jury. Car, vous pensiez à eux lorsque vous parliez des émissaires ? Des figures encapuchonnées... Des Sans-voix déguisés... Ce sont nos amis du Losange ou je ne suis plus dynaste.

— Je pensais aux reîtres, confessa l'Amiral.

— Vous êtes au courant qu'ils se sont prêtés de bonne

grâce à tous les examens ? A-t-on jamais trouvé de raie télé-pathe nichée dans le thorax de l'un d'entre eux ?

— Non, avoua l'Amiral à contrecœur. Mais...

— Il suffit ! coupa le dynaste, changeant soudain de ton. Cessez de voir des vampires partout ! (Le dynaste se pencha vers l'Amiral.) Une partie de vous est restée sur la Concession 55. D'une certaine manière, tout Amiral que vous soyez, vous êtes resté un cadet. Le monde serait tellement plus simple si les reîtres étaient tels que vous les décrivez ! Nous pourrions les bannir, les chasser, les détruire. Mais rien ne nous permet de le faire. Les capuchons n'entretiennent pas d'armée et pro-clament haut et fort que leur seul intérêt réside dans l'har-monie de la Lyre.

— Ils prônent la paix avec le parasite.

— Ils connaissent le parasite, corrigea le dynaste. Voilà pourquoi ils sont, pour nous, aussi nécessaires que dangereux. Le Losange est la seule puissance de la Lyre à entretenir un contact avec les Sans-voix. Nous ne pouvons l'ignorer. De plus, les marchands de l'Archipelago Flota parviennent encore à contrecarrer le pouvoir des reîtres sur Sérénisse. Et les marchands sont nos alliés.

— Ils le seront tant que nous tiendrons les Sans-voix dans des limites acceptables.

Le dynaste contempla le soldat avec une moue sceptique.

— Et nous sommes en train de nous faire déborder, c'est ce que vous voulez dire ? (Le dynaste respira bruyamment.) Vous avez raison, nous sommes les seuls à supporter la guerre dans un système qui, dans la plupart des esprits, n'a plus que quelques jours à vivre.

Le silence s'installa entre eux deux.

— Que pourrions-nous faire ? demanda Kosh.

L'amusement éclaira le visage du dynaste. Le cœur du sol-dat se mit à accélérer.

— Cela a-t-il quelque chose à voir avec l'artefact ? insista-t-il.

Le dynaste sourit, plus largement encore. Ses yeux étaient malicieux. Il prit le temps de remplir son verre et celui de Kosh de blanc rubis.

— Laissez-moi vous raconter une histoire, monsieur le sol-dat, une histoire qui remonte à la nuit de notre temps, à la jeunesse de Véga.

Le dynaste joignit les mains devant son visage, prit une profonde inspiration.

— La Lyre était unie et harmonieuse. Le dynaste d'alors avait quatre fils. Ne parvenant pas à choisir entre l'un ou l'autre pour le trône, il se résolut à les installer chacun à la tête d'une fraction de l'Empire. L'aîné prit son pouvoir dans l'amas de l'automne. Le deuxième hérita d'Acqua Alta et y fonda Sérénisse dont la beauté surpassa, dans ses plus belles heures, celle des jardins de Primavère. Le troisième s'installa dans le palais d'airain et au cadet échut une planète de glace inhospitalière, éloignée des routes commerciales. Le roi mourut. Les trois aînés s'enfermèrent dans une routine joyeuse et dissipée, oubliant les urgences du gouvernement pour les plaisirs de la chair et du vin. Seul le cadet se pliait à la tâche de transformer son monde ingrat en une planète plus somptueuse que celle de ses frères. Il y parvint, au prix d'efforts inouïs. Il y bâtit une capitale à côté de laquelle Sérénisse, Primavère et le palais des chasseurs réunis faisaient pâle figure.

L'Amiral contemplait Méandre en se demandant pourquoi le souverain était en train de lui raconter le mythe fondateur de la Lyre. Il le connaissait par cœur. Tout le monde savait qu'il s'agissait d'une légende.

— Le cadet invita ses frères à festoyer lorsqu'il jugea son œuvre achevée. Il voulait, du même coup, leur présenter sa promise, une jeune fille dont l'histoire n'a pas retenu le nom mais que nous connaissons comme la princesse endormie. Les frères répondirent à l'invitation en pensant y trouver là l'occasion de dénigrer celui qui avait hérité de la mauvaise part du gâteau. Ils se déplacèrent donc avec leurs Cours dans leurs vaisseaux somptueux jusqu'à cette partie reculée de l'Espace. (Méandre contempla la table, ses plats d'airain, les reliefs qui parsemaient son assiette.) Quelle ne fut par leur stupéfaction lorsqu'ils découvrirent le cristal. La planète tout entière avait été taillée comme un flocon de neige et sur ses bras ramifiés s'élançaient des bâtiments dont une intelligence d'aujourd'hui ne pourrait concevoir la beauté. Le cadet avait signé un pacte avec le Grand Attracteur lui-même pour créer une telle merveille. Et pour avoir trouvé celle qu'il présenta comme sa promise.

Le dynaste arracha une fleur d'Antarès de sa tige. Il broya ses pétales délicats entre ses doigts.

— Les chroniqueurs de l'époque essayèrent de la décrire, mais ils n'y parvinrent pas. Certains tentèrent des comparaisons avec les merveilles de la Lyre, aussi vaines que le reste.

44

La princesse avait l'étoffe d'une reine et son royaume n'aurait pu être moins vaste que l'univers tout entier. (Le dynaste s'humecta les lèvres.) Les aînés tombèrent amoureux et jaloux, évidemment. Ils conspirèrent et passèrent à l'action lors de la nuit de noces, alors que le palais d'hiver dormait. Les époux tendrement enlacés furent arrachés l'un à l'autre. Le cadet fut assassiné, la princesse bâillonnée, ligotée, enlevée. Les conspirateurs rejoignirent leurs vaisseaux et décidèrent de ce qu'il convenait de faire. Aucun ne pouvait se résoudre à abandonner sa part du sinistre butin. Et il était trop tard pour effacer le geste. Moment de pure folie ! soupira le dynaste comme si cela avait vraiment eu lieu.

Il regarda le ciel de marbre qui tourbillonnait lentement.

— Les Cours étaient rassemblées sur les vaisseaux, le cristal abandonné à lui-même. Ils le détruisirent. Ils partagèrent la jeune fille en quatre parties égales. Ils en abandonnèrent une dans le nuage de gaz et ils se distribuèrent les autres, le cœur rongé par le remords. Puis ils se séparèrent et retournèrent dans leurs mondes respectifs pour ne plus jamais se revoir. De cette trahison est née la partition de la Lyre, et sa discordance. Notre situation actuelle n'est que le résultat de ce geste monstrueux.

Le dynaste ouvrit les mains pour indiquer qu'il avait fini son histoire. L'Amiral se trémoussa sur son siège, mal à l'aise. Quelle réaction Méandre espérait-il avoir de sa part ? Des applaudissements pour ses talents de conteur ?

— Écoutez, essaya-t-il.

Le dynaste leva l'index, faisant taire Bubba Kosh.

— Deuxième partie de la légende en forme de prophétie, comme il se doit. Il est dit que justice, un jour, sera faite. Que l'Empire écartelé sera à nouveau uni. Que les anciennes blessures seront effacées. Que la princesse endormie se réveillera et qu'elle apparaîtra, ici (il montra le pavement ondoyant), pour sauver la Lyre au bord du désastre.

— Je connais aussi cette prophétie.

— Nous sommes au bord du désastre, que je sache ? demanda le dynaste.

— Certes. Je... (Kosh avait maintenant l'impression d'avoir affaire à un fou.)

— L'artefact nous a parlé.

L'Amiral ouvrit la bouche lentement. Alors, l'arme fonctionnait. Il avait raison.

— Qu'a-t-il dit ?

— Il reprend la prophétie à son compte. En clair, il réclame la princesse pour sauver la Lyre des Sans-voix.

— Quoi ?! s'exclama l'Amiral.

Le dynaste avait bu trop de blanc rubis. Ou il fréquentait trop sa Cour et ses chimères.

— La princesse... est un mythe, tenta laborieusement le soldat en ayant le sentiment de marcher sur des œufs. Elle n'a jamais existé.

Le dynaste avait sorti un canope translucide de sous la table. Il renfermait une sorte de gaz. Il le posa entre l'Amiral et lui. L'objet avait l'air très ancien. La monture était coulée dans un métal aux reflets vif-argent.

— Touchez-le, ordonna le dynaste.

L'Amiral soupira mais tendit la main vers le canope. Il l'effleura de l'index et sursauta au contact glacé. Méandre se saisit de son poignet avant qu'il ait eu le temps de réagir et lui fit refermer les doigts sur l'urne avec force. Le dynaste dit alors avec la voix de l'homme de pouvoir :

— Vous avez la main posée sur la part d'hydrogène, de carbone et d'oxygène de la princesse assassinée, mon cher Bubba. Les autres gaz rares qui la composaient sont conservés par les chasseurs de l'amas. Les reîtres de Sérénisse possèdent sa séquence Adan, gravée dans l'or fin. Et son âme flotte dans la nébuleuse qui porte aujourd'hui son nom.

L'Amiral ne songeait plus à retirer sa main. Il écoutait son maître.

— Maintenant je vous pose cette question, Amiral Kosh. Acceptez-vous de restaurer l'Empire dans son ancienne grandeur, de rassembler les fragments de cette princesse qui seule saura faire fonctionner l'artefact ? Vous avez dix secondes pour répondre.

Kosh les compta, une par une, faisant sauter ses yeux du canope à Méandre.

— Oui, articula-t-il lorsque « dix » résonna dans son esprit.

Le dynaste lâcha tout à coup sa main, laissant le canope au milieu de la table.

— Très bien, dit-il sur un ton enjoué. Sortons de ce champ de contretemps et montons à l'étage. Nous contemplerons les courtisans pour continuer notre discussion.

Ils désactivèrent leurs boîtiers et la casina retrouva son ancienne splendeur.

Les courtisans n'avaient toujours pas réussi à maîtriser la chimère qui ne donnait plus de coups de sabots furieux. Mais personne n'osait plus l'approcher. Le dynaste et l'Amiral étaient montés à la loggia, Méandre venait d'apparaître sur le balcon. Il s'amusait à faire des signes de la main, à l'un et à l'autre. Un courtisan s'évanouit. Deux autres poussèrent des cris stridents en le voyant.

— Sont-ils mignons, tout de même ! s'exclama le dynaste. Des oiseaux picorant les miettes du bonheur.

Méandre recula, mettant fin à l'apparition. Kosh tournait le canope entre ses mains, cherchant une faille dans cet objet bien réel. Les gaz emprisonnés dansaient un ballet étrange dans l'urne translucide. Kosh hésitait encore entre l'imposture et la révélation.

— Comment se fait-il que personne ne soit au courant ? demanda-t-il.

— Le dynaste sait.

Kosh s'arrêta et se tourna vers Méandre.

— Pourquoi ne pas avoir essayé de rassembler la princesse avant ?

— Les lignées faiblissantes, la pression des Sans-voix, la sécession des chasseurs. Il était trop tard avant que je ne succède à mon prédécesseur. Jamais un dynaste n'aurait pu s'atteler à cette tâche.

— Un Amiral du Haut Commandement, si ! se rengorgea Kosh.

— Certes, non, le refroidit Méandre. Mais il aurait pu la confier à un inconnu, certes.

— Un inconnu ? grinça l'Amiral refroidi.

— Vous ne me comprenez pas. Cette pourpre ne signifie plus rien pour vous. Bubba Kosh a été invité à la Cour. Il demeurera dans le palais d'airain au milieu des délices prodiguées par son dynaste bien-aimé jusqu'à ce qu'on le chasse par ennui.

Le vieux soldat voyait où Méandre voulait en venir.

— Je vous écoute, dit-il.

— Votre nom est Argon D'Argyle. Vous êtes un marchand sans blason de l'Archipelago Flota, résidant à Sérénisse et venu sur Primavère pour y effectuer une cure de Jouvence. Vous vous apprêtez à retourner sur Acqua Alta en faisant halte dans l'amas, ce qui tombe bien, vous pouvez le dire.

— Les chasseurs ont fermé leurs frontières.

— Le navire que vous emprunterez bénéficie d'une sorte

de sauf-conduit lui permettant de s'arrêter dans les partitions de l'Empire, expliqua le dynaste. Les fonctionnels de l'amas l'attendent avec impatience pour acheter les produits qui leur manquent.

L'Amiral se creusait les méninges pour comprendre de quoi le dynaste voulait parler. Peu de vaisseaux franchisés pouvaient traverser l'espace profond en toute impunité.

— Le Jubilé, comprit-il. Le marché flottant du Jubilé.

— Le marché rompt ses amarres demain matin. Je vous conseille d'embarquer à bord cette nuit.

— Qui m'assistera ? demanda le soldat.

— Votre conscience se chargera des détails d'intendance.

— Ma conscience ? ricana l'Amiral. Je dois être un des derniers de la Lyre à ne pas en avoir.

— Vous étiez un des derniers, rectifia tranquillement le dynaste.

Kosh fixa Méandre avec un regard dénué d'expression. Son maître lui expliqua :

— Ce blanc rubis. Nous avons pris soin d'y diluer une sentiente qui doit, en ce moment, se déployer dans les circonvolutions de votre cortex. Oh, ne vous inquiétez pas ! Intégrée ou non, une conscience obéit toujours à son maître. Elle vous assistera comme un simple aide de camp, sans plus.

L'Amiral se caressait le cuir chevelu en hésitant à lancer le canope à la figure du dynaste qui venait de le tromper pour la deuxième fois de son existence.

Intégrer ou faire intégrer une conscience ne posait pas de problème. Il suffisait d'ingérer un composant organique synthétisé par une machine pensante. Un picot de reconnaissance Adan pouvait aussi servir de vecteur par stimulation dermique. En revanche, les consciences n'ayant aucune consistance physique connue, personne ne savait comment s'en débarrasser.

Mais où était le problème ? Personne n'avait envie de se débarrasser de sa conscience.

— Pour faciliter la cohabitation, nous vous avons implanté une conscience qui ne vous est pas totalement étrangère. Nous l'avons arrachée à sa charge de gestionnaire de l'orphelinat du prince dynaste. J'espère que vous appréciez le sacrifice que nous faisons pour vous équiper.

Kosh pensa immédiatement à la seule qu'il ait vraiment fréquentée, le navigateur pompeux et affecté qui pilotait ses scaphes successifs sur la Concession 55. Une toute petite voix lui dit « Bonjour, monsieur » plus timidement que jamais depuis le fin fond de son oreille interne. L'Amiral serra les poings et sentit la colère mêlée à l'impuissance empourprer son visage.

— Je vois que vous vous êtes retrouvés ! s'extasia Méandre. Fort bien. Bridez-la mais ne la brimez pas. Nous lui avons confié la garde des informations qui vous seront nécessaires pour trouver les autres canopes, ce que nous savons de Sérénisse et de l'amas.

Kosh entendit sa conscience lui murmurer des mots apaisants, ce qui eut le don de l'exaspérer encore plus. Il se concentra et lui ordonna de se taire. Les chuchotements cessèrent aussitôt, à son grand soulagement.

— Pour mon visage ? essaya l'Amiral en se palpant les traits.

— Sauf votre respect, mon cher Argon, si vous avez décidé de prendre l'apparence du héros de la Concession 55, c'est bien votre problème !

— Je vois.

Le dynaste tapa dans ses mains avec un air satisfait.

— Il est temps que vous partiez. Le concierge va vous emmener hors du palais par un passage camouflé. Votre aide de camp sera prévenu de l'invitation dont on vous a fait part et que vous ne pouvez évidemment refuser.

Un serviteur apparut. Il tendit un sac à bandoulière à l'ancien soldat.

— Rangez-y les canopes, lui enjoignit Méandre.

— Pourquoi ne pas laisser le premier ici ? Si je commence par l'amas, je pourrai finir par Primavère.

— La prophétie dit que la princesse apparaîtra reconstituée. Nous ne pouvons pas faire autrement.

— Mais... Comment saurais-je la reconstituer ?

— Qui le sait ? La technologie qui a présidé à la conception de ces urnes est ancienne, antérieure à la première dynastie. Mais, par certains aspects, elle était plus évoluée que la nôtre. Nous pensons que les canopes rassemblés sortiront de leurs veilles et se fondront... reconstitueront la princesse d'eux-mêmes. Le reste dépasse nos simples compétences. (Kosh s'apprêtait à détacher le boîtier de champ de contretemps qu'il portait toujours à la ceinture.) Gardez-le, ça pourra peut-être vous servir. Maintenant, allez, Argon. Vous n'avez pas de temps à perdre.

Kosh hésita. Une question le travaillait depuis qu'il était en présence du dynaste.

— Pourquoi... comment saviez-vous que l'artefact se trouvait sur la Concession 55 ?

— Ma conscience me l'a chuchoté, répondit le dynaste. (Les gens de la Lyre répondaient ça lorsqu'ils voulaient garder leurs petits secrets.) Allez. Et que l'harmonie de la Lyre vous accompagne.

« Mieux vaut commencer par une sortie réussie que finir par une entrée ratée », philosopha sa conscience sur un ton docte et suffisant. L'Amiral ne répondit pas. Il cataloguait les injures de sa connaissance et les rangeait dans un petit coin de son esprit. La conscience se tut tout au long du trajet souterrain qui emmena Argon d'Argyle du palais d'airain aux rues les plus en pente de la ville haute.

— C'est trop injuste ! râla Gonzo. T'es notre meilleur pilote, Lucie. Et ce vieux schnoque était en train de nous traiter de volatiles déplumés !

Le volubile Gonzo tenait la droite de la jeune fille. À sa gauche marchait Contarini, l'air sombre. La nuit venait de tomber sur Primavère mais ils étaient déjà passablement éméchés. Santa Lucia avait arrêté de compter les bars du Labyrinthe dans lesquels ils étaient entrés. Quant au nombre de fingersnakes qu'ils avaient ingurgités, son estomac était en train de le lui rappeler.

— Nous devrions marcher plus vite si nous voulons rentrer à l'Académie avant le couvre-feu, dit-elle.

— Au diable l'Académie, le couvre-feu et ces foutus amiraux ! explosa Contarini qui ressassait l'injustice depuis des heures. Rien n'explique ce blâme. C'est... c'est inepte.

Le mot exprimait assez bien le dégoût ressenti par le cadet. Santa Lucia prit le ton pincé de l'instructeur Keane et le mima en train de l'admonester, dans son bureau, après le départ de l'Amiral Kosh.

— Votre conduite est indigne d'un cadet de l'Académie, mademoiselle Santa Lucia. Interpeller un haut gradé avant la fin de son discours ! (Elle fit la bouche en cul de poule comme Keane savait si bien le faire.) Je vous adresse un blâme et une mise à pied jusqu'à nouvel ordre. Je vous consigne dans vos quartiers. (Elle donna un coup de pied dans le vide.) L'imbécile faisait dans son froc, sur la tribune, pendant la simulation.

— L'Amiral nous a provoqués. Il attendait de nous une réaction. C'est évident, scanda Contarini.

— Bien sûr ! s'exclama Gonzo. Corany était coutumier de ces petites mises en scène. Des anciens m'ont raconté ça. Y en avait toujours un qui trinquait, celui qui se soulevait pour tout le monde. C'était presque devenu un rituel. Comme toi, ma puce. Et, même si une sanction était prise, l'Amiral intervenait le lendemain auprès de l'instructeur pour la faire lever. C'est ce qui va se passer, hein ? Kosh va appeler Keane et va lui dire : « Mon petit bonhomme, vous êtes bien gentil, mais la jolie nana que vous avez mise à pied, vous allez la rétablir dans ses fonctions, avec deux galons. Et vous lui donnerez le meilleur spinmaker de l'escadron ! »

Gonzo, emporté par son enthousiasme, effectua une pirouette impeccable.

— Et voilà le travail, conclut-il. Demain, tu seras l'héroïne de la promotion 66.

— Tu es gentil, dit la jeune fille en embrassant son acolyte sur la joue. Mais je crains que ce ne soit mal engagé pour que justice soit faite.

— Comment ça ? demanda Contarini.

— Je n'avais pas envie d'attendre que Kosh se manifeste, expliqua-t-elle. J'ai appelé le Haut Commandement. On m'a répondu que l'Amiral avait fait sa dernière apparition publique dans notre amphithéâtre.

— Il... Il est mort ? bégaya Gonzo.

— Ils ne m'ont pas dit ça. J'ai appelé quelques bons amis à l'Amirauté. Ils m'ont tuyautée sur Kosh. Il aurait été invité par Méandre à la Cour du palais d'airain. Sa date de retour dans le monde des vivants n'a pas été arrêtée.

— Mince ! ragea Contarini. Tu n'arriveras jamais à le joindre. Et la grande attaque qui est prévue pour dans deux semaines seulement.

Santa Lucia baissa la tête, un peu déprimée par les événements. Ils en avaient parlé toute la soirée de cette offensive qu'ils attendaient depuis si longtemps. Deux semaines passeraient si vite. Et elle ne pouvait compter sur l'instructeur pour espérer qu'il revienne sur sa décision sans l'intervention de l'Amiral. Elle s'imaginait bien devenir une sorte d'exemple pour la promotion. « Ceux qui s'amusent à atteindre les bords des simulations et à affronter la pyramide hiérarchique, ceux-là seront punis. » Au moment où la Lyre avait tant besoin de bons pilotes.

— L'imbécile ! cracha Santa Lucia une nouvelle fois. Il faut que j'atteigne l'Amiral Kosh, d'une manière ou d'une autre.

Elle, jeune cadet de l'Académie, ne passerait jamais la barrière des Havilands. Mais elle pensait à une autre façon de contacter l'Amiral depuis qu'elle traînait dans le Labyrinthe avec ses deux acolytes. Contarini prit sa main dans la sienne et la serra affectueusement.

Ils rejoignirent l'Académie juste avant que les sirènes hurlent le couvre-feu. L'édifice n'était jamais fermé, mais il ne faisait pas bon courir dans les rues de la ville basse pendant que les patrouilles militaires les sillonnaient. Ils se séparèrent et regagnèrent leurs cellules respectives. Santa Lucia s'enferma dans la sienne et réfléchit à ce qu'elle comptait faire, allongée sur son lit.

Elle resta éveillée des heures durant, incapable de trouver le sommeil. Serait-ce un mensonge, une trahison vis-à-vis de Contarini ? Pas vraiment : il l'attirait plus que tout autre. Et le temps pressait. Elle avait besoin de lui, vite, pour retrouver l'Amiral. Elle se décida enfin et sauta sur ses pieds. Elle quitta sa cellule et alla jusqu'à la porte du jeune homme qu'elle ouvrit sans s'annoncer.

Contarini ne dormait que d'un œil. Il se redressa d'un coup. Elle fit « Chut », se déshabilla en un tournemain et se coula sous la couverture pour se lover contre lui. L'hésitation du jeune homme ne dura que quelques instants. Il la serra vite contre lui et l'embrassa sur le front, la bouche. Il voulut parler mais elle le fit taire. Elle grimpa sur lui, entrouvrit ses lèvres du bout des doigts et se laissa glisser doucement sur le sexe qui pointait déjà vers le plafond. Elle prit appui sur ses chevilles et commença à monter et à descendre, lentement d'abord, puis de plus en plus vite.

Le numéro d'équilibriste fut parfait. Santa Lucia ferma les paupières et ouvrit ses yeux intérieurs au moment précis où le plaisir la submergea.

Elle avait découvert ce pouvoir avec son premier amant, sur une plage d'Oradine, la station balnéaire de Primavère. Le temps... son temps s'était arrêté au moment de jouir. Mieux, la pensée de son partenaire était devenue aussi limpide qu'une eau vive. La jeune fille entendait les autres penser dans ces moments précieux uniquement. Elle en avait tiré le pire comme le meilleur. Admirer les différents spectres de la nature humaine n'incite pas à la compassion. Elle savait maintenant que la générosité, la gentillesse, l'amour étaient choses bien rares et enfouies au plus profond de l'homme.

Le premier (dont elle avait oublié le nom) était plutôt content de lui-même et de sa performance. Elle ne l'avait jamais revu. Elle avait ensuite admiré des étoiles filantes, des trous noirs d'imbécillité, des bouffées joyeuses de toute beauté, des visages de mères ou d'autres filles qui se superposaient à son visage dans l'esprit de ses amants. Contarini, quant à lui, assouvissait un désir ancien, elle s'en rendait maintenant compte. Il pensait à Lucie depuis leur première rencontre. Et ses pensées étaient... saines. Elle ne trouvait pas d'autre mot. Jamais elle n'aurait pu soupçonner une telle simplicité dans l'esprit du jeune homme qui prenait souvent des airs de poseur quand d'autres cadets le regardaient.

Santa Lucia n'était pas là pour le disséquer. Elle s'éloigna de Contarini et de l'Académie et écouta les pensées qui s'agitaient dans le chaudron de la ville dynastique.

Son pouvoir s'était accru avec le temps. Elle entendait chaque fois plus précisément, plus loin et plus longtemps. Sa capacité d'écoute atteignait les premiers faubourgs de la ville haute, là où logeait l'Amiral. Elle se laissa aller au-dessus de la ville basse, attrapant les pensées au passage, se concentrant sur les informations qui lui permettraient de savoir où se trouvait Kosh précisément. Après, elle aviserait.

Elle le trouva en fait bien plus vite qu'elle ne l'espérait. L'Amiral survolait la ville basse à bord d'un taxi léger. Il se dirigeait vers le marché flottant. La proximité rendait ses pensées très nettes. Santa Lucia les écouta le temps suffisant pour comprendre que son problème de discipline avec l'instructeur Keane était infime par rapport à ce qui était en train de se préparer.

Elle s'arracha à la transe immobile et retomba en poussant un petit cri sur le torse de Contarini dont les hanches chaloupaient encore. Elle se retira, sautilla jusqu'au lavabo et s'aspergea d'eau fraîche. Lui, avait encore envie et il ne comprit pas lorsqu'il la vit se rhabiller.

Santa Lucia embrassa le jeune homme sur le bout du nez, le remercia et sortit de la cellule aussi discrètement qu'elle y était entrée. Le cadet était toujours allongé lorsque la porte se referma. Il hésita longtemps, dans l'obscurité, entre le sentiment d'être un homme heureux et celui d'avoir été victime d'un fantasme, d'un pur caprice de son imagination.

DEUXIÈME PARTIE

LE ROCHER DE BOËCKLIN

1

Bubba Kosh avait déjà visité deux marchés flottants de l'Archipelago Flota lors de leur bénédiction par le dynaste Méandre. Il avait, à cette occasion, effectué de courts trajets inauguraux en orbite basse autour de Primavère, entouré d'officiels et de chefs de guildes. Les manœuvres du largage des chaînes, de la tension du vélum et le travail des remorqueurs l'avaient amusé, sans plus. Les marchés flottants étaient dépourvus de tout intérêt stratégique pour un Amiral du Haut Commandement. Une vélocité médiocre, une autonomie nulle sans les remorqueurs, aucun armement autre que défensif.

Le marché qui allait bientôt quitter la planète dynastique en était à son troisième Jubilé. Les flotteurs accrochés sous la plate-forme étaient constellés de micro-impacts et auraient eu besoin d'un bon coup de peinture. Mais le marché couvert, installé au centre du plateau circulaire de trois cents mètres de large, avait gardé toute sa noblesse. Le dôme s'étageait en une succession de coupoles translucides qui se recouvraient les unes les autres dans un jeu de courbes et contre-courbes typiques de l'architecture marchande.

Au bord du plateau se succédaient une série de quartiers hétéroclites ressemblant en tout point à ceux d'une petite ville de terre ferme. Chaque guilde avait son quartier avec boutiques, relais, hôpitaux, lieux de culte.

L'attaque prochaine du ruban était sur toutes les lèvres. Quelle qu'en soit l'issue, les marchands savaient que cette bataille marquerait un tournant dans le monde de la Lyre. Ils savaient aussi que les meilleures affaires se font autour des grands événements qui battent le bon sens en brèche et incitent l'homme du peuple à dénouer les cordons de sa bourse.

Le jour se levait sur Primavère lorsque Bubba Kosh sortit du vieil ascenseur à traction mécanique qu'il avait emprunté pour se hisser jusqu'au Jubilé. Il se présenta au poste d'accueil et s'annonça comme Argon D'Argyle, marchand sans blason de retour à Acqua Alta. Kosh avait emporté le sac à quatre poches dont une contenait le premier canope plus un ballot léger comprenant affaires de rechange, boîtier à champ de contretemps et nécessaire de voyage.

Les armes étaient interdites sur les marchés flottants. Il avait donc laissé ses poings à percussion dans sa maison de la ville haute qu'il avait quittée en milieu de nuit. Il avait adopté une tenue passe-partout de cuir brun ne trahissant ni son origine, ni son activité, ni sa fortune éventuelle.

À peine avait-il franchi le portail et s'engageait-il dans les ruelles à la recherche d'une pension pouvant l'accueillir que le premier rabatteur tomba sur lui.

L'homme avait une quarantaine d'années. Ses traits anodins étaient noyés sous une casquette de fourrure qui lui mangeait le visage. Il portait un costume de toile lâche frappé du blason des faiseurs de chimères. Il observait les nouveaux venus, adossé contre un mur. L'Amiral le remarqua tout de suite et essaya de ne pas se laisser rattraper. Il était plus difficile de se débarrasser d'un rabatteur que de descendre un trident en action. Les guildes gagnaient leurs membres en grande partie grâce à la technique du racolage, vieille comme la Lyre.

— Monsieur ? l'appela l'homme. Puis-je vous aider ? Monsieur ?

Bubba Kosh faisait une tête de plus que lui. Et il aurait pu l'envoyer de l'autre côté de la rue d'un simple coup d'épaule s'il l'avait voulu. Mais il devait se méfier : la violence était proscrite comme les armes sur le marché flottant. Et les guildes particulièrement méfiantes à l'égard des marchands indépendants. Il ne pouvait se permettre de passer pour un franc-tireur et se faire bannir par les maîtres marchands. De plus, ce trublion l'aiderait peut-être dans sa tâche. Le soldat décida tout de même, par principe, de ne pas céder immédiatement.

— Je n'ai besoin de rien, merci, répondit-il en accélérant le pas.

Le rabatteur changea de tactique et se planta en face de Kosh, la main tendue, un sourire franc comme une chimère sauvage au milieu du visage. L'Amiral n'eut d'autre choix que s'arrêter.

— Oscar, pour vous servir. Inventeur de produits dérivés

pour la guilde des faiseurs de chimères. Je ne voudrais pas m'imposer, mais mon instinct me dit que vous êtes nouveau sur le marché. Me permettrez-vous de jouer votre cicérone ?

Kosh reprit sa route comme si l'inventeur n'existait pas. Il remontait une ruelle réservée à la guilde des cartographes et aucune enseigne de relais n'était visible. L'autre trottinait à côté de lui pour rester à son niveau.

— Vous êtes nouveau et vous n'avez réservé nulle part. Vous ne trouverez pas une chambre libre dans ce coin du marché. En revanche, le relais de ma guilde dispose de quelques chambres pour les marchands indépendants comme vous.

Kosh avait le choix entre chercher des heures sans trouver de place et supporter le babillage du rabatteur le temps de pouvoir lui claquer une porte bien solide au nez. Il opta pour la seconde solution, plus sûre que la première. Il s'arrêta et se présenta.

— Je m'appelle Argon D'Argyle. Emmenez-moi à votre pension, quelle que soit la commission que vous toucherez pour cela.

— Oh, ma commission est symbolique, s'excusa Oscar. Ma guilde s'intéresse juste au bien de l'humanité en général et à celui des hommes en particulier.

— Aux biens, hein ? se moqua le soldat.

Le rabatteur ne répondit pas. Il s'engouffra dans un passage large comme eux aménagé entre deux petites maisons.

— C'est par ici. Si vous voulez bien me suivre.

Kosh suivit son guide sur une centaine de mètres. Ils quittèrent le quartier des cartographes et traversèrent celui des fabricants de propulseurs à vélocité infraluminique. Les dômes les plus hauts du marché étaient visibles sur leur droite, au-dessus des toits.

— Vous étiez sur Primavère pour affaires ? demanda Oscar d'un air détaché.

— Loisirs. Je reviens d'une cure de Jouvence. Ma vieille carcasse réclamait les bains depuis longtemps.

— Cure de Jouvence, hein ? releva l'inventeur. Et vous en avez profité pour façonner vos traits à l'image de ceux de l'Amiral Kosh ?

Le soldat se sentit intérieurement flatté qu'un inconnu de la Lyre reconnaisse son visage.

— En effet, admit-il. J'ai toujours rêvé d'endosser l'apparence de ce héros légendaire.

— Intéressant, répondit l'autre sans enthousiasme. Pour ma part, je n'aurais pas porté mon choix sur le personnage le moins influent du Haut Commandement. Pas assez vendeur et définitivement vieillot.

Kosh s'abstint de réagir. Ce qui lui demanda une bonne dose de son fameux sang-froid.

— Il a tout de même ramené saine et sauve une colonie de soldats prospecteurs de la Concession 55 ?

— Oui, oui, bien sûr. Mais c'est une vieille histoire. Kosh est un héros de l'ancien temps.

Le soldat préféra changer de sujet alors qu'ils remontaient une succession d'enseignes attestant qu'ils se trouvaient maintenant dans le quartier des faiseurs de chimères.

— Le marché doit rompre ses amarres ce matin ?

— Dans une heure ou deux. Les remorqueurs lui feront atteindre sa vitesse de croisière vers midi. Et nous toucherons l'amas dans deux jours environ. Ah, voici le relais dont je vous ai parlé.

Il s'agissait d'une bicoque qui ne payait pas de mine. Elle ressemblait à un gros animal ramassé sur lui-même. Des gargouilles saillaient de ses murs et ricanaient à la face du passant. La pente du toit était telle qu'elle donnait à la maison la forme d'un poignard à lame courte. Oscar pénétra dans le relais et se dirigea vers le comptoir derrière lequel l'attendait un homme au profil de rapace. Il lui chuchota quelques mots, puis se retourna vers le soldat.

— Il nous reste une chambre à dix florins et une à cinq, sous les combles. Je vous conseille celle à dix, elle donne sur le jardin.

Kosh se promenait avec une bourse de cinq cents florins environ. Une fortune. La somme demandée pour une chambre dans ce gourbi minable était exorbitante. Il choisit celle sous les combles. Oscar fit grise mine mais il donna néanmoins rendez-vous au soldat pour la fin d'après-midi, sur la terrasse. Il serait heureux de parler affaires avec le grand Argon D'Argyle dont les faits de bravoure commerciaux étaient encore à écrire. Kosh parvint à se débarrasser de lui entre le deuxième et le troisième étage.

Il trouva la chambre petite et confortable. Une fenêtre à persienne ouvrait sur les dômes du marché couvert. On voyait un bout de Primavère derrière le bord de la plate-forme, loin en dessous d'eux. Kosh se laissa tomber sur le lit en fermant les yeux. Il resta ainsi à écouter le chant des oiseaux du jardin des chimères, en pensant aux chasseurs et à la princesse endormie.

« Conscience, tu es là ? » se demanda Bubba Kosh.

« Bien sûr, monsieur. »

L'Amiral se sentait flotter dans une sphère éthérée, entre la veille et le sommeil. Il savait que midi était passé. Les vélums étaient maintenant tendus au-dessus du marché et le protégeaient de l'Espace. Il avait senti les secousses qui accompagnaient le largage des amarres et le travail des remorqueurs. Ils devaient maintenant filer à une vitesse proche de la lumière, et Primavère n'être plus qu'un petit point brillant dans la nuit éternelle. Kosh se laissait bercer par le mouvement de roulis qui faisait très légèrement tanguer l'immense plate-forme.

« Parle-moi du deuxième canope. »

« Il est conservé dans l'amas d'astéroïdes, fief des chasseurs, vers lequel nous nous rendons. »

« Plus précisément ? »

« Vous le trouverez sur le rocher de Boëcklin. »

« Comment y accéder ? »

« Le rocher de Boëcklin n'est accessible qu'aux héros désirant affronter leur propre mort. Nul n'en revient jamais. »

« Pour quelle raison ? »

« Le rocher cache un volcan dans le cratère duquel se terre un dragon. Ce dragon garde l'entrée d'une grotte dans laquelle repose le deuxième canope de la princesse. Nul ne peut y pénétrer sans abattre le dragon. Nul n'est jamais parvenu à abattre le dragon. »

« Décris-moi le dragon, conscience. »

« Trente mètres de long sur deux de haut. Un corps de serpent recouvert d'écailles plus sonores que le bronze. Une tête de chien cerbère qui crache le feu. Des pattes munies de griffes de lion. Des ailes de chauve-souris qui lui permettent de voler. »

« Le dragon est-il un chasseur ? »

« Affirmatif, monsieur. C'est un ancien, l'un des premiers à avoir changé d'apparence grâce à la technologie de la guilde des faiseurs de chimères. »

« Comment survit-il sur son rocher ? »

« En se nourrissant de ceux qui viennent l'affronter. Une

armée de fonctionnels obéit à ses ordres, comme pour chaque chasseur sur chaque rocher de l'amas. »

« Les fonctionnels ! ricana l'Amiral. Que penses-tu des fonctionnels, machine ? »

L'Amiral avait utilisé le qualificatif méprisant en cours sur la Concession 55 lorsqu'on voulait calmer les ardeurs d'une conscience machine. Celle-ci le comprit comme tel et émit un bruit désapprobateur en forme de sifflement. Elle répondit tout de même à la question :

« Je crois savoir que les fonctionnels descendent d'une colonie de mineurs androïdes installée dans l'amas avant que les chasseurs ne s'y établissent. Ils s'entretiennent eux-mêmes depuis tout ce temps et servent les chimères. »

« Tu ne trouves pas cela amusant ? »

« Que des machines servent des monstres ? Nous ne sommes pas loin de connaître la même situation, monsieur. »

« Un partout », pensa Kosh, en songeant aussitôt que ses pensées étaient limpides pour celui qu'il n'avait pas intérêt à considérer comme son adversaire s'il ne voulait pas sombrer dans la schizophrénie.

« Comment détruire le chasseur ? » reprit-il.

« Je ne possède pas assez d'informations pour répondre à cette question, monsieur. »

« Comment se rend-on au rocher de Boëcklin ? »

« En s'inscrivant 15, allée de la Fibule, entre le quartier des épiciers et celui des recycleurs d'épaves. Vous trouverez à cette adresse une officine des chasseurs. Vous demanderez à être inscrit dans le registre. Un fonctionnel acceptera votre demande, vous demandera deux florins et vous donnera un rendez-vous pour affronter le dragon. »

« Très bien, conscience. Je n'ai plus d'autres questions pour l'instant. »

« Si je peux me permettre, monsieur... »

« Oui ? »

« Le prix que vous payez pour ce pigeonnier est indigne d'un homme de votre rang. »

« Je te remercie, conscience. Ne t'inquiète pas. Je récupérerai mon dû d'une manière ou d'une autre auprès de ce brave Oscar. »

« Une deuxième question ? »

L'Amiral n'eut pas besoin d'exprimer son impatience pour que la conscience la ressente.

« Que pensez-vous de l'idée de déclarer la nébuleuse de la

princesse endormie Territoire souverain de la communauté des consciences libres ? »

L'Amiral Kosh poussa un rugissement mental qui dut résonner jusque dans les derniers méandres de son occiput. La conscience se tut sans demander son reste.

Le rabatteur avait quitté la pension lorsque Bubba Kosh sortit à l'air libre. Le tenancier lui dit qu'il avait réservé une table pour eux deux dans le jardin pour huit heures. Le soldat rendit sa clé et remonta la rue vers les dômes du marché couvert au-dessus desquels claquaient au vent stellaire les toiles du gigantesque vélum.

Les rues avaient changé d'aspect depuis que la plate-forme avait rompu ses amarres. Les boutiques disposées au rez-de-chaussée des bâtiments étaient ouvertes. Des voiles de toutes les couleurs avaient été tendus entre les façades.

Une foule sillonnait les rues, aussi bigarrée que les boutiques. Nul édile de Sérénisse, nul reître du Losange mais des marchands arborant fièrement leurs blasons. Certains s'interpellaient ou s'invectivaient. Des négociations étaient en cours ou se concluaient. Des biens passaient de main en main. Tout ce qui pouvait être fabriqué, recherché et acheté dans les différentes partitions de la Lyre était présent sur le marché flottant du Jubilé. L'ambiance était fiévreuse et insouciante, à mille années-lumière du ruban des Sans-voix et de la menace qui pesait sur eux.

Kosh se promena jusqu'à l'une des entrées du marché couvert mais s'en vit refuser l'accès. En tant que marchand indépendant, il ne pouvait prétendre aux même droits que ceux qui constituaient le corps de l'Archipelago Flota, la flotte marchande de la Lyre propriétaire de cette plate-forme.

Le soldat fit néanmoins le tour du dôme pour en prendre la mesure. Les arceaux qui le constituaient avaient été fondus d'une seule pièce. La complexité et la démesure technique que cela impliquait donnaient une petite idée du talent des fondeurs architectes qui travaillaient pour l'Archipelago.

Kosh se laissa emporter par un mouvement populaire qui l'emmena jusqu'à une aire dégagée. Au centre était amarré un astronef à la ligne byzantine strié de bandes obliques rouges et blanches. Il flottait à quelques mètres de la plate-forme, prisonnier de son champ antigrav. Il faisait une trentaine de mètres de long et la taille de ses moteurs en disait long sur la puissance qu'il pouvait déployer en espace profond.

L'œil expert de l'Amiral estima que cet engin, qui pouvait emporter une dizaine de personnes, aurait damé le pion en termes de vélocité à la majorité des spinmakers de la Lyre. Les gens se rassemblaient sous son ombre et y laissaient des petits billets qu'ils coinçaient avec des pièces métalliques. Kosh attrapa un homme au passage et lui demanda :

— Que faites-vous, mon ami ?

C'était un vieillard, au blason à moitié effacé. Il n'avait donc pas d'héritier et sa charge serait à vendre après sa mort. Il regarda Bubba Kosh des pieds à la tête, avant de lui répondre :

— Vous êtes tombé sur la tête pour ne pas savoir ce que je fais ?

— Je reviens d'une cure de Jouvence, expliqua le pseudo-marchand, un peu décontenancé par la réponse du vieillard. J'ai quelques blancs à remplir.

— D'accord, l'ami. Ce vaisseau a pour nom Bucentaure. Il appartient à la dame d'honneur qui rendra justice, demain, dans les rues du marché. Je viens de déposer une plainte assortie d'une requête afin qu'elle tranche un litige qui me poursuit depuis plusieurs générations.

Le vieil homme laissa Kosh sur ces explications étranges. « La dame d'honneur », pensa-t-il en contemplant l'astronef. Il laissa le Bucentaure à son mystère et décida de redescendre vers sa pension par un chemin buissonnier. Il gardait le marché couvert dans le dos et pensait être sur la bonne route. Il se retrouva dans un quartier qu'il n'avait pas encore traversé, abandonné aux épiciers d'après les petites pyramides colorées et odorantes accumulées devant les boutiques.

— Mince ! jura-t-il en tournant sur lui-même.

L'idée d'interroger sa conscience pour retrouver la pension ne lui traversa même pas l'esprit. Il demanda son chemin à plusieurs personnes qui ne s'arrêtèrent pas ou lui répondirent d'une manière rude dans une langue qu'il n'avait jamais entendue auparavant. Le vieux soldat commençait à s'impatienter lorsqu'une femme au visage grêlé s'approcha de lui en claudiquant. Elle prit sa main droite et l'ouvrit de force pour la consulter. Kosh voulut la reprendre mais la diseuse de bonne aventure la garda entre ses serres en lui disant :

— Je te demanderai un quart de florin pour ça, gamin. Et je te dirai ton chemin.

Kosh soupira mais laissa faire. La vieille était concentrée

sur la ligne creusée par Venise. Elle la suivait d'un doigt tremblant.

— Dis-moi ce que raconte cette entaille, lui dit la vieille sur un ton ne souffrant aucune contestation.

— C'est vous qui êtes censée raconter, pas moi.

— Parle ! cracha-t-elle.

— C'est ridicule... (Il soupira à nouveau, la main toujours prisonnière.) J'étais soldat prospecteur sur une concession, en dehors de la Lyre. J'ai été quelque temps prisonnier d'un équipage pirate. Il y avait une jeune fille qui s'appelait Venise. Elle était chargée de me garder et pour cela elle mêla son sang au mien...

— Elle t'entendait et te voyait de l'intérieur comme ces sales bêtes du ruban ? Hein ?! compléta la vieille femme, un œil borgne louchant vers lui.

— Oui, Grand-mère, répondit Kosh, gêné et troublé à la fois. Venise était télépathe et sûrement plus clairvoyante que toi. (Il récupéra sa main dans un effort violent qui faillit envoyer la vieille dans un étalage d'épices multicolores.) Maintenant dis-moi où se trouve la pension des marchands de chimères ou ce quart de florin (il exhiba la petite pièce de cuivre) ne t'appartiendra qu'en imagination.

— Descends cette rue et tourne à droite devant la boutique du vendeur de fébrile. Tu trouveras ta satanée pension un peu plus loin.

Elle chipa la pièce et se fondit dans la foule aussi facilement qu'elle s'en était arrachée.

— Vieille pie ! jura le soldat en massant sa paume qui le chauffait.

La cicatrice lui élançait, parfois. Il se disait qu'en ces moments Venise, quelque part, pensait à lui qui n'avait jamais cessé de penser à elle.

Il descendit la rue jusqu'à la boutique et tourna à droite. Une ruelle biscornue s'enfonçait dans le pâté de maisons. On ne voyait la lumière du jour qu'à son extrémité. Kosh s'engagea dans le coupe-gorge en maugréant contre les voyants et leur cortège de misères. La vieille l'avait ramené à la Concession 55 et il s'en serait bien passé.

Il ne savait pas si les pirates se trouvaient toujours là-bas. Mais son cœur s'accélérait chaque fois qu'il imaginait l'improbable rencontre avec Venise. Le lion aux yeux secs n'avait connu l'amour qu'une fois, entre les bras de la jeune fille, entre les bras de l'ennemi d'alors.

Kosh s'arrêta subitement et fit mine de s'agenouiller pour resserrer les sangles de ses bottes. Les pas derrière lui s'arrêtèrent. Il vit, à l'envers et entre ses jambes, la silhouette se cacher dans un renfoncement. Quelqu'un le suivait depuis qu'il avait quitté la pension. Ce pouvait être Oscar. Mais le costume faisait plutôt penser à un reître du Losange. L'Amiral n'en avait pourtant croisé aucun depuis qu'il se trouvait sur le Jubilé. Et aucun ne devait se manifester avant que le marché ne rentre dans l'espace protégé d'Acqua Alta.

Il se releva et marcha jusqu'à un écheveau de madriers qui empêchaient la façade de s'effondrer. Il se cacha derrière et attendit sans bouger. L'autre approchait. L'Amiral le laissa avancer, le dépasser. Il se jeta sur lui, lui attrapa le bras droit et le tordit derrière son dos. L'autre tomba à genoux en poussant un gémissement.

— Pas un geste, pas un cri ! ordonna le soldat d'une voix ferme.

Il sentit un parfum féminin. Surpris, Kosh desserra sa prise. L'autre en profita pour se dégager, se retourner et donner un violent coup de genou dans l'entrejambe de l'Amiral qui se plia en deux avec un rictus de douleur. Son poursuivant était libre de s'enfuir, mais il resta là. « Rien ne colle », songeait l'Amiral en essayant de retrouver une posture plus digne.

— Je... Je suis désolée, dit une petite voix.

L'inconnu fit basculer son capuchon. Bubba Kosh poussa une exclamation de surprise :

— Vous ?! Qu'est-ce que ça signifie ?

— Je suis désolée, répéta Santa Lucia, un peu plus sûre d'elle. Vous m'avez agressée. J'ai agi par pur réflexe.

Kosh se tenait encore au mur.

— Qu'est-ce que vous faites, ici, cadet ? Pourquoi me suivez-vous ?

La jeune fille avait l'air de ne plus l'écouter. Maintenant, elle souriait.

— Je savais que c'était vous. Ce déguisement de marchand est habile. Argon D'Argyle sonne mieux que Bubba Kosh. Mais je savais que c'était vous.

Kosh sentit instinctivement que cette gamine allait devenir un poids dans son existence, et qu'il aurait le plus grand mal à s'en débarrasser.

— Que faites-vous ici ? répéta l'Amiral, furieux.

— Il fallait que je vous parle. L'instructeur m'a sacquée après que j'ai interrompu votre discours.

Kosh la contempla bouche bée. Le cadet avait embarqué à bord du marché flottant, le dynaste seul savait par quel moyen, et suivi l'Amiral jusque dans cette ruelle sordide pour obtenir de lui une dispense à la brimade dont elle avait fait l'objet ? Même s'il se sentait un peu responsable, il ne pouvait prendre une telle raison au sérieux. Il allait traverser les trois quarts de l'Empire pour rassembler la princesse et sauver de la Lyre ce qui pouvait encore l'être. Il n'allait pas s'embarrasser, maintenant, d'un problème d'Académie ?

— Je ne peux rien faire pour vous. Rejoignez un convoi commercial en direction de Primavère. Mieux. Demandez à un des spinmakers qui nous escortent jusqu'à l'espace des chasseurs de vous embarquer. Mais oubliez-moi. C'est ce que vous avez de mieux à faire, croyez-moi.

Kosh la regardait vraiment pour la première fois. Elle avait le front haut et ses cheveux blonds étaient ramenés en chignon. Quelques taches de son sur le bout du nez lui faisaient une frimousse de rongeur charmant. Ses yeux étaient fascinants. Ils parvenaient à piéger le peu de lumière qui tombait jusqu'à eux dans des reflets limpides et vert-de-gris. Sa bouche était boudeuse et lui faisait une tête de petite fille venant de faire une bêtise. L'Amiral fronça les sourcils. Santa Lucia se crut tout à coup en présence d'un juge.

— Je vais vous expliquer, reprit-elle posément. Je voulais vous contacter, au départ, parce que je m'étais fait sacquer. Mais lorsque j'ai su la mission que vous avait confiée le dynaste, j'ai décidé de vous accompagner dans cette aventure.

L'Amiral essaya de se convaincre qu'il avait mal entendu sans y parvenir. La jeune fille, ne voyant pas l'Amiral réagir, se permit de préciser :

— Je sais pour les canopes, l'arme ultime et la princesse endormie. Je veux vous aider à les rassembler comme Méandre vous l'a demandé.

— Qui vous a mise au courant ? essaya le soldat qui n'était plus sûr de rien.

— Ma conscience me l'a chuchoté, répondit Santa Lucia, spirituelle.

— Ne jouez pas à ce petit jeu-là avec moi ! grogna Kosh en essayant de l'attraper.

Santa Lucia recula et fit attention à rester hors de portée du soldat.

— Vous n'y arriverez pas seul, sauf votre respect, répondit-elle. Vous aurez besoin de mon aide pour combattre le dragon.

— Voyez-vous ça ! s'esclaffa-t-il, prenant le vide de la ruelle à témoin. Une gamine me prend par surprise et elle se croit assez bonne pour se hisser au niveau d'un Amiral du Haut Commandement ?! Vous faites des étincelles dans les simulateurs, je ne le nie pas. Mais ici, nous sommes dans la Ré-a-li-té. Allez donc rejoindre vos petits camarades de l'Académie et attendez que ça passe. Je vous ferai un mot d'excuse, puisque vous avez fait tout ce voyage pour ça. Mais attendez de bouffer du Sans-voix pour faire preuve d'héroïsme.

— Je n'aurai pas besoin d'attendre aussi longtemps, Amiral, grinça Santa Lucia.

Son regard flamboyait et lui donnait un air terrible. Kosh faillit détourner les yeux. Il se retint de justesse.

— Vous aurez bientôt de mes nouvelles, conclut-elle.

Elle fit retomber son capuchon et partit en courant à grandes enjambées. Kosh se jeta vers elle pour la rattraper, trop tard. Il vit la silhouette disparaître derrière un coude, puis le bruit de ses bottes décrut pour s'éteindre tout à fait.

— Petite peste ! cracha-t-il en se massant l'entrejambe.

Il reprit sa route le corps un peu plus courbé et l'esprit beaucoup plus encombré de questions qu'auparavant.

2

Comment cette gamine avait-elle pu le retrouver ? Qui lui avait donné les détails de sa mission ? Était-elle liée au dynaste ? Était-elle une espionne à la solde du Losange ? Un émissaire télépathe ? Les examens d'entrée à l'Académie interdisaient toute imposture de ce genre. Kosh la sentait pourtant loyale et droite, même si elle entourait sa présence de mystère. Alors, aurait-elle lu dans ses pensées ? Avait-elle sondé son esprit lors du discours de clôture ? L'Amiral ne savait rien de cette mission lorsqu'il avait vu Santa Lucia dans l'amphithéâtre de l'Académie.

Qu'est-ce qu'il pouvait faire ? Retrouver la jeune fille sur le marché flottant revenait à chercher une micrométéorite dans un nuage d'astéroïdes. Il devrait être un peu plus sur ses gardes qu'il ne l'était déjà. Elle l'avait surpris une fois. Et il sentait confusément que ça pourrait recommencer.

— Donc, je voulais vous parler de cette affaire que je suis en train de monter, reprit Oscar. Mon invention va faire un malheur et je suis à la recherche d'un associé pouvant amener quelques liquidités dans l'entreprise.

La nuit artificielle était tombée sur le vélum que l'on entendait claquer dans l'obscurité. Des oiseaux se pavanaient dans le jardin de la pension en glougloutant. Ils déployaient et refermaient leur éventail, le cou tendu, la patte levée. « Des pahons, chimériques, bien sûr », lui avait expliqué Oscar.

— Le problème avec ces bestioles, reprit Oscar, c'est de parvenir à les dresser.

— Comment sont-elles créées ? s'enquit le soldat pour revenir dans la conversation.

— Bonne question. Les chimères sont produites à partir de semences Adan fossiles trouvées ici et ailleurs. La Concession 55 qui a rendu votre modèle célèbre est, par exemple, une mine quasi inépuisable d'espèces toutes plus incongrues les unes que les autres.

— La Concession 55 ? s'intéressa le pseudo Argon D'Argyle. Elle est encore exploitée ?

L'Amirauté lui avait fait comprendre que la Lyre n'y avait pas envoyé de colons depuis qu'il l'avait quittée.

— Pas par l'armée. Mais les marchands de notre guilde sont en contact avec des... intermédiaires qui font fréquemment l'aller et retour entre la Lyre et les systèmes lointains. Je suis par exemple en possession d'une chimère étonnante qui vient de là-bas. Je l'ai achetée pour une bouchée de pain à un courtisan du palais d'airain qui ne parvenait pas à la faire plier sous sa volonté. (Kosh pensa tout de suite à l'animal entrevu devant la casina.) Elle me permettra de vous démontrer l'intérêt que représente mon invention pour un homme judicieux comme vous l'êtes, doublé, j'en suis sûr, d'un investisseur ayant un sens aiguisé des affaires.

Une serveuse leur apporta deux bocks de lait d'alcool tiède. Ils trinquèrent et burent une rasade à la santé du dynaste. Oscar exhiba un paquet, le posa sur la table et l'ouvrit avec précaution. Il en extirpa une espèce d'aiguillon au bout recourbé et deux éperons façonnés dans le même métal terne. Kosh les fit tourner entre ses doigts sans parvenir à comprendre quelle pouvait être leur utilité.

— C'est donc votre invention, marmonna-t-il.

— Oui. Vous allez très vite comprendre son utilité. (Il se saisit de la canne et la tint droite devant lui, le bout recourbé vers le bas, le manche dans le prolongement du bras.) Les chimères sont des organismes artificiels conçus à partir d'une souche fossile greffée à une souche active. Je ne veux pas vous assommer avec les détails techniques mais leur sauvagerie est souvent le fait de la proximité des génotypes, comme si la cohabitation forcée entre deux organismes de nature différente enfermait la chimère dans une fureur permanente.

— À la manière d'une greffe qui ne prend pas.

— C'est ça. Je ne vous parle évidemment que des chimères domestiques de la dernière génération. Les joyaux des premiers temps comme les chasseurs, ceux qui sont encore vivants, ne connaissent pas ce genre de problèmes.

— Parce qu'ils ont été conçus à une époque où votre guilde était toute-puissante, releva l'Amiral en montrant la façade décrépite du relais de la guilde.

— Au début de l'Archipelago Flota, j'en conviens, concéda l'inventeur. L'industrie du loisir s'essouffle toujours un peu en temps de guerre. (Il sortit de sa contemplation.) Donc, les chimères livrées aux courtisans ou à d'autres sont souvent violentes et imprévisibles.

Il brandit la canne en direction de l'oiseau éventail.

— Mon invention les rend aussi douces que des druses à poil ras.

— Des quoi ?

— Des chimères adorables qui vivent dans le Scorpion.

— Ah.

Kosh s'empara des éperons et en tâta les ergots du bout de l'index.

— Pourquoi les maîtres de la guilde ne vous ont-ils pas acheté votre invention, si elle est à ce point exceptionnelle ?

— Je me rends justement à Sérénisse pour la leur présenter. Je l'ai conçue à Primavère, avec mes faibles moyens.

— Dites-moi comment elle fonctionne.

— Par influx électriques. Les brèches apparues entre différents génotypes sont recousues et effacées, rétablissant l'harmonie là où régnait autrefois le désordre. Vous piquez la bestiole avec ça, et soit elle vous mange dans la main...

— Soit...

— ... les brèches s'augmentent et les différentes entités retrouvent leur autonomie.

— Votre invention ne fonctionne donc qu'à moitié.

— J'avoue qu'elle est un peu instable, admit Oscar, l'air gêné. Mais, rendre leur autonomie aux entités disparates qui constituent une chimère n'est pas sans intérêt.

— Mais encore ?

— Avoir plusieurs chimères pour le prix d'une seule, répondit l'inventeur sur le ton de l'évidence. Alors, convaincu ?

Kosh ne songeait pas une seule seconde à investir un quart de florin dans cette entreprise. Mais Oscar commençait à lui plaire. Il lui tenait compagnie depuis son arrivée sur le marché. Et il avait réussi à lui faire oublier l'irruption de Santa Lucia dans sa vie pendant dix bonnes minutes. Ça suffisait presque à faire de lui un compagnon de route acceptable.

— Vous me ferez votre démonstration demain, dit-il à l'inventeur. Alors je vous répondrai.

— Entendu, accepta l'autre en tendant son verre pour trinquer une nouvelle fois.

Le lait d'alcool laissa une saveur douce-amère sur la langue de l'Amiral.

— Demain sera un grand jour, associé, continua Oscar. La présence de la dame d'honneur sur le marché du Jubilé est de bon augure pour notre future collaboration.

— Celle qui rend justice.

— La très grande et clairvoyante qui règle les litiges. L'Archipelago Flota aurait explosé en morceaux depuis longtemps si la dame d'honneur ne pacifiait pas les guildes qui se cherchent noise en permanence. Certains disent que c'est elle qui la dirige effectivement. Allez savoir ce qui se passe dans les alcôves de Sérénisse.

— À quoi ressemble-t-elle ? demanda Kosh qui commençait à se sentir la bouche pâteuse.

— Aucune idée. Elle se promène voilée. Mais vous sentirez sa présence, demain matin. Et vous la verrez plus clairement qu'avec vos propres yeux.

Ils commandèrent de nouveaux bocks de lait d'alcool et se séparèrent comme des amis de longue date. L'Amiral peina pour atteindre sa chambre. Il ferma les yeux et il ne lui fallut pas plus de dix secondes pour s'endormir. Il eut tout de même le temps de voir le visage de Venise puis celui de Santa Lucia se superposer et lui sourire. Kosh se dit qu'elles se ressemblaient vraiment beaucoup et il sombra dans un sommeil sans rêves.

Il se réveilla le lendemain matin avec la gueule de bois. Il se traita d'imbécile tout en se rappelant ses années de jeunesse et ses joyeuses bordées avec Fix sur la Concession 55, alors que son corps accusait assez bien ce genre d'épreuve. Il se débarbouilla, ouvrit la fenêtre et contempla le marché flottant. D'après l'intensité de la lumière artificielle, la matinée était déjà bien avancée.

Le Jubilé avait dû quitter l'espace protégé de Primavère durant la nuit, et l'escorte de spinmakers passer la main aux frondeurs des fonctionnels, des engins légers et bien armés. Le vélum empêchait de s'en assurer mais les voiles claquaient plus mollement qu'hier. Les escorteurs devaient déjà être en train de négocier la délicate approche de l'amas sous la conduite de leurs guides androïdes.

Kosh sortit dans la rue et la trouva déserte. Les boutiques n'avaient pas été ouvertes. Seuls le vent et un chien errant animaient le quartier. Le soldat entendit une clameur venir du quartier des cartographes, sur sa gauche. Il se dirigea dans cette direction, le sac contenant le premier canope de la princesse jeté en bandoulière autour de ses épaules.

Il traversa deux artères principales sans voir quiconque. Puis, au détour d'un pâté de maisons, il tomba sur une foule disposée sur deux rangs. Les têtes étaient tournées dans la même direction. Personne ne parlait. On entendait vagir un bébé dans une des bicoques. Hommes, femmes, vieillards et enfants attendaient sans bouger. Une clameur s'éleva tout à coup comme une vague. Elle fit sursauter l'Amiral. Les spectateurs levèrent les bras au ciel et se mirent à crier et à gesticuler. La chaussée centrale était restée libre et ils jetaient des morceaux de papier coloré au milieu de la rue. Kosh se pencha par-dessus les premiers rangs pour voir ce qui pouvait déclencher une telle folie populaire.

Un palanquin approchait. Il était hissé sur le dos d'un animal fantastique dont les poils balayaient le sol. Ses cornes faisaient presque la largeur de la rue. Sur le palanquin était assise une femme d'après ce qu'on pouvait voir. Elle était habillée d'étoffes précieuses. Une ombrelle de soie mauve la protégeait de la lumière et cachait son visage. Kosh comprit ce que les gens hurlaient dans différents dialectes. « Dame d'honneur ! » criaient-ils dans sa direction.

L'étrange Pythie fit un signe de la main et le cortège s'arrêta. Le silence se fit aussitôt d'une manière surnaturelle. Des hommes nus jusqu'au nombril qui formaient une sorte d'escorte coururent devant l'animal et consultèrent la dame d'honneur. Elle montra un point sur le sol. Un homme ramassa un billet bleu. Il le planta au bout d'une perche et le tendit à la dame qui s'en saisit et le déplia délicatement. Il y eut encore quelques secondes de silence. Puis elle parla enfin :

— Virgile d'Acéta, drapier, et son assistant teinturier, avancez !

Kosh frissonna au son de cette voix puissante et empreinte de douceur à la fois. Un petit homme habillé de couleurs vives et une grande asperge à la démarche flottante fendirent la foule et s'agenouillèrent devant l'équipage majestueux.

— Quel sujet vous divise ? demanda la dame d'honneur.

Le petit homme commença, la voix pleine de fureur contenue :

— L'assistant qui n'était rien avant que je le forme m'a volé trois onces de poudre d'outremer qu'il a vendues à son profit et sans doute bues avec des filles de passage dans un troquet du quartier des épiciers.

Tout cela avait été dit d'un trait. L'accusé ne bronchait pas, apparemment sûr de son bon droit.

— Que dites-vous pour votre défense, assistant ?

— J'ai confiance dans la justice de la Dame. Qu'elle lise mon esprit. Je l'ouvre comme un livre pour elle.

La noblesse de la voix de l'assistant teinturier et son assurance contrastaient avec son air dégingandé. La dame d'honneur se renfonça dans son siège et se mit à trembler en poussant des grognements. Tous, maintenant, la regardaient. La transe ne dura que quelques secondes. La dame d'honneur reprit, à l'intention du drapier :

— L'assistant ne t'a pas volé l'or bleu, Virgile. Tu l'as toi-même retiré de ton stock pour faire croire au larcin, avec l'idée de ne pas payer les gages que tu lui dois.

Des lazzis furent poussés contre le petit homme. Quelques trognons volèrent dans sa direction. La dame, d'une main, arrêta l'opprobre.

— Je te condamne à lui régler la somme due sur-le-champ, ainsi que cent florins pour le préjudice moral. Tu es rétrogradé comme apprenti drapier pour un an, et tu travailleras sous les ordres du maître teinturier qui est à tes côtés.

Le drapier humilié n'était plus que l'ombre de lui-même. Le teinturier rayonnait. Kosh trouva la justice de la guilde dure et expéditive. Mais il remarqua que le grand échalas soutenait son ancien maître pour le ramener dans la foule. « Une justice qui frappe mais qui pardonne », songea-t-il. Ils étaient bien loin d'un tel modèle sur Primavère qui frappait le plus souvent, mais sans jamais associer le pardon au châtiment.

L'équipage reprit sa course. L'Amiral le laissa disparaître et retourna sur ses pas. Il comptait repasser à la pension avant de se rendre à l'officine des chasseurs. Ensuite, il irait voir la démonstration que lui avait promise Oscar. Personne n'avait l'air de le suivre. Du moins, la jeune fille était-elle restée invisible depuis la veille.

Il s'engageait dans la rue des faiseurs de chimères lorsque quelque chose de lourd le frappa de plein fouet et l'envoya rouler par terre. Kosh se releva un peu sonné et la poitrine en feu. Mais il se releva tout de même pour répondre à l'agression.

Une chimère en tout point semblable à celle qu'il avait admirée au pied de la casina de Méandre s'était arrêtée à quelques pas et l'observait, les naseaux écumants. Oscar arriva à son niveau, essoufflé, aux cent coups.

— Mon ami, vous n'avez rien ? Cette bête sauvage s'est échappée de son enclos alors que je voulais tester mon invention sur elle. (Il se tenait les côtes en grimaçant.) Bien mal m'en a pris. Je vais être bon pour l'abattre avant qu'elle ne blesse quelqu'un d'une manière plus sérieuse.

— Vous n'y pensez pas ? s'exclama Kosh en se retournant vers l'animal.

Sa robe brune et luisante laissait apparaître le jeu de la musculature. Cette bête, si chimérique fût-elle, respirait la force et la noblesse. Le vieux soldat ne pouvait se résoudre à ce qu'un rabatteur de seconde zone l'exécute comme une bestiole destinée à l'abattoir.

— Me la céderez-vous si je parviens à la monter ? demanda Kosh précipitamment.

— Ma foi, vous la céder ? (Ce mot arracha la langue du marchand.) Je vous la vendrai pour une somme symbolique de... mettons... cinquante florins. Et nous n'en parlerons plus.

— Cinquante avec les éperons, répondit l'Amiral en montrant l'invention que son propriétaire tenait dans une main.

— Avec... Soixante-quinze.

— Soixante, à prendre ou à laisser.

— Marché conclu, accepta l'inventeur en tendant à l'Amiral les morceaux de métal. Vous pouvez les clipper sur les talons de vos bottes. (Il s'agenouilla pour lui montrer.) Comme ceci. Vous avez fière allure. (Il prit ses distances.) Maintenant allez-y. Je vous contemple.

Kosh se mit à avancer vers la chimère qui n'avait pas bougé et qui l'observait sans broncher. Les éperons tintaient en raclant le sol mais le soldat se fit rapidement au fait de les porter. Il s'approcha à pas mesurés, la main tendue vers l'encolure de l'animal qui se laissa caresser en renâclant un peu. L'Amiral, maintenant qu'il était à côté, se rendait compte de la difficulté de monter sur la chimère sans aide. Il se retourna vers Oscar qui aurait pu lui faire la courte échelle. L'inventeur lui faisait de grands signes depuis l'autre bout de la rue, disant que tout allait bien, qu'il ne s'inquiète pas.

« Couard », pensa le soldat.

La chimère s'était désintéressée de sa présence et fouillait dans un tas de papiers gras abandonnés sur le sol du marché, juste devant une boutique à un étage. Une fenêtre s'ouvrait au premier. Kosh entra dans la boutique, grimpa à l'étage et se retrouva dans l'embrasure de la fenêtre, surplombant la chimère. Il se traita de fou, compta jusqu'à trois, prit son élan et sauta dans le vide, jambes et bras écartés.

Il se réceptionna sans douceur sur le dos de la chimère. Il expulsa d'un coup l'air de ses poumons. L'animal se cabra sur ses pattes arrière en tournant sur lui-même. Kosh faillit tomber mais il se rattrapa de justesse à la crinière. Il enfonça ses éperons dans les flancs de la bête. Il pensait qu'elle le sentirait comme un ordre et qu'elle se calmerait. Oscar le lui avait assuré : elle deviendrait douce comme un druse à poil ras.

La chimère se lança dans un galop effréné droit devant elle. Kosh eut le réflexe de jeter les bras autour de son encolure.

Le soldat était brinquebalé dans tous les sens. Il ne voyait du paysage qui défilait autour de lui que des pans de murs fugaces, des taches d'ombres et de lumières colorées, parfois un visage affichant la terreur ou la surprise. Les sabots faisaient un martèlement sourd qui résonnait dans sa poitrine et dans son crâne. La chimère fonçait sans avoir l'air de vouloir s'arrêter.

Il trouva son équilibre en comprenant le rythme de la course qui alternait foulées longues et courtes, selon un effet de vague qui ressemblait à une sinusoïde aplatie. Une fourche se présenta à un moment. Kosh attrapa la crinière et tira vers la gauche. La bête partit vers la gauche et continua aussi vite qu'auparavant.

L'Amiral poussa un rugissement de triomphe. Il était maintenant parfaitement assis sur la chimère, et il avait l'impression de voler. La puissance qu'elle dégageait était époustouflante. Les montures animales de Primavère étaient amorphes en comparaison. Quel sentiment d'exaltation cette bête lui aurait donné s'il avait pu, avec elle, charger la ligne de front du ruban des Sans-voix !

Il la fit tourner sur la droite pour s'engager dans une ruelle transversale et comprit tout de suite son erreur. Elle s'arrêtait sur une terrasse qui devait surplomber une rue en contrebas. On voyait des bouts de papier s'envoler vers le ciel de vélum. Le parasol qui couronnait le palanquin de la dame d'honneur avançait à son niveau.

Kosh attrapa la crinière à pleines mains et tira dessus sans ménagement. La chimère ne s'arrêta pas, emportée par son élan. Sa foulée s'allongea. Ils arrivèrent au bord de la terrasse. Kosh se pencha instinctivement sur l'encolure de l'animal lorsque celui-ci plia les jambes de devant et se propulsa dans les airs. Toutes les têtes se tournèrent vers l'apparition.

Les sabots de la chimère touchèrent le parasol et le firent ployer, le temps de découvrir le visage de la dame d'honneur. Le regard de Kosh croisa celui de la dame. Il oublia sa position délicate et le reste du monde, le temps que la chimère retombe vers la terrasse, de l'autre côté, se réceptionne avec souplesse et reparte au triple galop dans les rues du marché flottant.

Kosh la laissait maintenant le piloter, subjugué par la révélation. La bête galopa encore sur une cinquantaine de mètres et freina tout à coup des quatre fers. Le soldat fut propulsé cul par-dessus tête et retrouva le sol du marché dans un nuage de poussière. Il se releva en se frottant le postérieur. La chimère, la gueule écumante, avait l'air de rire du bon tour qu'elle venait de jouer à son cavalier. Elle tendit son encolure vers l'Amiral et se mit à le lécher d'une langue râpeuse. Kosh l'écarta d'une tape et regarda l'endroit où il avait atterri.

Il se trouvait juste en face de l'officine des chasseurs dans laquelle il était censé s'inscrire pour affronter le dragon. Les bureaux étaient ouverts et un fonctionnel le surveillait depuis l'intérieur avec un air suspect. Kosh grimpa les marches du perron cahin-caha. Il avait mal partout mais il pensait en cet instant au visage de la dame d'honneur entrevu alors qu'il survolait le cortège.

Venise, la jeune fille de la Concession 55, vieillie de trente ans, l'avait reconnu elle aussi.

— Vous désirez vraiment que je vous inscrive dans le registre ? demanda à nouveau le fonctionnel greffier en détaillant l'individu recouvert de poussière qui venait de pénétrer dans son officine.

Kosh n'en avait jamais vu en vrai, mais il se doutait que les autres fonctionnels ressemblaient trait pour trait à celui-ci. Moyen au niveau de la taille, du visage et de l'apparence. Habillé d'un costume sombre et sans forme. Aucune vie n'animait ses traits. Les cheveux châtains plaqués sur le crâne par une couche de gel translucide. En regardant mieux, Kosh se rendit compte que cette laque recouvrait intégralement la machine et diluait ses contours dans une sorte de gelée épaisse, ce qui donnait une désagréable impression de flottement visuel. La façon mécanique qu'avait l'androïde de fixer son interlocuteur était aussi dérangeante que le reste de sa personne.

— Vous savez que personne n'est jamais revenu d'un rendez-vous avec le dragon ?

— Inscrivez-moi, fonctionnel, avant que je ne perde patience.

Le scribouillard poussa un soupir, se leva avec une lenteur calculée et alla chercher un grand registre qu'il laissa tomber plus qu'il ne le posa sur la table branlante qui lui servait de bureau. Il l'ouvrit à la dernière page, s'empara d'une plume qu'il trempa dans un encrier puis demanda :

— Profession, âge, qualité de l'exécuteur testamentaire, résidence. Vous n'êtes pas obligé de donner votre nom.

— Marchand indépendant, ça ne vous regarde pas, notez Oscar, pension des faiseurs de chimères.

— Les faiseurs de chimères, dit le fonctionnel sans enthousiasme. Comme c'est intéressant. Vous savez que mes maîtres...

— Je sais, je sais, machine. Notez ce que je viens de vous dire.

— Machine, releva l'androïde en obéissant tout de même.

Il enregistra consciencieusement les réponses dans les colonnes appropriées. Il revint à son interlocuteur une fois cette tâche de graphie accomplie.

— Vous avez droit à toutes les armes que vous voudrez, tant qu'elles restent portables et n'utilisent ni la fusion ni la fission de l'atome.

— Le port d'armes n'est pas interdit sur le marché flottant ? grinça l'Amiral.

— Ce n'est pas mon problème. De toute façon, je crois que tout l'arsenal de la Lyre a été essayé contre le dragon et que ça lui a juste ciré les écailles. Si vous voyez ce que je veux dire.

— Je vois ce que vous voulez dire. Les montures sont-elles acceptées ?

— Tant qu'elles ne fonctionnent pas à la fusion ou à la fission de l'atome, répondit le greffier systématique. (Kosh se demanda s'il s'agissait d'un échantillon d'humour androïde.) J'ai un créneau pour vous, demain, à midi. Avant, il y a un vespéral qui veut finir ses jours en beauté, et le lendemain une sorcière escortée par des juristes de Primavère. Elle a eu le choix entre la pulvérisation ou affronter le dragon. Elle aurait mieux fait de choisir la pulvérisation. Ça vous va ?

— Va pour demain midi, grogna le vieux soldat.

— Bien. Je vous demanderai une petite signature, là. (Il montra la case blanche d'un doigt enrobé de glycérine.) Très bien. Maintenant passons à votre page.

— Mon quoi ?

Le visage du greffier afficha la plus complète consternation. C'était toujours la même chose avec ces étrangers qui se croyaient plus intelligents que les machines.

— Votre page, répéta-t-il. Vous ne comptez tout de même pas affronter le dragon sans page ? (L'Amiral lui renvoyait un regard interloqué.) Bon. Quelqu'un s'est inscrit comme page en indiquant le nom d'un prétendant qui ne s'est pas encore présenté. (Le fonctionnel cherchait une page sur laquelle il s'arrêta.) Je vais être obligé de vous demander comment vous vous appelez.

— Argon D'Argyle, avança le soldat. (Le fonctionnel fit non de la tête.) Bubba Kosh ?

— C'est ça. J'ai une Santa Lucia, sans profession, vingt-deux ans, pas d'exécuteur, inscrite comme page dudit Bubba Kosh, présentation au bureau attendue ce jour. Elle n'a pas dit où elle logeait.

L'Amiral serrait les poings sans rien dire.

— C'est donc vous ? Vous m'en voyez rassuré. Je déteste les inscriptions incomplètes. Signez à côté de son nom, je vous prie.

Kosh obéit comme un somnambule. La jeune fille avait eu le toupet de s'inscrire sur le registre des fonctionnels. Elle ne l'avait donc pas écouté.

— Est-il possible de changer de page ? demanda-t-il avec un sourire affable.

— Absolument hors de question, monsieur, répondit le fonctionnel. Votre signature est à peine sèche. Passons maintenant à vos chances de succès.

Le fonctionnel poussa une petite corbeille en osier au bord de la table.

— Voyons... vous affrontez le dragon, vous n'êtes plus très jeune... Pourtant, votre nom me dit quelque chose. Bubba Kosh, rumina-t-il.

— Amiral du Haut Commandement de Primavère, clama le soldat, héros de la Concession 55, porteur de la charge pourpre.

— De Primavère, l'Amirauté. Je peux vous offrir du un contre cinq mais je n'irai pas plus loin.

— Pardon ?

L'Amiral ne comprenait pas où l'androïde voulait en venir.

— Les paris, lui expliqua ce dernier calmement. Vous pouvez mettre la somme que vous voulez. Si vous abattez le dragon, vous empochez cinq fois la mise.

Kosh avait oublié que les fonctionnels étaient possédés par le démon du jeu. Ils pouvaient parier sur tout et n'importe quoi. Un défaut de fabrication ou l'obsession de tout androïde à vouloir imiter les hommes en était peut-être la cause.

— Je n'engagerai pas un florin sur moi ou sur ce monstre, dit Kosh en se levant lentement.

— Vous n'êtes pas très joueur, constata la machine. Tant pis. Les gardes de l'amas vous attendront au bas de l'ascenseur demain à midi. Ils vous identifieront et vous emmèneront au rocher de Boëcklin. Vous aurez, après, un jour de marche et une nuit à passer dans le refuge de la crête. (Le fonctionnel fouilla dans un tiroir de son bureau.) Prenez ceci. (Il lui tendit un papier.) C'est la liste du matériel dont vous aurez besoin lors de votre périple. Ne faites pas attendre le dragon. Il a un emploi du temps très chargé.

Kosh en avait assez entendu. Il empocha la liste et fit volte-face pour sortir de l'officine. Lorsque le fonctionnel l'appela :

— Monsieur ! (Kosh se retourna.) C'est deux florins pour être inscrit au registre. (Le soldat grogna mais chercha deux pièces de cuivre dans sa bourse qu'il jeta au greffier.) Et un florin pour le page.

L'Amiral hésita à lui envoyer toute la bourse en travers de la figure. Mais il se retint. Il posa les trois pièces sous le nez du fonctionnel et sortit d'une manière définitive en faisant tinter ses éperons. Le fonctionnel attendit que l'Amiral disparaisse. Il contempla les pièces de cuivre, la corbeille, les pièces de cuivre. Il glissa précipitamment la monnaie dans la corbeille et nota dans la colonne des paris : « 3 florins contre le n° 107, mise de Z-1002-Y, fonctionnel de son état. »

La chimère n'avait pas bougé. Bubba Kosh grimpa sur son dos en utilisant une caisse en bois comme marchepied. Les idées se bousculaient dans son esprit. Il lui restait une journée pour se préparer à affronter le chasseur. Il avait tout un équipement à rassembler. Il devait se renseigner sur les dragons, offrir une selle et un harnachement à sa monture. Accessoirement, il devait manger et dormir. Mais surtout, il devait s'assurer que la dame d'honneur n'était pas Venise. Son sens commun refusait d'admettre le contraire.

Comment aurait-elle fait pour devenir la première dame de l'Archipelago Flota ? C'était impensable.

« Conscience, appela-t-il, alors que la bête s'impatientait en dessous de lui. Possèdes-tu des données au sujet de la Concession 55 après que nous l'avons quittée ? »

La conscience répondit avec une voix pâteuse, comme si on venait de l'arracher à un sommeil profond.

« Je n'en sais pas plus que vous, monsieur. Je pourrais éventuellement me connecter à distance aux bases de données du Haut Commandement. Mais il faudrait pour cela un émetteur puissant, un cargo de Primavère à moins de 2 UA servant de relais, et je ne répondrai pas de votre santé mentale si je parviens à établir une connexion. Peut-être qu'en buvant beaucoup d'alcool... si vous étiez ivre mort. »

« D'accord, oublie et rendors-toi. »

La conscience se rendormit. Kosh se dit que le mieux serait de rejoindre la pension, de déjeuner rapidement et d'agir ensuite. Mais le doute était trop puissant. Il devait retrouver le cortège, monter sur la bête poilue qui portait le palanquin, créer un précédent diplomatique, un blasphème s'il le fallait.

Il retira les éperons pour ne pas blesser la chimère, les rangea dans son sac et donna deux coups de pied légers pour voir comment elle réagirait. La chimère partit au pas droit devant elle. Kosh redonna deux petits coups et elle partit au trot.

Il retrouva rapidement la terrasse sur laquelle il s'était réceptionné. La rue en contrebas était déserte et jonchée de papiers colorés. Kosh chercha un accès pour descendre et trouva un escalier que la chimère emprunta avec précaution. Une fois dans la rue, il la poussa au trot pour remonter la piste du cortège, facile à suivre grâce aux traces qu'il avait laissées derrière lui. Les petits papiers disparurent au bout d'une cinquantaine de mètres. Quelques enfants jouaient au ballon là où le cortège aurait dû se trouver. Ils s'arrêtèrent et regardèrent le cavalier et sa monture approcher en écarquillant les yeux.

— Où se trouve la dame d'honneur ? demanda l'Amiral d'une voix puissante.

Il avait fière allure depuis son perchoir.

— Sont partis, répondit le plus grand.

— La dame, elle est tombée malade, ajouta un petit plus loquace.

— Comment ça, tombée malade ? l'incita Kosh.

— Ben, y s'est passé un truc bizarre au-dessus de son parasol, et elle est tombée dans les pommes. L'ont ramenée au Bucentaure.

— Merci ! lança l'Amiral en faisant faire demi-tour à sa monture.

Il donna trois coups de pied dans les côtes de la chimère qui partit au galop vers l'aire où stationnait le navire rouge et blanc. La bête négociait les tournants avec adresse. Le martèlement de ses sabots sur le sable du marché donnait à sa course une dimension fantastique. Kosh arriva à l'endroit où il avait découvert le Bucentaure en moins de cinq minutes. La place était nette et vide. Un petit vieux récupérait les débris laissés par le navire.

L'Amiral fit avancer sa bête au pas jusqu'à lui. Il l'interrogea sans parvenir à comprendre quoi que ce soit à son charabia. Le vieux montrait le ciel de vélum en multipliant les signes de la main. Kosh laissa tomber et décida de retourner cette fois à la pension. Il n'avait plus rien à apprendre ici. Il laissa la chimère devant l'entrée de l'hôtel. À peine fut-il entré à l'intérieur qu'Oscar se précipita vers lui depuis le jardin.

— Ah ! Vous voilà ! J'ai bien cru perdre mon associé...

— Et plus fidèle admirateur, le congratula l'Amiral. Votre

invention fonctionne à merveille. La chimère m'obéit maintenant au doigt et à l'œil.

L'inventeur le regarda avec de grands yeux, en ayant l'air de ne pas comprendre. Il sortit dans la rue et découvrit l'animal devant le perron.

— Ça marche ! Ça marche ! exulta-t-il.

Il courut vers l'Amiral qu'il embrassa deux fois sur les deux joues. Le soldat le repoussa par les épaules et lui demanda, soupçonneux :

— Attendez, vous n'aviez jamais essayé vos éperons avant ?

— C'est-à-dire... en grandeur réelle, non. J'attendais de rencontrer quelqu'un de votre... prestance pour prendre un peu plus les choses en main. Je ne suis pas très casse-cou, si vous voyez ce que je veux dire.

— D'accord. Quand vous disiez associé, vous pensiez cobaye. (Kosh ouvrit sa bourse et compta soixante florins qu'il tendit à l'inventeur.) Je vous prends la canne en plus, pour prix de votre mensonge.

— Comme vous voudrez, convint le marchand en empochant les pièces de cuivre avec une expression distraite.

Il avait la tête ailleurs.

— Vous savez, avec cette invention ma fortune est faite. Nous formons une bonne équipe tous les deux. Je veux dire, pour la présenter aux pontes de l'Archipelago. J'aurai besoin de chimères sauvages et de quelqu'un comme vous...

— Pour démontrer la supériorité de l'homme sur la bête ? Je crains de vous décevoir, mais cela dépendra d'un rendez-vous que j'ai pris et que je ne peux plus annuler.

— Un rendez-vous ? Que voulez-vous dire ?

L'Amiral marchait vers la terrasse dont il cherchait la fraîcheur. Il avait grand besoin d'un fingersnake, si les marchands connaissaient ce breuvage.

— Je me suis engagé pour un combat contre le dragon de Boëcklin. Je pars demain midi pour l'affronter.

— Quoi ?! Vous ne pouvez pas me faire ça ?!

— C'est gentil de vous inquiéter pour moi, répondit le soldat en se laissant tomber sur une chaise.

Il était fourbu.

— Vous ne comprenez pas, reprit l'inventeur. Les fous qui s'inscrivent pour affronter un chasseur le font en désespoir de cause, pour affronter la mort tête haute. Ne comptez pas revenir me raconter votre aventure. Du moins, pas dans ce monde.

— Je vois que vous êtes du genre optimiste. (Il commanda deux fingersnakes au serveur.) Imaginez la réclame que je vous ferai si je parviens à mater une de ces chimères de l'ancien temps avec votre aiguillon.

— Vous n'y pensez pas. Impossible. Je perds mon temps à vous écouter.

— Et moi à vous parler si vous n'y mettez pas un peu du vôtre, muscle mou ! (Les verres furent posés devant eux et le soldat s'empara tout de suite du sien.) J'aurai besoin de votre aide pour me préparer au combat. Je ne connais rien aux dragons. Vous devez bien avoir quelque chose sur le sujet, puisque la guilde à laquelle vous appartenez a façonné le monstre que je vais affronter.

Oscar goûta le breuvage du bout des lèvres.

— Pas mal, jugea-t-il. Oui, la pension doit posséder une petite bibliothèque qui nous permettrait d'étudier le sujet.

— Bon. J'aurai aussi besoin d'équiper ma bête et de trouver tout ça avant demain.

Il tendit la liste à l'inventeur qui la consulta rapidement.

— Rien de dramatique. Tout se trouve sur le Jubilé, bien sûr.

— Et il faut que je rencontre la dame d'honneur.

Oscar éclata de rire. Quelques marchands se retournèrent vers eux puis reprirent leurs discussions à voix basse.

— Totalement impossible, dit-il.

— Pourquoi ?

— Le Bucentaure a quitté le marché il y a de cela une demi-heure.

— Nous ne sommes pourtant pas arrivés dans l'amas ? argumenta Kosh en montrant le vélum qui claquait au-dessus des arbres.

— Oh, nous n'en sommes plus très loin. Mais le Bucentaure est un navire d'espace profond, vous savez ? Il va et vient comme la feuille d'automne qui tombe des forêts de colonnes.

Le soldat contemplait l'inventeur avec un air sceptique. Oscar avait déjà l'air un peu ivre. Il commanda une tasse de fébrile au serveur.

— J'ai besoin de vous cet après-midi. Ce n'est pas le moment de perdre la tête.

— Mais je n'ai pas dit oui ! s'offusqua Oscar.

— Vous n'avez pas dit non et vous n'êtes pas un imbécile. Passons pour la dame d'honneur. J'ai une dernière chose à vous demander. Une jeune fille se cache dans le marché. Je voudrais la retrouver avant ce soir.

L'inventeur jeta à l'Amiral une série de clins d'œil qui ne s'arrêtèrent qu'une fois la tasse de fébrile posée devant lui.

— Une jeune fille, hein ? Ce soir ? Une dernière pirouette avant le grand plongeon...

— Buvez votre tasse avant que je ne m'énerve, répondit le soldat avec le plus grand calme.

Ce fut la grandeur de ce calme qui inquiéta l'inventeur. Il but son fébrile d'un trait et afficha tout de suite un visage beaucoup moins burlesque.

— Vous savez, vous n'avez rien d'un marchand, avança Oscar, même indépendant. Vous êtes trop brut pour ça et vous n'avez aucun sens de la négociation.

— La jeune fille s'appelle Santa Lucia, continua Kosh, imperturbable. Elle a vingt-deux ans. Elle s'est inscrite comme page pour m'accompagner sur le rocher de Boëcklin.

— Enfin quelqu'un qui s'en sortira dans cette histoire, souffla l'inventeur. Vous saviez que les pages sont épargnés pour rapporter le dernier exploit à la famille du disparu. Vous ne le saviez pas ? Maintenant vous le savez.

— Oscar.

— Hein ?

— Il me faut tout ça pour ce soir. Aussi je vous conseille de vous y mettre dès maintenant. Tant que vous y êtes, commandez-moi un déjeuner et trouvez quelque chose sur la chimère que je vais devoir affronter. Allez ! Au boulot.

Oscar se leva comme un automate et disparut dans la pension pour exécuter les ordres de l'Amiral. Kosh, une fois seul, étira ses jambes et contempla les vagues qui couraient sur le vélum. Il fit craquer ses articulations et ferma les yeux quelques secondes. L'inventeur revint avec un livre relié de cuir brun.

— Le bestiaire de la guilde en fac-similé, lui dit-il. Les principales chimères créées par les faiseurs y sont consignées. Il doit y avoir le dragon quelque part, peut-être même votre monture. Je l'ai ramenée dans son enclos, pour être sûr qu'elle ne s'échappe pas. Elle a maintenant une valeur inestimable, vous savez ?

— Et j'en suis le propriétaire. Ne l'oubliez pas, Oscar, grogna l'Amiral.

84

— C'est vrai, c'est vrai, je m'emporte. Mais nous restons associés, hein ? J'ai bien réfléchi à votre proposition. Pour moi, je vous le dis franchement, vous ne reviendrez jamais du rocher de Boëcklin. Mais c'est un risque à prendre. Si vous échappez au chasseur, ce grâce à mon invention, nous serons accueillis comme des princes au palais du lion.

— Le palais du lion ?

— Le siège de la guilde sur Acqua Alta. (Oscar se leva avec précipitation, en étudiant la liste que lui avait fournie l'Amiral avec un air circonspect.) Au fait...

Il allait partir. Il se ravisa.

— Je chercherai aussi votre Santa Lucia. Le marché n'est pas très grand et ça ne devrait pas être dur de la retrouver.

L'inventeur disparut à l'intérieur de la pension alors qu'un serveur apportait le déjeuner de l'Amiral, très épicé comme tout ce qui se consommait sur le marché du Jubilé. Le vieux soldat commençait à en avoir l'habitude. Il consulta le livre en déjeunant et passa une partie de l'après-midi penché sur l'ouvrage, oubliant que le temps le rapprochait de son rendez-vous avec le maître chasseur.

Un historique précédait l'encyclopédie des chimères proprement dite. Le texte narrait la genèse de la guilde. Kosh le lut avec attention.

L'origine des faiseurs de chimères remontait à bien plus loin que les premières dynasties officielles. La guilde avait basé sa puissance commerciale sur le génie génétique, la collecte de semences Adan d'animaux disparus ou sur le point de disparaître dans les systèmes les plus éloignés, par l'intermédiaire de colons, de prospecteurs, ou de militaires. Les apprentis sorciers étaient passés maîtres dans l'art de combiner les génotypes, de créer un animal là où il y en avait quatre, de ressusciter des espèces fabuleuses, de donner corps aux légendes.

Leur activité avait été appréciée par les puissants d'autres constellations que la Lyre, lorsque la paix et la prospérité régnaient dans les différents systèmes, lorsque les Sans-voix ne les menaçaient pas encore. La guilde connut alors son heure de gloire. Des chiffres en anciennes monnaies illustraient les gigantesques rentrées d'argent de l'époque.

Il était notamment fait mention des juges arbitres. La commande la plus importante effectuée auprès des faiseurs de chimères leur revenait. Aucun détail n'éclairait l'objet de la transaction. Les juges arbitres... Bubba Kosh n'avait jamais entendu parler d'eux. Mais cette charge résonnait étrangement à son esprit. Il sentit d'emblée que cette information était importante, sans pouvoir se l'expliquer.

Le récit légendaire du partage de la princesse intervenait ensuite pour expliquer la lente déréliction de la guilde et la fin de sa fortune. Nouvelle application pratique de ce que l'Amiral et la plupart des gens de Primavère avaient toujours pris pour un conte de bonne femme. Les partitions de l'Empire s'étaient repliées sur elles-mêmes. Le négoce en avait été affecté, les affaires de la guilde en particulier.

Les chasseurs de l'amas, rongés par le remords de leur geste, s'étaient imposé comme pénitence l'exil et la monstruosité. Ils avaient commandé à la guilde des enveloppes chimériques issues des mythologies les plus sombres. « Étrange mortification », jugea l'Amiral.

Aujourd'hui (le texte de l'introduction était réactualisé), la guilde survivait grâce à des commandes occasionnelles faites par le palais d'airain. Mais elle avait trouvé de nouveaux débouchés à l'extérieur de la Lyre, dans des portions d'espace en pleine expansion. Une association avait été décidée avec la guilde des aplaneurs d'étoiles, située dans la Vierge, pour offrir aux constellations animales des emblèmes dignes de ce nom. L'Amiral imaginait toutefois le palais du lion aussi décrépit que la pension du Jubilé.

Suivaient plusieurs centaines de planches peintes à la main avec une précision et une science des couleurs époustouflantes. Elles suivaient au départ les grandes catégories d'espèces pour les mêler les unes les autres en un fabuleux muséum imprimé, en une fête de la vie sous toutes ses formes. Les faiseurs d'Acqua Alta s'étaient vraiment amusés à fouiller la vase des différentes concessions pour en exhumer monstres et merveilles.

Kosh s'arrêta sur quelques chimères plus étranges que les autres. L'armature était une créature empruntée à Ménale, un monde disparu. Sorte d'assemblage de calcium filiforme qui évoluait lentement pour dessiner les figures les plus complexes. Les émirs de Vordine s'en étaient fait incuber quelques-uns pour leurs interminables jeux de patience.

Le Teddy avait connu une fortune étonnante. Il vivait sur une planète à fourrure dans l'ancienne constellation du Cancryle. Il ressemblait à un ours nain, avec deux boutons à la place des yeux, une langue rose douce comme de la soie et un sourire joyeux affiché en permanence. Le Teddy avait connu une fortune particulière dans à peu près tous les foyers de la Lyre, auprès des enfants qui en avaient fait leurs confidents.

Kosh trouva l'animal que chevauchait la dame d'honneur. Il s'agissait d'un bauta adulte, une sorte de mélange entre un éléphant, qu'il vit à une autre page, et les hurleurs du palais d'airain. Il trouva aussi sa chimère. Il s'agissait d'un ch'val, un animal arraché à la Concession 55. Les semences Adan récupérées là-bas étaient nombreuses et constituaient en grande partie le catalogue actuel de la guilde des faiseurs, comme lui avait expliqué Oscar.

Le nom de la planète était indiqué. Kosh le connaissait déjà, évidemment : la Terre. Autrefois habitée par les Hommes et maintenant déserte, quasiment recouverte par les eaux.

Le dragon occupait plusieurs pages. Il avait apparemment fait la fierté de ses concepteurs. Ils avaient poussé le détail jusqu'à constituer un petit dossier sur la créature, suite de notes et d'illustrations expliquant de quels mondes habités provenait leur inspiration. La Terre faisait partie de la liste. Les faiseurs n'avaient trouvé que des traces légendaires sur cet animal, mais à ce point présentes dans les différentes constellations qu'ils avaient jugé que les dragons avaient réellement existé puis disparu. Quelque catastrophe d'ampleur avait dû les décimer.

Une des illustrations intéressa Kosh tout particulièrement.

Il ferma le livre et se massa les yeux. Il se présenterait demain midi à l'enregistrement. Puis il marcherait vers un volcan dans le cratère duquel l'attendrait l'une des chimères les plus dangereuses conçues par la guilde. Kosh avait bien une petite idée de ce qu'il pourrait tenter pour abattre la bête et s'emparer du canope. Mais cette idée reposait sur du vent. Tout ça était trop bancal pour que ça fonctionne, trop flou. « Impossible de prévoir quoi que ce soit, jugea-t-il. Nous verrons bien le moment venu. »

L'inventeur revenait les bras chargés de sacs. Il se dirigea vers l'enclos. Kosh le suivit. Oscar sortit une selle de cuir noir, munie d'étriers et de poches des deux côtés, avec son jeu de longes et de sangles. L'Amiral insista pour harnacher lui-même le ch'val qui se laissa faire. Il étudia ensuite les éléments qui constituaient la liste du fonctionnel : un matelas-mouss, un coupe-vent, un masque contre les émanations volcaniques, une paire de bottes, une gourde, un âtre froid, un oculus, des rations. Tout était là. Kosh remercia l'inventeur.

— J'ai acheté tout ça à un gars du rocher arrivé sur le marché avant les autres, lui dit Oscar. Il avait monté une petite boutique à côté de l'officine des chasseurs. Il m'a assuré que tout fonctionnait. Ça avait appartenu à un héros ayant affronté le dragon une semaine auparavant.

— Charmant. Vous avez trouvé un linceul à ma taille ?

L'inventeur haussa les épaules.

— J'en ai eu pour quarante-deux florins. Je retiendrai cette somme sur notre collaboration future, si tant est qu'elle existe.

Oscar devenait optimiste. C'était plutôt bon signe.

— J'ai autre chose qui risque de vous intéresser, glissa-t-il à l'oreille de l'Amiral.

Le soldat pensa immédiatement à Venise.

— Cette jeune fille, Santa Lucia, je l'ai trouvée. Elle loge dans la pension des corsaires, quartier des concepteurs d'ambiances. Ce renseignement vous est offert par la maison.

Le jour déclinait déjà en dessous du vélum. L'après-midi touchait à sa fin. Kosh décida qu'il pouvait attendre que la nuit tombe vraiment avant d'aller toucher deux mots à celle qui avait décidé de se lancer avec lui dans l'aventure. Contre vents et marées.

Le marché flottant s'amarra à l'amas en début de soirée. Les vélums furent détendus et tirés pour révéler le paysage qui les entourait. Tous les marchands étaient montés sur les toits, balcons et terrasses pour cette occasion. Le Jubilé n'approchait l'amas des chasseurs et leur armée de fonctionnels qu'une fois toutes les demi-centuries, et peu d'entre eux avaient déjà eu l'occasion d'admirer la seconde partition de la Lyre d'aussi près.

Kosh savait quant à lui à quoi elle ressemblait pour en avoir sillonné quelques simulations. De loin, à une nuée de rochers immobiles et de tailles différentes (certains gros comme le poing, d'autres comme la moitié de Primavère) en suspension dans une sphère bleutée au contour changeant. L'atmosphère artificielle et la gravité étaient maintenues par une enceinte Havilands de plein espace qui créait une sphère de contrition autour de l'amas. De l'intérieur, le monde des chasseurs ressemblait à une bulle bleu perpétuel. La pénombre régnait au centre de l'amas, là où le ciel était de pierre, et le jour scintillait sur sa périphérie.

Les rochers dessinaient une trame de pierre qui inquiétait autant qu'elle fascinait. On voyait des structures hétéroclites installées dans le creux des cratères les plus vastes.

Kosh et Oscar contemplaient le spectacle depuis la terrasse de la pension.

— Ce champ Havilands est vraiment époustouflant, s'extasia l'inventeur qui admirait plus l'enveloppe que l'amas lui-même. Vous savez que la beauté de leur monde...

— ... rend fou, oui, je sais.

L'Amiral contemplait les frondeurs légers rasant les astéroïdes lisses ou hérissés de pièges. Ils donnaient l'image d'une nuée d'insectes butinant une prairie minérale.

— Les fonctionnels et les chasseurs ne sont pas les seuls habitants de l'amas ? demanda-t-il.

— Bien sûr que non. Les fonctionnels assurent la maintenance des Havilands, servent les chasseurs et continuent leurs activités minières. Les marchands leur achètent beaucoup de métal à l'occasion du Jubilé. Mais il y a toute une population qui vit en communautés séparées sur différents rochers. Des parias pour la plupart, ou des nomades venus d'autres systèmes. Argentiers d'Ophiucus, joailliers sans franchises de Maravigliosa, prophètes de la Lune noire, mercenaires de Bartsch et vespéraux qui s'entre-tuent allégrement. Il y aura beaucoup de troc, demain, sous le marché couvert. Certains d'entre eux continueront le voyage vers Acqua Alta avec nous. Certains d'entre nous s'installeront dans l'amas quelque temps pour y apprendre les techniques oubliées par les gens de Primavère, ou pour monter des comptoirs. Jusqu'au prochain Jubilé.

— Il n'y aura pas de prochain Jubilé, rappela l'Amiral.

— Peut-être, répondit Oscar.

— Et les chasseurs, où se cachent-ils ?

— Au centre de l'amas, indiqua l'inventeur en montrant l'endroit du ciel où les rochers en suspension dessinaient la trame la plus serrée. Les anciens comme le dragon sont difficilement accessibles. Vous savez que c'est un des fondateurs ?

— Je sais, maugréa Kosh. Dînez sans moi, ajouta-t-il brusquement. Je dois sortir et ne sais pas quand je rentrerai.

— L'amour ! chantonna l'inventeur.

Kosh marcha jusqu'à l'enclos. Son ch'val était déjà harnaché. Il s'accrocha à la selle et se hissa sur le dos de l'animal avec souplesse. Il trouva la position beaucoup plus confortable qu'avant. L'Amiral sortit de la pension par la porte cochère, en se baissant pour passer sous la voûte.

Il gagna le quartier des concepteurs d'ambiances dont les rues étaient quasiment vides. Il trouva rapidement la pension des corsaires dont l'enseigne était frappée d'une jambe de bois. La bicoque était encore plus décrépite que celle des faiseurs de chimères.

Kosh sauta de ch'val et enroula sa longe autour d'un poteau de bois. Il entra dans la pension. Personne ne tenait la réception. La salle commune était vide. Il marcha jusqu'au jardin. Une voix aussi douce qu'un murmure en provenait.

Des voiles avaient été tendus au-dessus du jardin pour créer l'illusion du crépuscule. Deux braseros crépitaient et dispensaient une lumière rougeoyante autour de la jeune fille assise en tailleur sur la terrasse. Elle tournait le dos au soldat et faisait face à un auditoire attentif. Santa Lucia parlait en dessinant des figures avec ses mains. L'Amiral s'approcha pour entendre ce qu'elle disait.

— Le soldat était sérieusement blessé. Le dragon se pencha et lui demanda de quelle façon il voulait mourir. Pendant ce temps, la jeune fille, n'écoutant que son courage, approchait de la chimère, une pierre à la main. Le soldat agonisant perdait son sang, attendant le coup fatal. Le dragon, n'obtenant pas de réponse, ouvrit sa gueule pour le consumer. (Elle fit le geste d'ouvrir une gueule immense, ce qui eut pour effet de faire reculer les premiers rangs de spectateurs.) La jeune fille lança sa pierre qui rebondit sur le crâne du dragon. Le monstre se retourna et la fixa avec un air sauvage. « Qui es-tu pour oser t'attaquer à moi ? – Je suis Santa Lucia ! clama-t-elle haut et fort. Je suis la reine des chimères ! »

Elle était plongée dans son récit naïf et valeureux. Kosh s'esquiva discrètement et s'arrêta devant le guichet. Il prit une feuille de papier, un crayon et écrivit un bref message qu'il plia et laissa sur le comptoir en l'adressant à la jeune fille. Il y donnait l'heure de rendez-vous au poste de garde, pour être sûr qu'elle y serait bien. Elle voulait jouer le rôle de page. Qu'elle assume son rôle de page.

Kosh retourna à la pension des faiseurs de chimères. Il dîna avec Oscar mais n'accorda qu'une attention distraite à leur conversation. La lumière ne baissait pas, le ciel était toujours aussi éclatant. L'Amiral monta se coucher en se demandant s'il parviendrait à dormir dans ce jour sans fin. Il ferma sa persienne au mieux, s'allongea et réfléchit à ce qu'il avait lu dans le bestiaire de la guilde sur la façon de combattre le dragon.

L'épée était préconisée pour l'affronter. Kosh ne croyait pas à son efficacité. De plus, il n'en avait jamais vraiment manié. Le soldat décida de s'en procurer une tout de même le lendemain matin dans le coin des armuriers, histoire de compléter sa panoplie. Il pensait surtout à un morceau de bois articulé pour utiliser l'aiguillon de l'inventeur. Il trouverait bien un artisan qui lui fabriquerait ça en moins d'une heure.

Il était en train de s'endormir lorsque sa conscience l'interpella.

« Si c'est au sujet du Territoire des consciences libres... », commença l'Amiral.

« Non, non, pas du tout. C'est au sujet de la dame d'honneur. »

« Je t'écoute. »

« Je n'ai pas réagi sur le coup, vous m'aviez tiré d'un long sommeil, mais j'ai analysé son spectre vocal. Puis je l'ai comparé avec celui de Mademoiselle Venise que j'ai aussi eu la chance de rencontrer, souvenez-vous. »

« C'est elle ? »

La conscience chuchota la réponse de peur qu'elle ne provoque une réaction trop violente dans l'esprit de son maître. Kosh remercia l'entité avec une voix intérieure étonnamment calme et il la pria de le laisser seul. Il dormit peu cette nuit-là. Le visage de Venise passa sans cesse devant ses yeux, plus réel que jamais.

3

— J'ai mal aux pieds, j'ai froid et j'ai faim, râla Santa Lucia dans le dos de l'Amiral.

Le soldat se retourna et contempla la jeune fille qui peinait sur la pente caillouteuse.

— Essayons, au moins d'atteindre cette crête, dit-il par-dessus le vent qui soufflait sans cesse sur le rocher. Nous y trouverons un refuge pour la nuit.

La crête se trouvait à moins d'un kilomètre, mais le cadet était à bout de souffle. Kosh fit faire demi-tour à son ch'val et redescendit au pas jusqu'à elle. Il s'arrêta à son niveau sans mettre pied à terre.

— Nous avons marché à peine dix kilomètres depuis que les fonctionnels nous ont laissés sur le rocher de Boëcklin, lui dit-il sans pitié. Ce type d'épreuve fait bien partie de votre entraînement, à l'Académie ?

— Amiral, essaya la jeune fille. (Elle agita la tête.) Non, ici, vous n'êtes pas plus Amiral que je ne suis pilote de spin-maker. Vous êtes un marchand...

— Vous avez décidé de me suivre de votre plein gré, made-moiselle Santa Lucia. Votre instructeur Keane doit prendre ça pour une désertion, et je ne donne pas cher de vos palmes de retour à Primavère. Moi, Amiral ou marchand, je penche-rais plutôt pour de la stupidité.

La jeune fille lui adressa un regard noir. Elle lui répondit :

— Si vous aviez placardé la description de votre mission dans les couloirs de l'Académie, Amiral, tout cadet qui se respecte se serait battu pour vous accompagner. Vous auriez fait pareil à ma place.

— Qui vous a mise au courant ? On vous a envoyée pour me surveiller, n'est-ce pas ? Vous travaillez pour les capu-chons ?

Il ne croyait pas à ce qu'il disait. Il avait juste envie de la provoquer un petit peu.

— Les capuchons ?! (Elle éclata de rire.) Non, ils n'ont rien à voir là-dedans. Mais je ne peux pas vous dire comment j'ai appris tout ça.

Santa Lucia avait réussi à garder ses pouvoirs empathiques secrets depuis tout ce temps. Elle refusait de les révéler à qui que ce soit, jamais. Elle était pour cela intransigeante.

— Mais vous devez me faire confiance, ajouta-t-elle.

— Vous avez des dons télépathiques ? lança le soldat, subi-tement inspiré. Et vous n'osez pas me l'avouer ?

La jeune fille rougit en levant la tête vers lui. En la voyant ainsi, il comprit qu'il venait de toucher un point sensible. Cette jeune fille était sincère. Et vouloir découvrir son secret relevait plus de l'acharnement qu'autre chose. Elle avait eu connaissance de la mission confiée à l'Amiral et elle avait décidé de le suivre. Point. Le cadet Bubba Kosh n'aurait pas agi différemment s'il avait appris que le Général essayait de sauver la Lyre sans le dire à quiconque.

— D'accord, lâcha-t-il à la grande surprise de Santa Lucia. Je vous fais confiance.

Il descendit de ch'val et l'invita à prendre sa place.

— Allez-y, je finirai à pied. Mais nous nous arrêterons derrière cette crête, que vous gardiez votre secret ou non.

— Merci, dit-elle en s'accrochant à la selle et en grimpant sur la monture.

Ils reprirent leur route en silence, l'Amiral tenant les rênes du ch'val, le cadet le contemplant de haut pour la première fois.

— Amiral ? Vous pensez que cette princesse a vraiment existé ? Je veux dire... si vous parvenez à rassembler les canopes, vous pensez qu'elle parviendra à faire fonctionner l'arme ultime ?

— On m'a donné un ordre, je l'exécute.

« Bien sûr, pensa Santa Lucia qui n'osait pas s'exprimer à haute voix. Mais Méandre a peut-être voulu se débarrasser de vous en vous envoyant dans les confins des partitions adverses avec un faux canope rempli de gaz hilarants ? »

— Vous imaginez que Méandre voudrait m'imposer le silence ? dit Kosh, prolongeant la pensée de la jeune fille sans s'en rendre compte. Et il aurait pris tout ce mal pour le faire ? Une mise au secret aurait amplement suffi.

Santa Lucia le regarda, interloquée. Elle se concentra pour écouter à l'intérieur d'elle-même. Elle n'entendit rien d'autre que le bruit de fond de sa conscience intégrée. La jeune fille se traita d'idiote. Elle avait toujours eu tendance à l'affabulation et au rêve éveillé. C'était à se demander comment elle avait survécu au strict règlement de l'Académie qui considérait les lunatiques comme de la mauvaise graine.

— Je suis d'accord avec vous, reprit Kosh comme s'il se parlait à lui-même. Les nouvelles promotions sont trop jeunes. Presque des enfants. Je ne dis pas ça pour vous vexer, mais il faut une certaine expérience pour affronter son premier Sans-voix.

Il s'était retourné vers la jeune fille qui avait écarquillé les yeux encore un peu plus.

— Vous allez bien ? s'inquiéta l'Amiral.

— Je... Oui, pardonnez-moi.

Santa Lucia appela sa conscience à la rescousse.

« Tu sens ça ? »

« Sentir peut-être pas, mais je remarque qu'il prolonge vos pensées, mademoiselle, en effet. »

« Ce n'est pas un tour que tu es en train de me jouer, j'espère ? »

93

La théorie selon laquelle les consciences pouvaient communiquer entre elles et s'amuser à influencer l'esprit d'autrui avait cours sans que rien ne permette de l'étayer. Même Méandre avait utilisé cette idée dans une farce sentimentale de sa propre main intitulée *Un courtisan sous influence*.

« Mademoiselle sait bien que je ne peux agir contre sa volonté », se défendit la conscience d'une voix pieuse.

« C'est ça » marmonna la jeune fille, mettant fin au dialogue intérieur. Elle voulait essayer autre chose pour s'assurer que le hasard n'était pas de la partie. Elle se concentra et tenta de s'imaginer, nue, allongée sur le corps de l'Amiral plus jeune qu'il ne devait l'être. Aucune pulsion ne l'avait jamais attirée vers un haut gradé. Mais elle se rendit compte avec un petit frisson que la scène s'imposait à son esprit avec force. Elle se pencha vers l'Amiral silencieux pour voir si son fantasme déclenchait chez lui une réaction visible.

Kosh était plongé dans ses souvenirs vieux de plus de trente ans. Il pensait à Venise. Ces merveilleuses heures passées dans le ventre du navire pirate était encore fraîches dans son esprit, d'une proximité troublante. Ses traits s'étaient relâchés, son regard perdu dans le lointain.

— Par le Grand Attracteur, murmura Santa Lucia en se rendant compte que ça marchait.

L'Amiral se tourna vers elle, l'air un peu endormi.

— Quoi ?

— Rien, le calma la jeune fille qui se demandait ce que tout cela pouvait signifier.

Elle chassa les images dangereuses de son esprit. Se rappeler leur périple du marché jusqu'ici, le temps d'atteindre la crête. C'était une bonne idée.

Bubba Kosh et Santa Lucia s'étaient rejoints devant l'ascenseur qui reliait le marché flottant au rocher d'amarrage. La jeune fille était équipée comme l'Amiral pour affronter le rocher de Boëcklin. Elle portait une combinaison de cuir intégrale et un petit sac à dos.

Ils ressortirent de l'ascenseur sans s'être adressé la parole. Des bicoques en bois étaient plantées autour de l'anneau d'amarrage. Les marchands qui les accompagnaient trottinèrent vers l'une d'elles. Kosh récupéra son ch'val descendu par un monte-charge réservé aux marchandises, et ils se dirigèrent vers une baraque qui ressemblait en tout point à l'officine dans laquelle ils s'étaient inscrits.

Un fonctionnel les attendait devant un registre ouvert. Il le leur présenta. Kosh et Santa Lucia reconnurent leurs signatures. L'androïde leur fit contresigner les lignes qui les concernaient pour garder une trace de leur passage. Puis il leur demanda de passer derrière le guichet. Il les emmena jusqu'à un frondeur posté un peu plus loin.

L'engin était constitué de deux ailes effilées qui se rejoignaient au niveau d'un bulbe dans lequel se trouvaient le poste de pilotage et l'environnement passagers. Les moteurs étaient situés au bout de chaque aile. Les tuyères inclinables permettaient de pousser le frondeur dans toutes les directions. Avec le double jeu d'ailes articulées, l'appareil devait être d'une maniabilité redoutable tout en n'offrant quasiment aucune surface d'impact lors d'un combat en espace profond.

— Les frondeurs seraient foutrement efficaces contre les Sans-voix, pensa Bubba Kosh à voix haute, aussi admiratif que son cadet devant la technologie développée par les fonctionnels.

— C'est vrai. Avec les spinmakers en appui pour porter les premiers coups.

Ils montèrent à bord du frondeur, s'installèrent après avoir harnaché le ch'val tant bien que mal dans le compartiment marchandises. L'appareil quitta le rocher et se précipita presque aussitôt vers le premier astéroïde en suspension au-dessus d'eux. Santa Lucia se retint de hurler en voyant la masse de pierre foncer sur eux.

Un fonctionnel impassible pilotait son engin avec l'aide d'un jeu de tiges flexibles. Il en tira une sur le côté et le frondeur effectua un virage à angle droit. Les ailes avaient juste pivoté d'un quart de tour. Elles étaient maintenant tendues l'une contre l'autre pour négocier un crochet serré qui les fit déboucher sur une grande zone de vide dans laquelle le fonctionnel s'amusa à faire tourner son engin sur lui-même, par pure fantaisie, semblait-il.

La sensation que ressentait Kosh était proche de l'euphorie. Santa Lucia n'en était pas loin non plus, d'après le carmin qui teintait ses joues. Voler dans un amas d'astéroïdes frisait l'absolu pour des pilotes chevronnés comme eux deux.

— Vous vous imaginez aux commandes d'un spin dans un environnement pareil ? lui demanda l'Amiral.

Elle pensait à la même chose.

— Et encore, les Havilands maintiennent les rochers en place, renchérit-elle. Mais si l'enceinte disparaissait...

Kosh visualisa sans difficulté les astéroïdes retrouvant leur ancienne inertie, tombant dans l'espace profond, se mettant à tournoyer sur eux-mêmes, se percutant les uns les autres, et les spinmakers jonglant au milieu. Moment de pilotage proprement jubilatoire. En rajoutant quelques Sans-voix là-dedans...

— Surtout que les tridents ont toujours été très mauvais pour éviter les obstacles, ajouta la jeune fille. Nous n'aurions qu'à les regarder exploser les uns après les autres, jouer avec eux comme ils jouent avec nous depuis le début de la guerre.

Kosh se tourna vers Santa Lucia. La jeune fille était plongée dans sa rêverie tactique. L'Amiral se dit qu'il n'était pas loin d'éprouver de la sympathie pour elle, un sentiment qu'il n'avait pas expérimenté depuis bien longtemps.

Le frondeur s'enfonça en virevoltant dans les profondeurs de l'amas. Plus il avançait vers le cœur, plus les rochers se rapprochaient, grossissaient. Plus le ciel s'assombrissait. La lumière tomba petit à petit pour adopter un gris terne et uniforme. Le pilote indiqua le rocher en forme de galet allongé vers lequel ils se dirigeaient.

— Boëcklin, annonça-t-il.

Il était difficile d'évaluer la taille d'un astéroïde tant qu'on n'était pas dessus. Les cratères n'en donnaient jamais une exacte mesure. Le rocher remplit toute la verrière, puis un cratère, puis un détail de ce cratère. Le toit d'un petit bâtiment rectangulaire apparut. Ils tombèrent vers lui. Santa Lucia estima la longueur du caillou à quelques milliers de kilomètres pour deux à trois cents de large.

Le frondeur se posa sur la roche, juste devant une guérite de bois déglingué. Ils libérèrent le ch'val et le descendirent le long de la rampe. Le fonctionnel montra la guitoune en leur disant de s'y adresser pour la suite du voyage. Il remonta dans son engin qui s'élança aussitôt vers le ciel en faisant de grands moulinets avant de disparaître.

Un fonctionnel les attendait dans la guérite. Il ne lui restait plus que le haut moins un bras. Il avait été soudé dans un socle de tôle. Son profil droit était décapé, un de ses yeux opaque. Il leur dit d'une voix qui penchait singulièrement vers les graves :

— Pour trouver le dragon, suivez le sentier. Arrêtez-vous à la cinquième heure de marche. Le refuge de la crête. Dormez huit heures. Marchez encore quatre heures. Pour trouver le dragon, suivez le sentier...

Ils laissèrent la machine à son message en boucle et s'engagèrent sur le sentier jaune peint à même la surface de la roche sur une ligne continue. Santa Lucia avait marché tout l'après-midi, l'Amiral l'ignorant du haut de sa monture. Le plateau rocheux n'offrait aucune surprise et pas le moindre accident de terrain. Ils avaient parcouru une dizaine de kilomètres mais ils voyaient encore la ligne jaune se cogner contre la guérite qui faisait une microscopique tache brune sur le paysage métallique.

Ce que le fonctionnel avait appelé une crête n'était rien d'autre qu'un pli rocheux d'une vingtaine de mètres de haut. Ils se trouvaient devant. Santa Lucia, maintenant qu'elle ne marchait plus, sentait des courbatures lui engourdir les jambes. L'Amiral allongea le pas et gravit le chemin en zigzag qui permettait d'atteindre le sommet. La jeune fille le vit disparaître derrière la ligne rocheuse. Elle eut le temps de parcourir quelques mètres avant d'entendre un rugissement.

— Amiral Kosh ?! appela-t-elle, sortant de sa torpeur.

Elle n'obtint aucune réponse. Elle donna deux coups de mollet dans les côtes du ch'val qui gravit la pente au petit trot. Elle retrouva l'Amiral debout devant le nouveau paysage qui s'ouvrait devant eux. Ils se trouvaient au bord d'un cratère de météorite creusé dans le rocher de Boëcklin. Ses lignes radiantes menaient à un monticule dont la lueur intermittente indiquait la fonction volcanique. Le vent transportait des sortes d'aboiements lointains qui se répercutaient tout autour d'eux.

— Qu'est-ce que c'est ? demanda Santa Lucia.

— Aucune idée. Il y a un abri sous la roche, une sorte de grotte, regardez. (Un trou de la taille d'un homme était creusé dans la paroi rocheuse.) Il doit s'agir du refuge. Nous nous installerons ici pour la nuit.

— Et le ch'val ?

— Il restera dehors.

Santa Lucia mit pied à terre et défit les paquetages pendant que l'Amiral explorait le refuge avec sa lampe torche. La caverne pouvait contenir quatre personnes allongées. Le sol était tapissé de sable. Des graffitis recouvraient les parois concaves. « Andréa Voragine, 2-XII-235. » « Loch Sobieski 4-IV-456. » Ceux qui avaient affronté le dragon et laissé la trace de leur passage dans cette grotte comme dernier signe de leur existence. Ces noms de disparus firent froid dans le dos de l'Amiral. Il avait l'impression de pénétrer dans un sanctuaire.

97

Santa Lucia le rejoignit munie de sa torche.

— C'est marrant, dit-elle. Ça me rappelle ma cellule à l'Académie.

Kosh déplia son matelamouss dans un coin de la grotte, disposa l'âtre froid à côté, sortit ses rations et l'oculus adaptable. Il attacha le ch'val à une anfractuosité du rocher à l'extérieur et lui donna la moitié de ses provisions. Le soldat se demandait s'il parviendrait à avaler quoi que ce soit avant d'affronter le monstre. Santa Lucia avait récupéré toutes les affaires. Le soldat revint dans le refuge et jeta l'oculus contre l'ouverture. La membrane composite adopta une teinte orangée indiquant qu'elle filtrait l'air et régulait la température intérieure d'une manière convenable.

Kosh se pencha sur l'âtre, le gratta avec l'ongle du pouce. La concrétion carbonite s'enflamma aussitôt, faisant danser leurs ombres sur les parois du refuge. La température grimpa de quelques degrés. Santa Lucia s'intéressa au matelamouss que l'Amiral avait déplié à l'envers. Elle soupira en se penchant sur le tas informe et le tendit pour le transformer en une couchette acceptable. Lui s'était assis en tailleur et détaillait les instructions inscrites sur les emballages des plats préparés qu'il avait emportés. Il n'avait pas fait la cuisine depuis la Concession 55.

— Donnez-moi ça, lui ordonna Santa Lucia en s'emparant des rations. Je m'en occupe.

Kosh les lui tendit depuis l'autre côté de l'âtre. « Un vrai petit couple », se dit-il, se rendant compte de ce que leur situation pouvait induire. Il ne put s'empêcher de rire.

— Quoi ? demanda Santa Lucia, vexée.

— Non, non. C'est juste que...

— Dites-le franchement.

— Vous êtes très jolie. Je vous remercie de vous être imposée à moi. Je me serais senti un peu perdu, si je m'étais retrouvé ici tout seul.

Santa Lucia ne répondit pas. Elle ramena une mèche de cheveux blonds et la coinça dans son chignon avec beaucoup d'élégance. L'Amiral se dit que c'était peut-être la première fois qu'il remarquait la beauté d'un tel geste.

— Vous avez l'air sombre, Amiral.

— Tous ces gars... (il montra les graffitis) sont venus ici en connaissance de cause. Je suis sûrement le seul à venir avec une autre idée dans la tête que celle de mourir.

— C'est sûr, vous êtes trop jeune pour mourir.

— Ne vous foutez pas de moi, cadet. Ou je demande à Keane de vous enfoncer un peu plus lorsque nous rejoindrons Primavère.

— Enfin de l'optimisme ! s'exclama-t-elle en s'étirant. Bon... (Elle consulta une des rations.) Lapin farci sauce grand veneur, ça me semble de circonstance ?

Elle posa une casserole sur l'âtre et y laissa tomber la brique alimentaire qui se mit à fondre en dégageant une odeur agréable. La jeune fille touilla la mixture, les yeux dans le vague.

— Quelle est votre histoire, Lucie ? lui demanda Kosh. Je peux vous appeler Lucie ?

— Mes amis m'appellent Luce, Puce, Peste ou Tête brûlée. Choisissez le nom que vous voulez. Mais Puce, c'est pour les intimes, Peste pour ceux qui ne m'aiment pas.

— Va pour Lucie, conclut Kosh.

Il se refusait à engager toute idylle avec Santa Lucia même si les circonstances s'y prêtaient d'une manière assez favorable. Il ne pouvait s'empêcher de penser à Venise. De plus, l'Amiral n'avait pas besoin d'une cure de Jouvence pour retrouver l'enthousiasme du cadet qu'il avait toujours gardé au fond de son cœur.

— Eh bien, mon histoire est assez banale, commença-t-elle. Elle débute à l'orphelinat du prince dynaste. Mes parents sont morts lors d'une attaque des Sans-voix.

— Ils étaient soldats ?

— Marchands. Ils travaillaient pour l'Archipelago. J'ai grandi à Primavère. J'ai appris à détester le ruban depuis Primavère. Je suis entrée à l'Académie de Primavère...

— Et vous avez dépassé les limites du simulateur de Primavère. Aucun voyage sur les autres mondes ?

Santa Lucia fit non de la tête.

— D'où l'intérêt que je vous porte. (Elle rougit en se rendant compte du double sens que pouvaient avoir ses propos.) Vous comprenez, essaya-t-elle de se rattraper, visiter l'Empire aux côtés du héros de la Concession 55, ce n'est pas donné à tout le monde. (Kosh baissa les yeux sur l'âtre.) C'est prêt, annonça-t-elle en vidant le contenu de la casserole dans deux gamelles en céramique molle. Faites attention, ça doit être chaud.

Ils commencèrent à manger leurs rations en soufflant dessus et en grimaçant. Lucie posa la sienne par terre pour attendre qu'elle refroidisse.

— Comment comptez-vous venir à bout du chasseur ?

Kosh lui fit part de son plan. Il tenait en peu de lignes.

— Et vous supposez que je ne ferai rien ? s'insurgea-t-elle.

— Vous êtes censée jouer votre rôle de page. Je ne vous en demande pas plus.

Lucie se leva et commença à défaire les agrafes qui retenaient sa combinaison. Kosh avait arrêté la cuillère au bord de ses lèvres. Il était plus désarçonné que si son ch'val était revenu à l'état sauvage, avec lui sur le dos.

— Qu'est-ce que vous faites ?

La jeune fille ne répondit pas. Elle tira sur deux lacets et la coque recouvrant ses seins tomba sur ses genoux. Elle portait un sous-vêtement de coton. Un paquet plat et large glissa sur le sol du refuge. Elle referma sa combinaison, déplia le paquet et en sortit une série d'éléments qu'elle emboîta les uns dans les autres avec assurance. L'opération ne lui prit pas plus de trente secondes. Une fois qu'elle eut fini, elle exhiba un objet fin et élancé, lisse et sans reflets.

— Un Paladine de la dernière génération ! siffla l'Amiral en s'en emparant. Où est-ce que vous avez trouvé ça ?

— Un ami me l'a offert.

— Cette arme est réservée aux forces spéciales du palais d'airain. Vous avez des amis intéressants, constata-t-il. Le Paladine utilise l'effondrement de la matière, vous le savez, n'est-ce pas ?

— Je n'y ai jamais eu recours mais je pensais que l'occasion était bonne.

— Vous vous êtes trompée.

Le soldat démonta l'arme en partie, empocha quelques éléments et rendit le Paladine inutilisable à sa propriétaire.

— Les armes à fission ou à fusion sont interdites pendant le combat, expliqua-t-il. J'ai donné ma parole.

— Par le Grand Attracteur ! Vous... vous avez donné votre parole à un androïde, une machine... ça ne vaut rien !

— Ça ne change rien.

« Bravo, monsieur », se permit de saluer sa conscience.

— Mais, continua Santa Lucia, c'est une centrale nucléaire à ailes et à pattes que vous allez affronter !

— C'est un chasseur, un des fondateurs de la Lyre. Que le combat soit inégal ou pas, il est hors de question qu'un haut gradé de Primavère use de quelque stratagème que ce soit pour combattre un ancien. Et ce, quel que soit l'enjeu.

Le visage du cadet afficha l'expression de la révolte. L'Amiral rit franchement cette fois.

— Quoi ! s'exclama la jeune fille.

— Vous êtes futile et impulsive, expliqua-t-il. Vous pensez que le monde est comme vous voudriez qu'il soit. Mais il n'en est rien.

— Ma vision du monde me plaît.

L'Amiral arrêta de rire. Il sentait qu'il venait d'aborder un sujet épineux.

— Vous parlez de votre vision ou de celle de votre conscience ? Vous portez bien une conscience intégrée ?

— Bien sûr. Je parle pour nous deux. (La force qui siégeait dans le regard de Santa Lucia effraya quelque peu l'Amiral.) Notre vision est simple et complexe à la fois. Elle prend l'histoire en compte et envisage l'avenir. Elle est pragmatique et accorde sa place au Rêve.

— Quel programme ! s'exclama Kosh, inexplicablement mal à l'aise. Vous n'allez pas me dire que vous adhérez à cette histoire de territoire des consciences...

— Territoire souverain de la communauté des consciences libres. J'y adhère, en effet.

L'Amiral montra les paumes en signe d'impuissance.

— Ce ne sont que des programmes sauvages, des sous-programmes pour certains, lâcha-t-il en guise de réquisitoire. Comment pourrions-nous leur céder une partition entière de la Lyre ? Quel intérêt ? Les consciences meurent avec nous.

— Une nébuleuse, inhabitable... murmura la jeune fille. L'idée de léguer du Rien aux riens ne vous séduit donc pas ?

L'Amiral avait l'impression d'avoir déjà entendu ça quelque part.

— Vous jouez sur les mots, répondit-il.

— Je ne joue pas, scanda-t-elle.

Kosh laissa retomber une polémique qu'il trouvait ridicule et ils finirent leurs rations en silence. Ils s'allongèrent ensuite sur leurs matelamouss respectifs en laissant l'âtre se consumer. Ils restèrent éveillés sans parler une heure durant. Santa Lucia brisa enfin le silence du refuge :

— Amiral ?

— Mmmh.

— Je suis fière d'être votre page pour le combat de demain.

Kosh ne voyait pas la jeune fille mais la fierté était en effet perceptible dans sa voix.

— Merci, cadet. Demain sera une journée à marquer d'une pierre blanche.

— Bonne nuit.

— Bonne nuit.

La jeune fille essaya bien d'influencer les rêves du soldat avant de s'endormir. Mais le sommeil l'attrapa avant qu'elle parvienne à se concentrer sur quelque image que ce soit. Kosh sentit la respiration de Lucie s'approfondir et se calmer. Il s'étira, mit les mains derrière sa nuque et contempla les figures fantastiques que l'âtre créait sur le plafond du refuge. Le sommeil l'attrapa par surprise et l'emmena dans une nuit noire et silencieuse sillonnée par une armée de dragons lumineux.

L'Amiral fut réveillé par une douce odeur de fébrile et se crut, l'espace d'un instant, revenu dans sa maison de la ville haute. Mais, à la place de son toit transparent il y avait le plafond du refuge. Et ses tableaux de batailles avaient été remplacés par des graffitis qui se chevauchaient. Il se souleva sur un coude et vit Santa Lucia penchée sur l'âtre froid en train de confectionner le petit déjeuner.

— Bonjour ! lança-t-elle, joyeuse. Bien dormi à ce que je vois ?

La jeune fille avait déjà fait tomber l'oculus. Elle sortit s'occuper du ch'val dont on voyait la robe brune à l'extérieur. Le soldat se frotta les yeux, se leva un peu trop vite et se cogna la tête contre le plafond. Il se coinça un pied dans le matelas et partit en sautillant pour essayer de reprendre son aplomb. Il marcha en plein milieu de l'âtre froid. Il reculait pour constater l'étendue des dégâts lorsque sa cheville buta contre le rebord de l'ouverture. Il partit en arrière et s'étala de tout son long aux pieds de Santa Lucia. Elle le regarda avec pitié. La chimère poussa un hennissement en montrant les gencives. La jeune fille lui tendit la main pour l'aider à se relever.

— Bon pied, bon œil, hein ? lança-t-elle. Il y a une source à quelques mètres. (Elle montra la direction.) Je vais faire un autre fébrile.

Le soldat trouva un filet d'eau ruisselante et s'aspergea le visage plusieurs fois. Santa Lucia lui tendit une tasse pleine de jus lorsqu'il revint à la grotte.

— Merci, lui dit-il en s'en emparant.

Ils burent leurs fébriles en contemplant le cratère. Le cône noir de l'excroissance volcanique était entouré de zones jaunes et blanches. Le chemin qui y menait faisait presque une ligne droite, le plateau n'offrant aucun accident visible du refuge jusqu'au sanctuaire.

— Vous pensez qu'il vous attend ?

— Je pense qu'il digère le héros d'hier et qu'il prépare son assaisonnement pour celui d'aujourd'hui. (Kosh jeta le fond de sa tasse sur le côté.) Allez, ne faisons pas attendre la bête.

Ils rassemblèrent leur matériel, détachèrent le ch'val et descendirent la crête pour rejoindre le plateau. Ils marchèrent en silence pendant deux heures.

— Amiral ? demanda Santa Lucia.

— Quoi ?

Elle voulait demander au soldat s'il ne désirait pas lui confier un dernier message avant qu'il ne soit trop tard. Mais elle changea d'avis.

— Rien, dit-elle. Une idée stupide.

— Alors, taisez-vous, cadet.

Ils atteignirent la première langue de carbone qui marquait l'entrée symbolique du sanctuaire. Le cône s'élevait au-dessus d'eux. Des braises rougeoyantes en marquaient les flancs. Ils le contournèrent en suivant une sorte de chemin fait de poudre blanche qui prenait le relais du sentier jaune. Il sinuait entre les plaques de soufre et de carbone. L'autre côté de l'excroissance était beaucoup moins abrupt. Il avait l'aspect d'un cirque de cinquante mètres de diamètre, uniformément tapissé de la même poudre blanche. Une grotte s'ouvrait dans le volcan. Il n'y avait aucune trace du dragon.

— Quelle puanteur ! s'exclama Santa Lucia en se bouchant le nez. (Le sanctuaire sentait le fauve, les émanations sulfureuses et la décomposition.) Où est-il ?

L'Amiral revint un peu en arrière en tirant son ch'val par la bride.

— Vous restez ici avec la monture, dit-il en dégainant son épée. Sortez l'aiguillon et ne vous manifestez pas. Si vous voulez assister au spectacle, approchez-vous. Mais n'intervenez pas.

— Je suis censée jouer mon rôle de page, grinça-t-elle, vexée d'être mise à l'écart.

Kosh ne releva pas la remarque, il avait d'autres priorités à l'esprit. Il marcha vers le centre du sanctuaire. Santa Lucia le regarda s'éloigner. Son épée était diantrement lourde et le soldat sentit son poignet douloureux au bout de quelques minutes. Il s'arrêta pour trouver une position plus confortable. « Comment peut-on se battre avec une arme pareille ? » se demanda-t-il en la jetant finalement sur son épaule comme s'il portait une fourche ou une perche.

Il reprit sa traversée du sanctuaire, vers la grotte dans laquelle devait se trouver le second canope de la princesse endormie. Si le dragon dont on ne voyait nulle trace, pas même une empreinte, s'était esquivé, Kosh serait bien le dernier à s'en plaindre. Il prendrait l'urne, ferait demi-tour et parcourrait le chemin du retour au petit trot et d'une traite, avec Santa Lucia sur la croupe de son ch'val s'il le fallait.

Un hurlement strident réduisit ses maigres espoirs à néant. Une montagne de chair tomba entre la grotte et lui en soulevant un nuage de poussière blanche. Kosh recula pour appréhender la muraille qui lui barrait le passage. Elle cachait le cône volcanique et couvrait tout son champ de vision. L'odeur de bête fauve avait pris le pas sur les autres.

Le dragon ramena ses ailes contre son torse et se laissa tomber sur les pattes de devant. Il ressemblait en tout point à l'illustration du bestiaire de la guilde. Pattes de lion épaisses comme des piliers, ailes de chauve-souris géantes, corps reptilien, gueule de cerbère garnie de moustaches en partie roussies par le brasier qui devait s'en échapper régulièrement. Une armure d'écailles recouvrait le monstre de la queue à la tête. Chaque plaque était large comme un bouclier. Elles semblaient coulées dans du bronze et renvoyaient des reflets vert-de-gris.

Le dragon ouvrit sa gueule et poussa un rugissement effroyable. Un trait de feu partit à l'horizontale et vitrifia un amas de scories à cinquante mètres sur la gauche de Bubba Kosh. La chimère, satisfaite de sa démonstration, s'intéressa enfin au héros et lui demanda avec une voix qui le fit sursauter (Kosh n'avait lu nulle part que ce monstre pouvait parler) :

— Qui es-tu ?

« Un imbécile qui devrait être au chaud sur Primavère, à dîner avec des ambassadeurs et à faire des discours de clôture à des cadets de l'Académie », se dit-il.

— Je suis Bubba Kosh, répondit-il d'une voix qu'il voulait ferme, Amiral du Haut Commandement de Primavère, en charge de récupérer le canope de la princesse en votre possession.

Les moustaches du dragon frisèrent et sa gueule s'ouvrit en une parodie de sourire. Il avait l'air étonné autant qu'une chimère pouvait mimer l'étonnement.

— Un héros envoyé par Méandre, pour récupérer cette petite urne ridicule... C'est inédit ! Tu sais que je suis plutôt habitué à des imbéciles venus mourir en braves, pas à des personnages animés par l'esprit de la quête ?

L'Amiral ne savait quoi répondre. Il s'était rendu jusqu'ici dans l'idée de combattre cette chose, pas de lui faire la conversation. Le dragon fit un pas sur le côté, dégageant le passage qui menait à la grotte.

— Le canope est là, annonça la chimère. Mais, pourquoi Méandre s'y intéresse-t-il ?

Kosh planta son épée dans la poudre d'os, s'appuya dessus et décida de répondre à toutes les questions que la chimère lui poserait. S'il pouvait la convaincre par la rhétorique...

— Pour sauver l'Empire de la menace des Sans-voix. Nous sommes en possession d'une arme ultime que seule la princesse peut utiliser. Réveiller... Reconstituer la princesse est notre seul espoir.

— Une princesse, un dragon, un héros pour sauver le monde. C'est un vrai conte de fées ?

— Les contes de fées se terminent bien, plaida Kosh, la gorge sèche.

— Certes, certes. Mais le héros est censé vivre quelques déboires avant d'atteindre l'objet de sa quête. Je connais mes classiques, Amiral. Et pourquoi faudrait-il que les histoires finissent toujours bien ? (Le ton enjoué avait disparu de la voix de la chimère.) Battons-nous un peu, soldat. Nous reprendrons cette discussion après notre première passe d'armes.

Kosh était prévenu mais le dragon le prit tout de même par surprise. La chimère laboura le sol juste devant lui avec ses pattes antérieures. Le soldat fit un pas de côté, l'épée brandie, en se disant que le monstre aurait déjà pu le décapiter sans qu'il s'en aperçoive. Le dragon s'assit et le regarda, les muscles bandés. Kosh aurait dû reculer. Il esquissa un pas maladroit vers la gauche. Le dragon voulut anticiper son geste. Le soldat le prit à contre-pied et se précipita vers la chimère, l'épée tendue devant lui. Il passa entre ses pattes, fonça pour porter un coup d'estoc dans le ventre dont les écailles semblaient plus molles que sur le reste de la carapace.

Mais son épée était décidément trop lourde. Et il la tenait mal. La pointe glissa sur la peau et fit une entaille peu profonde dans l'armure du dragon. La chimère prise par surprise poussa un rugissement plus effroyable encore que le premier.

Kosh se précipita vers le cône mais la queue qui fouettait l'air le faucha aux jambes. Il tomba dans la poudre blanche la tête la première. Le dragon se retournait sur ses courtes pattes postérieures, se préparant à charger. Kosh se releva. La queue se planta comme une lance dans le sol du sanctuaire juste devant lui. Jamais il n'atteindrait la grotte. Il fit face au dragon en brandissant son épée. Il avait l'impression de tenir un cure-dents.

— Alors ! cracha-t-il en direction de la chimère, abasourdie par l'arrogance de cet avorton. Qu'est-ce qu'on fait maintenant ?

Le dragon fut sur lui en deux bonds. Un coup de griffe arracha l'épée des mains du soldat. Elle retomba à dix mètres. La queue s'abattit sur la lame et la cassa en deux morceaux. Le dragon planta ses yeux de reptile dans ceux de l'Amiral. Sa gueule le reniflait à un mètre à peine. Kosh pouvait sentir le brasier couver dans le ventre de la chimère.

— Fin de l'acte I, dit la bête. Je pense que la pièce se jouera en deux actes. Ce n'est pas très élégant. Mais, bon... tant pis.

Kosh respirait avec difficulté. La sueur brouillait sa vision. La puanteur était quasi insupportable. Mais il se tenait droit devant elle.

— Les Sans-voix vous détruiront comme ils vont nous détruire, chasseur ! La cruauté de vos ancêtres a donc fait sombrer votre lignée dans la folie ?

— Tu veux parler du partage de la princesse ? C'était peut-être une erreur. Quant aux Sans-voix, tu te trompes. Les créatures de la Frange sont nos frères, et elles ne s'attaqueront pas à notre souveraine demeure.

— Vous ne survivrez pas lorsque le front du ruban se tournera vers l'amas.

— Nous survivrons toujours plus longtemps que toi, cracha la bête, repoussée dans ses ultimes retranchements et redevenant haineuse. Mortel au sang chaud !

Kosh n'avait pas peur. Plus à ce stade. Il partit dans un éclat de rire qui fit friser les moustaches du dragon.

— Sang chaud ? Ah ! Ah ! Ah ! Je comprends maintenant. Vous vous dites frères parce que les Sans-voix et vous êtes de sang froid ? Même si vous étiez comme ceux de Primavère, avant, ça ne compte pas, évidemment ?

— Tais-toi !

— Non, toi, tais-toi ! Et écoute-moi, chasseur !

Le dragon eut l'air effaré : jamais un humain n'avait osé lui parler sur ce ton depuis qu'il gardait le sanctuaire.

— Votre ancienne jalousie a fait de vous des monstres, et vous vous complaisez maintenant dans votre bestialité ! Je dois t'abattre pour prendre ce que je suis venu chercher ? Soit, mais battons-nous à armes égales.

— Tu es un dragon ? se moqua la chimère.

— Je suis mieux que ça. Je suis un saint Georges !

— Un quoi ?! s'exclama le monstre.

Kosh appela Santa Lucia qui apparut en tirant derrière elle le ch'val par la bride. La monture n'eut pas l'air effrayée par la vue du dragon. La jeune fille tremblait un peu, mais elle faisait son possible pour n'en rien laisser paraître. Le monstre recula devant le ch'val et l'observa en sifflant. Kosh grimpa sur la bête, la fit tourner face au dragon qui ne bougeait plus à trente de mètres de là. Il s'empara de l'aiguillon et l'enclencha dans la lance articulée que Santa Lucia venait de lui tendre. La canne se déplia dans une succession de claquements secs. Kosh ordonna à Santa Lucia de s'écarter et il fit avancer sa bête vers la chimère, la lance coincée sous le bras, comme il l'avait vu sur l'illustration du bestiaire.

Le dragon avait l'air désemparé.

— Pourquoi accepterais-je ce duel ? demanda-t-il.

— Parce que tu n'as pas le choix ! lança Kosh en donnant trois coups de pied dans les flancs de son ch'val.

Il s'élança au triple galop vers la chimère immobile. Le dragon, pris de court, hésitait, ne sachant trop quelle position adopter. Il prit son parti alors que le soldat était déjà sur lui. Il se hissa sur les pattes de derrière, ouvrit la gueule et cracha un jet de feu sur le cavalier et sa monture. Kosh tira sur la bride. Le ch'val bondit sur le côté. Il brandit sa lance à bout de bras et la lança de toutes ses forces. L'aiguillon se ficha entre deux écailles et s'enfonça profondément dans le ventre du dragon.

Le chasseur hurla. Le ch'val glissa et tomba dans le tapis de poudre blanche. Kosh se jeta en avant pour ne pas être écrasé et se releva presque aussitôt pour se tourner vers le dragon. Il s'effondrait, le cou tendu. Sa chute fit résonner le rocher. Ses ailes se déployèrent dans un dernier réflexe et recouvrirent le monstre d'un linceul de cuir brun. Le silence retomba sur le sanctuaire.

Kosh marcha d'un pas incertain vers l'ancien alors que sa monture se relevait en hennissant. Santa Lucia courait pour

le rejoindre. L'Amiral contemplait le dragon, et aucun sentiment de triomphe ne l'animait. La jeune fille s'arrêta juste
derrière lui. Elle n'osait pas parler. Le héros se tourna vers
elle. Il avait l'air épuisé.

— Allons récupérer le canope et quittons ces lieux maudits,
dit-il. Nous n'avons plus rien à faire ici.

Ils marchèrent jusqu'à la grotte. L'excavation n'était ni très
haute ni très profonde. Elle n'était pas tapissée de poudre
blanche comme à l'extérieur mais de crânes, de tibias et de
fémurs tombant en poussière. L'Amiral explora les parois
avec sa torche. Il n'eut pas besoin de chercher l'urne très
longtemps.

— Là, lui dit la jeune fille en tendant le doigt vers le fond
de la tanière.

Une lueur bleutée indiquait une niche. La lumière provenait d'un cylindre de cristal enchâssé dans une monture
métallique. Kosh se dirigea vers la niche et contempla l'urne
avant de s'en emparer, se demandant si quelque piège n'y
était pas attaché. Il tendit la main et enleva le canope du socle
sur lequel il était posé. Rien ne se passa. Il ouvrit le sac qu'il
portait en bandoulière et glissa le second canope à côté du
premier.

« Et de deux », nota la conscience.

Un hennissement furieux leur parvint tout à coup.

— Que se passe-t-il ?! s'exclama Santa Lucia.

Ils se précipitèrent vers l'extérieur et s'arrêtèrent au seuil
de la grotte. La carcasse du dragon avait disparu. Trois autres
créatures l'avaient remplacée. Un serpent énorme s'enroulait
autour de la cage thoracique du ch'val. L'animal essayait de
rester debout mais il allait bientôt lâcher prise. Un lion à peine
ébauché était assis à quelques mètres et contemplait la scène.
On reconnaissait ses pattes, le reste de son corps n'étant qu'un
amas de chairs à vif. Une chauve-souris de l'envergure d'un
trident planait au-dessus du sanctuaire. L'esprit de Kosh nom-
mait ces animaux les uns après les autres pour les avoir vus
dans le bestiaire des chimères. Et il comprenait maintenant
quelle énorme erreur il venait de commettre.

Santa Lucia était tétanisée.

— Où est votre Paladine ? chuchota-t-il. (Les animaux ne
s'intéressaient pas encore à eux.) Nous allons bientôt en avoir
besoin.

— Les morceaux qui me restent, je les ai. Ce que vous
m'avez pris se trouve dans les sacoches de votre monture.

Le ch'val ploya les jambes sous la pression du serpent qui referma ses anneaux sur lui. Sa poitrine explosa dans un craquement sinistre et envoya en l'air une cascade de sang bouillonnant. Le lion ne bougeait toujours pas. La chauve-souris continuait à glisser au-dessus d'eux.

— D'où viennent-ils ? demanda la jeune fille.

— De nulle part.

Ils étaient désarmés. Le cratère n'offrait aucune cachette. Rien ne permettait de fermer la grotte du dragon et de s'y retrancher. À moins d'un miracle, ils étaient perdus. Kosh se baissa pour ramasser un fémur. Santa Lucia l'imita en sentant la situation critique. Ça ne présageait rien de bon de voir l'Amiral s'armer d'une massue.

— Comment ça, de nulle part ?

— Les entités qui constituaient le dragon se sont séparées les unes des autres sous l'action de l'aiguillon. (Ils ne bougeaient pas, protégés par le faible rempart de l'ombre de la grotte.) Le lion, ce sont les pattes, la chauve-souris...

— O.K., O.K., s'impatienta la jeune fille. J'ai compris. Mais il manque une partie, là. Vous ne voyez pas ?

L'Amiral contempla les créatures monstrueuses.

— La tête, constata-t-il simplement.

Un cerbère bondit devant eux et les fixa en grognant. Seule sa tête était achevée. Ses canines acérées lui dessinaient une double rangée de dents aiguisées comme des scies.

— Par le Grand Attracteur, murmura Santa Lucia.

Kosh lança son fémur vers le serpent et le ch'val qui ne bougeait plus. Le cerbère essaya d'attraper l'os au vol mais il le rata. Il courut vers le centre du sanctuaire, dégageant l'entrée de la grotte. Le lion les avait vus. Il s'était levé et marchait calmement dans leur direction.

— On monte sur le volcan, vite ! cria le soldat à la jeune fille en lui montrant l'exemple.

Il n'avait aucun plan. Il ne savait pas si le cône leur offrirait un quelconque abri. Mais le lion avait l'air moins stupide que le cerbère et Kosh ne comptait pas le provoquer à mains nues. Ils grimpèrent sur le flanc escarpé jusqu'à une sorte de plateforme qui surplombait le sanctuaire d'une dizaine de mètres.

Le lion s'assit en dessous d'eux et sa gueule partielle bâilla dans leur direction. Le serpent avait complètement enrobé le ch'val. Le cerbère grognait et aboyait pour essayer de les atteindre. Santa Lucia contemplait le spectacle en refusant d'estimer ses chances de survie. Elle refusait tout simplement de mourir sur le rocher de Boëcklin.

Le déplacement d'air la prévint juste à temps. Elle se pencha au moment où la chauve-souris fondait sur elle. Ses ailes giflèrent la jeune fille qui tituba jusqu'au bord de la terrasse et glissa vers le vide. Kosh la rattrapa de justesse. Santa Lucia s'accrocha aux épaules de l'Amiral. Le vampire effectuait un long vol plané pour revenir dans leur direction.

— Si vous avez une idée, cadet, c'est le moment de vous exprimer.

— Je ne veux pas mourir ici, répondit seulement la jeune fille.

La chauve-souris écarta les griffes qui garnissaient ses ailes et plongea vers eux. Un trait de feu jaillit tout à coup du ciel. Un éclaboussement de sang noir le stria. Le vampire partit en vrille vers le sol et s'écrasa dans la poudre d'os. Le lion et le cerbère se précipitèrent aussitôt sur lui pour continuer la curée. Une ombre plus grande que celle de la chauve-souris recouvrit le sanctuaire.

Kosh reconnut aussitôt la ligne et la robe du Bucentaure qui descendait lentement vers eux. Une rampe s'ouvrit dans le ventre de l'appareil et se stabilisa au niveau de leur position. Venise, sans ses atours de dame d'honneur, les contemplait depuis le ventre de son navire. Elle regardait le cadet et Santa Lucia, toujours accrochée aux épaules de l'Amiral.

— Tu as de la chance que je sois passée par là ! cria-t-elle par-dessus le bourdonnement du champ antigrav.

Kosh ne bougeait pas. Il souriait jusqu'aux oreilles.

— Bon, tu montes ou on vous laisse ici, toi et ta princesse ?

Le soldat et la jeune fille sautèrent sur la passerelle qui se referma derrière eux. Le Bucentaure s'éleva d'une centaine de mètres au-dessus du sanctuaire en pointant le nez vers le ciel. Ses moteurs explosèrent. Une seconde plus tard, il avait disparu de l'atmosphère sans défaut qui entourait le rocher de Boëcklin.

TROISIÈME PARTIE

ACQUA ALTA

1

Bubba Kosh contemplait le Grand Canal, l'artère principale de Sérénisse. L'eau était à peine troublée par le passage des mascarètes effilés qui le parcouraient. Les embarcations sinuaient avec aisance entre les nombreuses palines qui saillaient de l'eau grise, peintes de bandes rouges et blanches comme la coque du Bucentaure. Le ciel était bouché par un couvercle de nuages bas.

— Des pluies torrentielles précèdent toujours la vague d'équinoxe, dit Venise qui contemplait elle aussi le canal.

Un pont articulé se déploya devant et se rétracta derrière le marchand qui le traversait. Le soldat se tourna vers la dame d'honneur. Elle étudiait maintenant les deux canopes de la princesse, posés sur un petit guéridon en bois laqué. Son profil n'avait pas changé. Mais, au niveau des tempes, quelques reflets d'argent trahissaient son âge. Kosh se rendit compte à quel point ses yeux vert clair dessinés en amande ressemblaient à ceux de Santa Lucia.

Venise lui avait narré son odyssée pendant que le Bucentaure fonçait vers Acqua Alta. Elle était restée quelques années sur la Concession 55. Elle avait très vite grimpé les échelons de la Confrérie, la société de parias qui régnait sur l'extérieur de l'Enclave. En grande partie grâce à ses dons de télépathe. « J'ai su échanger mon sang avec les bonnes personnes », avait-elle avoué avec un petit sourire. Lire les pensées, anticiper les désirs, lui avait permis de se retrouver à la tête de la société pirate en moins de cinq ans.

La Confrérie pensait demeurer sur l'ancienne Terre *ad vitam*. Mais l'instabilité sismique de la planète l'avait forcée à revoir sa position. Les failles s'ouvraient. Les volcans se réveillaient. L'océan se transformerait bientôt en un gigantesque chaudron. Les pirates devaient quitter la concession au plus vite. Venise avait alors pris les opérations en main.

Il était possible de bâtir un vaisseau mère à partir de la ville qu'elle avait découverte avec Kosh. L'ancienne colonie était infestée d'émissaires et cernée par la forêt rouge, mais Venise avait décidé de la nettoyer de ses créatures et de s'en rendre maître.

Il avait fallu de longues années, de nombreux morts et beaucoup de souffrance pour venir à bout des émissaires. Les pirates avaient ensuite remis la ville en état, et ils s'étaient lancés dans la construction du vaisseau mère. Un premier équipage avait pris place à bord, avec Venise à sa tête. L'idée était de rejoindre la Lyre, le système des origines, d'y trouver une nouvelle implantation, puis d'organiser l'exode des pirates restés sur Terre dans les meilleures conditions.

Les pirates avaient rejoint la Lyre quinze ans auparavant. Certains y étaient restés. D'autres avaient continué vers les systèmes proches. Venise et quelques autres en avaient assez de vivre dans la clandestinité. Ils s'étaient donc installés sur Acqua Alta pour devenir marchands. Elle avait quitté la Confrérie pour passer à l'Archipelago Flota. Dix ans plus tard, elle était dame d'honneur et s'installait dans le palais de la licorne. Pendant ce temps-là, Bubba Kosh devenait Général puis Amiral du Haut Commandement de Primavère.

Tant de choses les rapprochaient et les séparaient en même temps. Kosh mourait d'envie de prendre Venise dans ses bras, comme autrefois. Mais l'Amiral était effrayé à cette idée. Quant à la dame d'honneur, elle observait celui qu'elle avait connu jeune homme avec une moue ironique.

— C'était donc vrai, murmura-t-elle en caressant la monture d'un canope.

L'Amiral lui avait tout raconté. Elle aurait de toute façon pu lire l'histoire dans son esprit. Venise l'avait écouté patiemment.

— Je ne vois plus aussi clairement en toi que dans le Bouldeur, soldat. Le temps et l'éloignement.

L'Amiral se caressa la paume de la main droite. Il se leva et s'approcha d'un mur immense sur lequel étaient accrochés des tableaux noyés dans l'ombre et la poussière. Ils montraient des scènes étranges, un homme crucifié, une entité assise sur un nuage, une confrérie festoyant autour d'un banquet d'une pauvreté accablante. Certaines peintures avaient été enlevées d'après les traces plus claires qui marquaient les anciens emplacements.

— Sérénisse a été construite sur le modèle d'une cité de l'ancienne Terre, lui dit Venise. La légende fondatrice dit que les ingénieurs natifs sont venus sur Acqua Alta et qu'ils y ont fondé cette réplique de leur ville natale.

— Je ne le savais pas. (La Terre lui paraissait si lointaine.) J'ai une mission à accomplir et plus beaucoup de temps devant moi.

Elle releva tout à coup la tête et le regarda fixement.

— Tu ne trouves pas ça irréel, Bubba ? Je veux dire, nous nous perdons puis nous nous retrouvons. Des bestioles venues de nulle part tombent sur la Lyre. Un empire est uni puis divisé. Tout ça est... caricatural, ça ressemble à un jeu. J'avais déjà ce sentiment sur la concession, mais moins accentué. D'ici (elle montra la pièce avec un geste vague), j'ai l'impression que quelque chose nous manipule, joue avec nous comme si nous n'étions que des pions.

— La jeune fille sauvage se serait mise à croire au destin avec l'âge ? se moqua l'Amiral. Je ne te savais pas fataliste.

Venise lui donna une tape sur le bras. C'était la première fois qu'elle se permettait un geste familier depuis qu'elle les avait sauvés des chimères, lui et Santa Lucia. Un frisson courut du bras de Kosh jusqu'à sa nuque.

— Cette gamine est mignonne, dit Venise en changeant de sujet. Elle a l'air d'en pincer pour toi.

— Ne dis pas de bêtises. Lucie est une vraie tête brûlée, un feu follet incontrôlable. Mais elle a le respect de la hiérarchie. Elle n'osera jamais me faire des avances.

— Regardez-moi ça ! Il y a pensé, le vieux pervers ! (Venise changea à nouveau abruptement de sujet.) J'ai suivi ta carrière avec beaucoup d'intérêt. Tu es devenu ce que tu voulais : un héros.

Kosh pensait : « Pourquoi ne t'es-tu pas manifestée ? » Mais il savait qu'il aurait été inutile... malhonnête de poser cette question. Aurait-il abandonné l'Amirauté pour revenir aux côtés de Venise s'il l'avait sue dans la position qu'elle occupait maintenant ? Il l'avait déjà laissée derrière lui une fois. Il aurait sans doute recommencé. « Et puis non ! » s'insurgea une autre part de son esprit. Il avait pensé à cette femme pendant tellement d'années. Il avait toujours respecté son souvenir. Même si le destin lui avait fait grimper les échelons du Haut Commandement un à un, un destin contre lequel il ne s'était jamais battu. Il n'avait pas beaucoup de mérite, en fin de compte.

— Tempête sous un crâne, hein ? se moqua-t-elle. (Elle se massa les tempes.) Ce n'est pas facile pour moi non plus, Bubba. Un tel retour en arrière... (Elle prit ses mains entre les siennes.) Écoute, je... je ne t'ai pas oublié non plus.

Le vieux soldat voyait ses propres mains trembler. La sueur tapissait ses paumes. Son champ de vision se réduisait au seul visage de Venise.

— Mais tout ça est trop subit. Terminons ce que nous avons à faire, ensemble, puisque nos deux destinées ont été à nouveau réunies. Nous verrons après ce qu'il convient de faire pour nous deux.

— Ce que nous avons à faire ? reprit l'Amiral.

— Régler le problème des Sans-voix, répondit Venise, comme s'il s'agissait d'une peccadille. Je connais ta mission depuis que Méandre te l'a confiée. Ma présence sur le marché du Jubilé n'était pas fortuite. Et mon intervention encore moins.

— La Flotte est dans le coup ?! s'exclama l'Amiral.

— D'une certaine manière, répondit-elle, évasive.

Pourquoi l'Archipelago prenait-il le risque de le soutenir ? se demandait l'Amiral. Lui qui croyait les marchands guidés par l'opportunisme.

— Où se trouve le troisième canope ? demanda-t-il.

— Il est en possession des reîtres. Mais avant tout, il faut que tu voies certaines choses et que tu rencontres certaines personnes.

— Je ne peux pas attendre.

Il devait se mettre à la recherche du troisième fragment de la princesse sans tarder. Il se tourna vers la sortie. Venise lui prit le bras et le força à la regarder.

— Tu vas m'écouter, Amiral Kosh ! lui ordonna-t-elle. Tromper la vigilance des reîtres sera autrement plus difficile que se jouer d'un chasseur solitaire. Tu n'y arriveras jamais sans moi. Alors tu me suis, et tu m'écoutes. Compris ?

L'Amiral soupira, vaincu.

— Très bien, dame d'honneur, je vous suivrai jusqu'au bout du monde. Et lorsque vous m'en jugerez digne, je porterai vos couleurs et les défendrai avec bravoure.

— Imbécile, le traita Venise en riant.

116

Elle quitta la pièce, Kosh sur ses talons, partagé entre le bonheur d'avoir retrouvé son premier amour et l'inquiétude de le perdre à nouveau.

Ils sortirent du palais de la licorne par une porte dérobée, déguisés en marchands sans blason. Ils avaient laissé Santa Lucia dans l'immense salon du bord de l'eau qui occupait tout le rez-de-chaussée du palais. Elle attendait pendant que l'Amiral s'entretenait avec la dame d'honneur. Et ils lui demandaient d'attendre encore alors qu'ils s'apprêtaient à sortir, sans elle, pour faire elle ne savait quoi ?! En tout cas, ils n'avaient rien voulu lui dire.

La jeune fille se sentait trahie. Elle était mise sur la touche sans explications. Elle, elle avait accompagné l'Amiral jusqu'au rocher de Boëcklin. Elle avait mis ses palmes en jeu. Et il avait suffi que cette dame d'honneur apparaisse au moment opportun pour que Santa Lucia n'existe plus aux yeux de l'Amiral.

La jeune fille, fidèle à son tempérament orageux, décida de ne pas en rester là.

L'Amiral et la dame d'honneur marchaient comme deux conspirateurs dans les ruelles tortueuses de Sérénisse. Kosh comprenait pourquoi la ville lagune était autrefois le fief des diplomates. Le chemin qu'ils suivaient leur faisait emprunter corridors ténébreux, ponts couverts et ruelles aveugles. Le soldat ne compta pas le nombre de passerelles qui leur permirent de traverser les canaux secondaires. Ils ne cessaient de tourner, de descendre et de monter. Venise avait l'air à l'aise dans ce gigantesque labyrinthe.

La beauté des édifices à elle seule aurait pu perdre le passant. Certaines façades étaient un peu décaties mais l'ensemble avait gardé une allure grandiose et intime à la fois. L'aspect monumental des quartiers officiels de Primavère en était le parfait contre-exemple. Venise parlait tout en marchant, racontant Acqua Alta, les reîtres et les marchands.

— Acqua Alta ne possède pas de gouvernement au sens où on l'entend sur Primavère. Pas de dynaste, ni de Cour. Pas même d'armée. L'Archipelago a toujours su rester neutre et doit être compris comme une corporation, pas comme une société hiérarchisée. Ici, on naît marchand et on meurt marchand. Toutes les activités sont organisées autour d'un système de guilde.

— Comment les reîtres ont-ils réussi à s'imposer ?

— Par notre point faible, l'argent. Le florin a cours ici. Mais aussi l'antise de Rigel, le drachome d'Antarès. Une Bourse permet de fixer les parités au jour le jour, certifiant les échanges. Les fondateurs du Losange, les diplomates qui ont soi-disant établi un contact avec les Sans-voix se sont rendus maîtres de notre Bourse, le Grand Attracteur seul sait comment. Ils ont ensuite placé leurs agents dans les guildes les plus puissantes. Les reîtres ne cherchent jamais la tête, mais l'ombre de la tête. Le Losange s'est octroyé un rôle consultatif puis décisionnel dans le conseil des marchands. Le temps que les guildes se rendent compte du danger, il était trop tard. Les capuchons faisaient la pluie et le beau temps sur Acqua Alta.

Kosh se souvint de la réflexion de son aide de camp sur la déréliction de l'Empire alors qu'ils approchaient du palais d'airain. Les reîtres avaient agi comme les Sans-voix, parasitant l'organisme malade qu'était devenue la Lyre, se développant à son insu et ne devenant apparent qu'une fois définitivement installé et irrémédiable.

— Depuis vingt ans l'histoire d'Acqua Alta n'est qu'une guerre de position entre guildes et Losange, ajouta Venise.

— Pourquoi les marchands ne se sont-ils pas débarrassés des reîtres ?

— C'est le soldat qui parle... Les reîtres tiennent notre économie par ses points névralgiques. Taux de changes, banques, accès aux docks. Se soulever contre eux, c'est détruire Sérénisse et repartir de zéro, comme au temps de sa fondation.

— Ça risque d'arriver de toute façon, grogna le soldat.

Il trouvait les marchands bien laxistes.

— C'est pour ça que nous avons décidé de passer à l'action, embraya Venise.

Ils débouchèrent sur une place dégagée, immense par rapport au lacis de ruelles qu'ils laissaient derrière eux. Au centre était construite une monstruosité, un hexaèdre dont la base était un rectangle d'une centaine de mètres de long et de cinquante de large. Quatre losanges inclinés grimpaient jusqu'au toit. Aucune ouverture n'était visible dans les façades, grises comme les nuages qui s'amoncelaient au-dessus de leurs têtes. Seule une porte indiquait l'entrée du sinistre bâtiment.

— Le prisme, annonça Venise. Le siège du Losange.

Kosh se rendit alors compte qu'ils n'avaient pas croisé une seule figure encapuchonnée depuis le palais de la licorne. La dame d'honneur répondit à sa question silencieuse.

— Les reîtres sont retranchés depuis trois jours dans le prisme, expliqua-t-elle. Ils préparent l'approche du ruban à leur manière.

Kosh ne comprenait pas ce que Venise voulait dire. Il ne comprenait même pas l'existence des reîtres dans un monde comme la Lyre, autrefois si lumineux. Il pensa aux émissaires.

— Les reîtres n'ont rien à voir avec eux, reprit Venise. Quoi que tu penses, aucun Sans-voix ne les habite. Toutefois, il est sûr qu'ils entretiennent des rapports... privilégiés avec les barbares. Par quel canal, de quelle nature ? Je n'en sais rien.

— Le Losange proclame que son intérêt réside dans l'harmonie de la Lyre, essaya l'Amiral.

Le rire de Venise s'élança vers le ciel, aussi léger qu'un oiseau prenant son envol.

— Vous êtes mignons, sur Primavère, vous, le dynaste et sa Cour, à essayer de voir le Bien là où règne le Mal. Pour que les reîtres aient pris le pas sur les marchands, il a fallu qu'ils hissent le mensonge au niveau du chef-d'œuvre. L'évolution du ruban met le Losange en joie. Nous ne savons pas ce qui se passe exactement là-dedans (elle montra le prisme), mais nous savons qu'il s'y prépare une grande fête religieuse, dont l'apex sera en conjonction avec la vague d'équinoxe.

L'Amiral essaya d'imaginer une fête chez les capuchons. Seules des images morbides lui vinrent à l'esprit.

— Les reîtres vont ouvrir le troisième canope de la princesse et implanter son contenu dans le corps d'une jeune fille qu'ils offriront aux Sans-voix, en signe de servitude. Ils n'ont pas encore trouvé la victime. Les gens de Sérénisse sont aux abois et restent enfermés chez eux. Certains se sont enfuis. Beaucoup aimeraient rejoindre leurs vaisseaux. Mais le Losange a neutralisé l'accès à l'arsenal jusqu'à ce que le sacrifice ait lieu.

— Je croyais que les capuchons n'avaient pas d'armée ?

— Une centaine de mercenaires de Bartsch se sont déployés dans Sérénisse il y a une semaine environ.

— Je vois, grogna le soldat.

Les gens de Bartsch étaient invoqués dans les contes pour enfants, sur Primavère, lorsqu'il s'agissait de leur faire peur.

— Quand doit avoir lieu le sacrifice ?

— Demain soir, à minuit. (Venise soupira et contempla le soldat.) C'est demain que nous nous soulèverons contre le Losange, Bubba. Et tu risques de te retrouver en première ligne.

L'Amiral essaya de sonder l'esprit de Venise, sans y parvenir, évidemment. Leur relation avait toujours été à sens unique. Elle s'approcha, joignit ses mains derrière la nuque du soldat. Il ne bougea pas.

— Mon héros, lui dit-elle sans moquerie avant de l'embrasser.

L'Amiral lui rendit ce baiser qu'il attendait depuis si longtemps. La dame s'écarta en laissant sa main sur le bras du vieux soldat.

— Un Amiral du Haut Commandement et la dame d'honneur des marchands, ça ferait un beau mariage, ironisa-t-elle en plissant le nez.

— Allons voir les gens que tu voulais me présenter, esquiva Kosh en imaginant la scène.

Ils traversèrent la place bras dessus bras dessous, replongeant dans le mystère de la vieille Sérénisse, tels deux amants masqués, courant après l'ombre comme on court après son lit.

La façade du palais était noire et lépreuse. Une partie de l'encorbellement s'était effondrée et gisait en ruine sur le perron. On reconnaissait des lions dans les sculptures qui flanquaient son entrée, des lions autrefois majestueux et maintenant partiels comme celui que Kosh avait approché sur le rocher de Boëcklin. Venise sauta au-dessus des débris et entra dans la vieille bâtisse.

L'intérieur était mieux entretenu que la façade. Quelqu'un occupait encore l'endroit, quelqu'un pour lequel des notions comme confort, chaleur et propreté étaient aussi lointaines que pouvait l'être la compassion dans l'esprit d'un Sans-voix. Ils grimpèrent l'escalier qui menait à l'étage. Des animaux empaillés posés sur des socles formaient une garde silencieuse. Cerbère figé la gueule ouverte. Saurien monstrueux la queue dressée comme un dard. Ch'val nain recouvert de poussière et broutant la reconstitution d'un tapis de pousses spongiformes.

— C'est le palais des lions ? demanda Kosh.

— Chez les faiseurs de chimères, confirma Venise. Celui qui veut te voir n'a pas un très grand sens de l'entretien, mais il a quelque chose d'important à te montrer.

Ils arrivèrent à l'étage et se dirigèrent vers une porte gardée par deux éléphants dont les trompes étaient brisées. Un rai de lumière passait dessous. Quelqu'un fredonnait de l'autre côté. Kosh suivit Venise et découvrit une pièce très haute fermée par une verrière que la saleté avait rendue opaque. Les murs étaient garnis de meubles de rangement, de tiroirs, de vitrines, de globes et d'aquariums. Au centre, une montagne de caisses composait une pyramide. Un petit homme s'affairait sur l'une d'elles. Il était courbé et tournait le dos aux nouveaux venus.

Venise toussota. Il se retourna et afficha aussitôt un sourire radieux en reconnaissant Bubba Kosh, entier et en bonne santé.

— Associé ! s'exclama-t-il en se précipitant vers l'Amiral, les bras tendus. Quelle joie de vous revoir vivant !

Kosh serra la main d'Oscar par réflexe.

— Vous ?

— Moi ! confirma l'inventeur. Je suis désolé de vous avoir joué cette petite comédie, mais nous pensions avec Notre Dame (il s'inclina devant Venise) qu'un appui trop visible de l'Archipelago Flota vous nuirait avant d'atteindre Acqua Alta. Cela aurait pu entraver vos gestes au moment de combattre le dragon. Qui sait ? (Il adopta une mine de conspirateur.) Soit dit en passant, je suis l'un des rares chefs de guilde à avoir parié sur votre succès. La plupart vous donnaient perdants.

— Vous n'avez pas été loin de les suivre, grogna Kosh. Si votre aiguillon avait correctement fonctionné...

— J'ai appris ça, dit Oscar d'un air navré. Mais vous êtes toujours là. Quant à ce ch'val... quel dommage. C'était vraiment une chimère splendide.

— Ils sont en bas ? demanda Venise au chef de guilde, coupant l'Amiral qui préparait une repartie cinglante.

— Oui. Ils nous attendent. Mais avant, je veux montrer le bestiaire à notre ami.

Kosh ne détestait rien tant que l'on parle de lui à la troisième personne en sa présence.

— Comment êtes-vous déjà ici ? demanda-t-il au petit homme qui partait vers un lutrin. Le marché devrait encore se trouver dans l'amas.

— Le marché s'amarrera au môle de Sérénisse dans la nuit. Je l'ai précédé à bord de mon Bucentaure à moi. (Il gloussa de son bon mot.) Mais assez perdu de temps avec les détails. Passons à l'essentiel.

Il revint avec un in-folio semblable à celui que Kosh avait consulté dans le jardin de la pension et le posa sur une caisse aux pieds de l'Amiral. Ils s'accroupirent devant le livre. Il s'agissait du bestiaire, de l'original et non d'un fac-similé.

Oscar l'ouvrit avec précaution et commença à faire défiler les pages de vieux parchemin.

— De grands événements vont bientôt survenir, souffla-t-il, mystérieux. Nous arrivons à un point crucial de l'Histoire de la Lyre. Et nous nous trouvons à l'endroit exact à partir duquel tout va bientôt se précipiter.

— Notre Oscar a le sens de la formule, l'excusa Venise.

Oscar fit claquer sa langue comme s'il donnait un signal de départ.

— Il faut que vous sachiez une chose, Amiral, une chose que seuls les chefs des dix guildes siégeant au conseil des marchands connaissent, une vérité que même le dynaste Méandre ignore.

— De quoi s'agit-il ? s'impatienta le soldat.

Oscar tournait toujours les pages du bestiaire. Kosh vit passer le dragon et l'image du chevalier saint Georges chargeant, armé de sa seule lance. Il lui devait une fière chandelle à celui-là. L'inventeur s'arrêta sur une page qui représentait un animal que l'Amiral connaissait par cœur mais qu'il ne reconnut pas tout de suite. Le voir exposé ainsi, en partie écorché et annoté le troubla dans un premier temps. La vérité lui explosa au visage une fois l'effet de surprise évanoui.

— Cette page a été supprimée des fac-similés déposés sur les marchés comme le Jubilé, expliqua Oscar. Vous comprenez aisément pourquoi.

Kosh ne pouvait plus détourner ses yeux. Il lisait le texte qui accompagnait la planche anatomique, qui expliquait la télépathie de cette chose, ses instincts combatifs, cette étrange faculté à apparaître et à disparaître en des endroits donnés. Il y était question de sa composition, de sa taille, de ses principes directeurs, ainsi que de son mode de reproduction.

— Ne me dites pas que les faiseurs de la guilde ont conçu cette chose ? murmura le soldat.

— Les faiseurs de la guilde ont conçu cette chose.

L'Amiral étudia la page avec attention. Il ne parvenait pas à y croire. Il lut : « Le Sans-voix est enfanté dans l'espace profond et jamais il ne quitte sa mère qui le protège contre la destruction. » « Sa mère ? » songea Kosh, abasourdi. Les faiseurs avaient associé l'idée de maternité à celle de ces bestioles immondes ?

— Le Sans-voix est une des plus belles réussites de notre guilde, reprit Oscar sans afficher aucune fierté. Une créature parfaite, dotée de pouvoirs dépassant ceux de ses adversaires, ayant un sens de l'organisation sociale aigu, conçue pour détruire et se répandre.

— Comment est-ce possible ?

— Nous n'en savons pas plus que ce qui est écrit ici. Sinon le nom de ceux qui les ont commandés, bien avant que le ruban n'apparaisse.

L'esprit de l'Amiral était agité par un obscur pressentiment.

— Les juges arbitres. Leur nom, c'est tout ce que nous avons sur eux.

— Les juges arbitres ?

Kosh se souvenait de s'être arrêté sur ce nom dans le texte d'introduction du bestiaire. Qui pouvaient être ces juges pour leur avoir adressé ces créatures ? Pour quelle raison ? Il se tourna vers Venise, elle qui parlait du Destin dont elle s'imaginait le jouet. Il contempla la pièce immense, essayant d'y trouver une solution à l'énigme fantastique.

— Nous ne savons pas si le fait de réunir les canopes sauvera l'Empire, expliqua Oscar. Nous ne savons pas non plus si la princesse a jamais existé et si tout ceci n'est pas une gigantesque imposture. Ni si vous parviendrez à subtiliser la troisième urne aux reîtres. Encore moins comment vous pourrez trouver la quatrième dans le vide de la nébuleuse.

« Arrêtez ! » eut envie d'implorer le soldat.

— Mais nous savons que les Sans-voix ont été créés par nos ancêtres. Peut-être le moyen de les détruire est-il inscrit en filigrane dans leur acte de naissance, ici, entre ces lignes.

Kosh ne devait rien oublier. Il se pencha pour lire la page à nouveau.

— Ta conscience te rappellera ce dont tu ne te souviendras pas, lui dit Venise.

« À votre service, monsieur », acquiesça cette dernière.

— Maintenant nous pouvons rejoindre le Conseil. Noble Dame ?

Venise hocha la tête. Ils quittèrent la pièce en silence. Personne n'osa refermer le bestiaire. Le livre resta ouvert sur l'image du Sans-voix au rostre conçu pour broyer et au flagelle hérissé d'épines, dans toute sa grotesque splendeur.

Ils empruntèrent un escalier qui s'enfonçait en spirale sous le palais des lions. Il se transforma en un moment en corridor éclairé par des photophores. L'air était sec et frais. Une porte métallique fermait le couloir. Un bloc d'identification Adan y était associé. Oscar colla son index contre le picot afin de permettre la reconnaissance de sa séquence Adan. La porte le remercia, s'ouvrit, les laissa passer et se referma derrière eux.

Ils pénétrèrent dans une salle oblongue. Quatre hommes et cinq femmes se levèrent en les voyant arriver. La dame d'honneur alla s'asseoir sur le siège qui lui était réservé. Oscar indiqua à Kosh un fauteuil qui lui faisait face à l'autre bout. Lui-même s'assit à la dernière place vide. Un simule était posé au centre de la table. L'Amiral remarqua que Venise avait retrouvé la morgue hautaine associée à sa charge.

— Chers amis, commença-t-elle, je vous présente l'Amiral Kosh, dont la raison de la présence sur Acqua Alta vous est connue. Amiral, voici le conseil des marchands, les chefs des dix premières guildes de l'Archipelago. Ils préfèrent garder l'anonymat. Les visages que vous pouvez voir sont des masques. Sachez-le.

Kosh se fichait de savoir que les chefs de guilde portaient des masques. Il voulait savoir ce que les gens d'Acqua Alta avaient à lui dire avant qu'il ne reprenne sa quête là où il l'avait laissée.

— Nous sommes au courant de la mission que vous a confiée le dynaste Méandre.

Par quel moyen ? se demanda Kosh. Les marchands ne s'étaient pas installés dans le fief des diplomates par pure innocence.

— Nous devons vous avertir de certains faits qui vont bientôt survenir à Sérénisse.

Entendre Venise lui parler avec une telle froideur énervait le soldat. Qu'elle en finisse ! Il ne s'attendait à aucune aide de la part des marchands, réputés pour leur opportunisme.

— Les reîtres qui conservent le troisième canope vont bientôt disparaître de Sérénisse.

— Pardon ?

Les chefs de guilde s'agitèrent sur leurs chaises. Oscar activa le simule et généra la première figure. L'hologramme représentait Sérénisse au milieu de l'immensité océane. Une enceinte circulaire l'enfermait dans une portion d'eau d'environ cinquante kilomètres de diamètre. Des vannes formaient un motif en forme de créneaux sur toute la longueur de la digue.

— Sérénisse est protégée des tempêtes et des courants forts par une digue Havilands, dit l'inventeur. Ces bâtisseurs herculéens ont doté les mondes principaux des moyens de parer aux injures dont la Nature est friande. La digue permet d'éviter les catastrophes les plus courantes sur un monde comme Acqua Alta, tout particulièrement lors des équinoxes qui président à la naissance des vagues du même nom.

Un bourrelet concentrique apparut à la périphérie de la simulation et se referma lentement sur la digue. L'anneau grossissait en se rétrécissant. Il se figea juste avant d'atteindre les Havilands.

— Nous savons que Primavère prévoit d'attaquer le front du ruban dans un peu plus d'une semaine. Cette attaque, au vu des forces en présence, donnera la victoire aux barbares.

Kosh se sentit blessé dans son estime mais il ne répondit pas. Oscar disait tout haut ce qu'il pensait tout bas depuis longtemps. Sinon, il n'aurait pas accepté la mission que Méandre lui avait confiée.

— Une fois les Sans-voix victorieux de Primavère, les reîtres apparaîtront au grand jour comme ce qu'ils sont vraiment et ils leur livreront Acqua Alta. L'Archipelago Flota a donc décidé de saborder Sérénisse avant qu'il ne soit trop tard.

Kosh se demanda s'il avait bien entendu. Sa conscience se permit d'intervenir pour lui assurer qu'elle avait bien entendu la même chose, elle aussi. Oscar redonna sa liberté à la simulation en reprenant ses explications.

— La digue n'arrêtera pas la vague d'équinoxe qui se lèvera demain soir. L'océan submergera la ville et le prisme du Losange.

Kosh comprit pourquoi Oscar faisait ses cartons, pourquoi le palais de la licorne avait l'air vide. Tous les marchands devaient préparer le déménagement de leurs biens dans le plus grand secret, à l'insu des reîtres retranchés dans leur temple forteresse.

— Comment comptez-vous vider Sérénisse ? demanda-t-il aux visages d'emprunt tournés vers lui.

— Le marché du Jubilé qui doit s'amarrer cette nuit au môle de la ville servira au sauvetage du plus grand nombre, continua Oscar. Notre flotte est entreposée dans l'Arsenal. Nous la reprendrons par la force. Nous sommes armés, depuis longtemps. Et les reîtres ne soupçonnent pas notre puissance. Ces maudits mercenaires de Bartsch encore moins. Du sang sera versé, mais tout est prévu pour que l'exode soit terminé avant que la vague atteigne Sérénisse.

— Et le canope ? tenta l'Amiral.

Oscar se tut et baissa la tête. Venise reprit le fil de son discours.

— Comme tu le sais, le canope servira à la cérémonie des reîtres, demain soir.

Le tutoiement de la dame d'honneur à l'égard de Kosh provoqua une exclamation étouffée chez les chefs de guilde. Venise ne se souciait guère de ces pleutres qui se taisaient et se cachaient derrière leurs masques. Elle s'adressait à celui qui allait prendre tous les risques pour sauver la Lyre de la destruction, pendant qu'eux essaieraient de sauver leur peau et leurs précieuses marchandises.

— Nous ne connaissons du prisme que sa surface, continua-t-elle, alors que le simule faisait grossir l'hexaèdre jusqu'à lui faire recouvrir la moitié de la table. La structure intérieure du bâtiment nous est inconnue. Il a été bâti par les géomètres d'Ophiucus et leurs réalisations sont couvertes par le secret professionnel. (Kosh ne le savait pas mais ça ne changeait pas grand-chose à son problème.) La seule certitude est que la cérémonie aura lieu sur la terrasse.

— Impossible de l'atteindre par les airs ?

— Les bâtiments qui cernent la place servent de décors. Ils cachent des postes de tir et des générateurs de champs qui enserrent le prisme comme une toile d'araignée.

— Par en dessous, alors ? essaya le soldat.

— Aucune issue de connue. La seule façon de rentrer dans le prisme est de passer par la porte principale, au vu des reîtres qui en ont la garde... (Venise marqua une pause.) Impossible pour quelqu'un de mal équipé. Ce qui n'est pas ton cas, n'est-ce pas ?

L'Amiral ne répondit pas, ne sachant pas où la dame d'honneur voulait en venir.

— Le dynaste t'a bien confié un objet, hormis le premier canope, avant que tu quittes le palais d'airain ?

— Le boîtier à champ de contretemps, comprit le soldat.

La femme blonde à sa gauche soupira :

— Nous nous sommes donné assez de peine pour le fabriquer ! Cette technologie est extrêmement coûteuse et vorace en énergie, vous vous en rendez compte ?

— Et les reîtres n'y ont pas accès, nous en sommes sûrs, continua la dame d'honneur.

— Attendez, calma le soldat. Est-ce que vous êtes en train de me dire que vous m'épaulerez pour trouver le canope ? L'Archipelago Flota a-t-il décidé de se mettre du côté de Primavère ?

Kosh extrapolait. Mais si sa supposition s'avérait juste,

deux partitions de l'Empire se trouveraient réunies et sa mission en partie accomplie.

— Non aux deux questions, répondit un chef de guilde dont le masque était aussi terne que celui d'un fonctionnel. Nous vous mettons simplement au courant de nos plans.

— Vous avez pourtant fait en sorte que je possède ce champ de contretemps. La présence d'Oscar, l'intervention de la dame d'honneur...

— Il est trop tôt pour te répondre, le coupa Venise. Les chefs de guilde décideront après la bataille quelle position l'Archipelago adoptera par rapport à ta quête et à la situation de Primavère. Pas avant.

— Nous essayons de servir vos intérêts au mieux, ajouta Oscar, conciliant. Enfilez votre cape invisible, trouvez la terrasse et récupérez le canope. Nous verrons après.

« Formidable ! » pensa le soldat en se sentant de moins en moins à sa place entre ces conspirateurs qui ne conspiraient que pour eux.

— Et la vague ?

Venise répondit à la place des autres :

— Les reîtres aiment l'exactitude, ainsi que la conjonction des événements. Ils prévoient d'utiliser l'urne pour sacrifier leur victime au moment où la vague d'équinoxe sera censée s'écraser sur la digue.

— Alors qu'elle s'écrasera sur le prisme, releva-t-il, un peu furieux. Merveilleux ! Je ne suis peut-être pas obligé d'attendre demain ?

— Nous ne savons pas où l'urne est conservée. Et elle doit faire l'objet de protections particulières. Non, nous avons fait le tour de la question. (Venise hocha la tête, l'air désolé.) Nous t'aiderons lorsque tu seras sur la terrasse. Et nous te tirerons de là une fois le moment venu.

— Ce sera vraiment une question de moment ! grogna Kosh.

Les marchands lui mettaient le couteau sous la gorge sans lui apporter aucune aide que ce soit. Non content d'avoir les reîtres à affronter, il devrait échapper à un raz-de-marée.

— Quelle personne sensée pourrait croire que je vais y arriver ? demanda-t-il.

Personne ne répondit à sa question.

Ils revenaient au palais de la licorne. Kosh interrogeait sa conscience sur ce qu'elle avait entendu dans le soubassement du palais des lions.

« Monsieur veut-il que je lui calcule une probabilité de réussite ? » lui demanda-t-elle.

« Je veux ton avis, machine, rien que ton avis. »

La conscience ne répondit pas tout de suite, confirmant le pressentiment de Bubba Kosh.

« Le plan des marchands est enfantin. Il vous met en première ligne, et il n'assure pas que vous parviendrez à vous emparer du troisième canope. Toutefois, j'ai effectué quelques simulations de mon côté avec les nouveaux éléments en notre possession. La dame d'honneur a raison. Si vous voulez vous emparer de l'urne avant que Sérénisse ne soit submergée, il n'y a pas d'autre moyen que celui-là. »

— C'est de la folie, compléta le soldat à voix haute.

« Et qu'est-ce que c'est que cette histoire de juges arbitres ? » ajouta-t-il pour lui-même.

Sa conscience resta silencieuse. Pourtant, elle ne s'était pas endormie. Il l'*entendait* derrière son esprit. Venise sortit de la méditation dans laquelle elle était plongée et se tourna vers son compagnon.

— Tu peux abandonner, si tu le désires, lui proposa-t-elle. Une fois que nous aurons embarqué à bord du Jubilé et que nous aurons rassemblé notre flotte, nous pourrons quitter le système et nous installer ailleurs, chez les aplaneurs dans la Vierge, ou dans la constellation d'Hercule. C'est là que siègent les Havilands. Leur monde est paradisiaque, paraît-il. Nous pourrions laisser la Lyre derrière nous et l'oublier à jamais.

L'Amiral s'était arrêté et contemplait la dame d'honneur. Le sens de sa mission lui échappait de plus en plus. Tout cela lui apparaissait irréel. La Lyre était perdue depuis trop longtemps pour pouvoir être sauvée. Comment lui, simple mortel courant après les débris d'une légende, pouvait-il y changer quoi que ce soit ? Il se ruait vers un précipice en suivant un chemin dessiné par des fous.

Dans quelle mesure les juges arbitres étaient-ils responsables de tout cela ? Peut-être Venise avait-elle raison ? Peut-être étaient-ils les jouets d'entités supérieures s'amusant à les voir courir, plonger, lutter contre dragons, reîtres et Sansvoix, s'aimer et être séparés juste pour passer le temps ? Kosh contempla le ciel gris sombre, essayant d'en percer le mystère.

— Ça va ?

L'Amiral était d'une pâleur mortelle. Il s'appuya contre Venise.

— Ça va. Rentrons.

Il leur restait un pont à franchir pour atteindre le palais de la licorne, une très courte distance durant laquelle Kosh prit sa décision. Il laissait tomber et il partait avec Venise. Mieux valait vivre en déserteur, quelle que soit la valeur qu'il attachait au mot « honneur », que de courir vers une mort certaine. Il balayait ainsi plus de trente ans de bons et loyaux services pour le Haut Commandement de Primavère. Qu'importe ! L'idée de mourir lui paraissait... déplacée, maintenant que tout pouvait recommencer.

Il n'eut pas besoin de parler pour informer Venise. Elle avait déjà pris sa main dans la sienne et lui souriait. La chaleur de son sourire confirmait l'Amiral dans son bon choix. Restait Santa Lucia. La jeune fille ferait ce qu'elle voudrait de son existence. Elle repartirait sûrement vers Primavère pour se battre et mourir aux commandes de son spinmaker. La gamine lui manquerait, si effrontée fût-elle.

Ils poussèrent la porte du palais de la licorne alors que les nuages crevaient enfin. Une pluie de plus en plus drue s'abattrait sur Sérénisse au fur et à mesure que la vague d'équinoxe s'approcherait de la ville. La nuit du lendemain s'achèverait en déluge. Les serviteurs qui emballaient les dernières œuvres d'art s'inclinèrent devant leur maîtresse. Kosh devait prévenir la jeune fille au plus vite.

— Où est Santa Lucia ? demanda Venise à un majordome.

— La jeune fille qui accompagnait Monsieur ? (L'homme ouvrit de grands yeux étonnés.) Elle n'est pas avec vous ?

Kosh fit deux pas dans sa direction.

— Comme vous le voyez, dit-il. Où est-elle ?

— Eh bien, hum, elle a quitté le palais. Elle a emprunté une de vos vieilles tenues, Noble Dame. Vous savez, celle qui ressemble à un costume de capuchon... je veux dire, de reître. Elle l'a enfilée et est partie en maugréant quelque chose comme « puisqu'ils me laissent tomber, ils vont voir ce qu'ils vont voir ».

Kosh poussa un rugissement qui se répercuta jusqu'aux combles du palais. Il dévala le perron quatre à quatre et s'enfonça dans Sérénisse en courant.

— Petite idiote, murmura Venise en regardant Bubba Kosh s'éloigner.

Elle sentait que le destin venait de leur jouer un de ses sales tours, qu'il s'était retourné contre eux. Elle savait aussi que jamais l'Amiral ne rattraperait la victime du sacrifice à temps, du moins pas avant qu'elle n'atteigne le prisme du Losange.

Santa Lucia, le capuchon rabattu sur son visage, cherchait le prisme sans savoir où il se trouvait. Elle se guidait au petit bonheur la chance en se disant que Sérénisse était bien plus compliquée que le Labyrinthe de la ville basse sur Primavère. Les rares marchands qu'elle croisait dans les passages couverts ou au bord des canaux et à qui elle demandait sa route ne lui étaient d'aucun secours. Soit ils passaient leur chemin sans autre forme de procès, soit ils la regardaient comme si elle était démente et disparaissaient sans lui répondre.

Tout allait de mal en pis depuis qu'ils avaient quitté le rocher de Boëcklin à bord du Bucentaure. Santa Lucia n'aimait pas cette ville hors du temps et repliée sur elle-même. Elle trouvait Sérénisse aussi attirante qu'un radeau d'épaves géantes flottant au fil de l'eau. Elle n'aimait pas la dame d'honneur avec qui Kosh avait passé le plus clair de son temps, l'ignorant comme si elle n'existait même pas.

Par le Grand Attracteur, qu'à cela ne tienne ! Méandre avait dit au soldat que les reîtres détenaient le troisième canope. Il devait donc se trouver dans le prisme. Que l'Amiral fasse ses grâces à miss Sérénisse 66. Santa Lucia, pendant ce temps-là, ferait un peu avancer les choses. Elle imaginait déjà le visage stupéfait de Kosh lorsqu'elle ramènerait l'urne dans le palais de la licorne.

La jeune fille entrevit le toit du sinistre bâtiment au-dessus du faîtage d'un palais à moitié en ruine. Elle longea un canal qui allait dans cette direction.

Santa Lucia n'avait pas vraiment de plan pour s'emparer du canope. Elle se fiait à ce qu'elle avait appris sur les reîtres dans les couloirs de l'Académie. Ceux du Losange passaient pour des conspirateurs, des entremetteurs, des conseillers de l'ombre ayant un peu versé dans le mysticisme à force d'admirer les Sans-voix. Des doux dingues, en quelque sorte, peut-être redoutables dans les couloirs du palais d'airain mais inoffensifs sur les champs de bataille. D'anciens diplomates ne pouvaient avoir que des scrupules à faire usage de la force. Elle ne risquait donc pas grand-chose.

Santa Lucia avait trouvé une vieille arme à percussion dans une vitrine du palais de la licorne. Ça, plus le culot et l'effet de surprise qu'elle provoquait en pénétrant effrontément dans le prisme lui permettraient de s'emparer de l'urne. Si les choses tournaient mal, elle ferait appel au second article de la Convention de Primavère qui protégeait le soldat dévoué à la cause dynastique.

La jeune fille trouva enfin la place dégagée qui cernait le bâtiment. Elle eut un mouvement de recul en découvrant l'aura maléfique qui se dégageait du prisme. Une seule porte était ouverte à sa base, un vrai rectangle noir. Des silhouettes encapuchonnées venaient de s'y engouffrer. La place était vide de passants.

Les nuages noirs crevèrent et la pluie se mit à tomber sur la ville. La place se transforma en miroir. L'eau dégoulinait en cascades sur les pans de l'hexaèdre et des flaques se formaient là où le pavement était enfoncé. La jeune fille avait toujours aimé la pluie, son doux crépitement et cette sensation d'appartenir à un monde uni, entier. La pluie mettait toutes les choses à niveau, elle les rendait égales. Les façades qui entouraient la place étaient maintenant aussi grises que le prisme lui-même, moins inquiétant qu'auparavant.

Santa Lucia traversa la place d'un pas léger, sautant au-dessus des flaques comme lorsqu'elle était petite fille. Elle se retrouva devant l'entrée sans même s'en rendre compte. Le rectangle d'ombre était opaque et toujours aussi inquiétant. Elle hésita et regarda derrière elle. La place semblait encore plus immense vue d'ici. Elle pouvait encore rebrousser chemin. Mais elle n'était pas venue jusque-là pour rien ?

Elle tendit les bras en avant pour tâter le vide. Ils s'enfoncèrent dans l'ombre comme dans de l'encre brune. Santa Lucia ne bougea pas pendant quelques secondes, indécise. Deux mains squelettiques sortirent tout à coup du rectangle et se refermèrent sur ses avant-bras. La jeune fille n'eut pas le temps de crier. Elle fut violemment tirée vers l'intérieur.

2

Il pleuvait depuis vingt-quatre heures sur Sérénisse. Kosh contemplait le Grand Canal depuis le salon du bord de l'eau, vidé de ses trésors. La pluie dessinait un motif en pointillé à la surface de l'eau grise.

Kosh pensait à Santa Lucia, au rocher et au dragon. La

jeune fille était-elle stupide à ce point pour se jeter dans la gueule du loup ? se demandait-il depuis la veille au soir. Ou l'avait-on un peu aidée ? Était-ce encore un tour de ce fameux destin, si cher à Venise et auquel il commençait à croire ? Un tour des juges arbitres ?

Il s'agenouilla devant les armes qui reposaient à ses pieds. Il prit le Paladine, le soupesa, visa un coin de la pièce en faisant mine de tirer sur un ennemi invisible.

Lucie n'avait pas reparu depuis qu'elle avait quitté le palais. Sa disparition ne laissait pas le choix à l'Amiral. Il pouvait trahir ses supérieurs. Il pouvait renier ses idéaux. Mais il ne pouvait pas abandonner le cadet. Le vieux soldat avait un devoir moral envers elle. Et il allait le respecter.

Venise avait trouvé tout ce qu'il lui avait demandé. Il jeta le Paladine en bandoulière autour de ses épaules, attacha le chapelet de grenades à fragmentation autour de sa taille et nicha les deux petites armes de poing dans le creux de ses paumes grâce à un jeu astucieux de gants-courroies. Il n'avait pas pratiqué ce genre de sport depuis un certain temps déjà. Il dégaina rapidement ses armes l'une après l'autre et retrouva ses anciens réflexes. Il n'était pas trop rouillé en fin de compte.

Kosh espérait de toute façon ne pas avoir à se servir de ces armes. Le champ de contretemps était censé le rendre invisible jusqu'à la terrasse. Mais le soldat devait prévoir l'éventualité que son bouclier le lâche et qu'il se retrouve à découvert pour une raison ou pour une autre. Il aurait alors une bonne partie du Losange à combattre à lui tout seul.

Il n'avait aucune idée du nombre de capuchons qui pouvaient se cacher dans le prisme. Personne, ni chez les marchands ni au Haut Commandement, n'avait été capable d'évaluer leurs troupes. Les reîtres apparaissaient toujours par petits groupes. Et ils gardaient jalousement leur tanière.

Venise le rejoignit alors qu'il accrochait le boîtier du champ de contretemps à sa ceinture. Elle avait l'air fatiguée, comme lui. Ils n'avaient pas dormi depuis la veille. La dame d'honneur préparait l'exode de l'Archipelago Flota. La confirmation que Santa Lucia avait bien été enlevée par les reîtres était tombée dans la nuit, lorsqu'un marchand, témoin de la scène, s'était présenté au palais de la licorne. Il ne faisait alors plus aucun doute que les capuchons utiliseraient la jeune fille pour leur cérémonie funèbre en l'honneur des Sans-voix.

— Le marché vient de s'amarrer au môle, lui dit Venise. Nous allons bientôt passer à l'action.

Il devait pénétrer dans le prisme avant que les marchands ne dévoilent leurs intentions au grand jour. Le sac que Méandre lui avait confié et qui contenait les deux premiers canopes était posé par terre. Il le tendit à la dame d'honneur.

— Garde-les. Je n'aimerais pas qu'ils tombent entre leurs mains.

Elle le prit et le serra contre son ventre.

— Nous surveillerons la terrasse du prisme depuis le ciel, reprit-elle. Ainsi que la vague. Les champs de force qui protègent le prisme tomberont lorsque les accumulateurs qui se trouvent dans les digues auront été détruits. Nous interviendrons alors pour vous tirer de là, toi et Santa Lucia.

Kosh sentait tout l'effort que Venise mettait dans sa voix pour paraître convaincante. Elle était forte, mais ses yeux brillaient tout de même un peu.

— Vous n'aurez que quelques secondes, jugea-t-il.

— Un faisceau tracteur vous arrachera à Acqua Alta. Il suffira juste d'avoir le cœur bien accroché.

— Mon cœur est très bien accroché, ne t'inquiète pas. (Venise avait maintenant l'air désemparée.) Écoute, ma belle. (Il prit le visage de Venise entre ses mains et lui caressa les joues pour la rassurer.) Nous avons connu des situations un peu moins pires que celle-là par le passé, mais nous en sommes sortis. Tu ne crois pas que je vais laisser tomber maintenant ? Tu me connais ?

Elle se serra contre lui et enfouit son visage contre son épaule pour qu'il ne la voie pas pleurer. Kosh lui caressait la tête. « Que tout s'arrête ici, demanda-t-il. Que le temps s'éternise. » Le majordome apparut. Il toussota, gêné.

— Votre mascarète vous attend, madame, annonça-t-il. L'attaque du môle aura lieu dans quinze minutes.

La dame d'honneur s'écarta et posa la main sur le cœur de Kosh.

— Vas-y, sauve-la, et reviens vite.

Le soldat sortit du salon sans se retourner. Venise l'entendit descendre les escaliers, un serviteur lui ouvrir la porte et la refermer derrière lui. Elle s'approcha d'une fenêtre pour voir sa silhouette une dernière fois. Kosh avait déjà disparu, avalé par la pluie ou par son bouclier.

— Allons-y, dit-elle au majordome en serrant un peu plus les bras autour du sac de l'Amiral. L'heure du combat a sonné.

Le môle de Sérénisse était en fait un pylône d'une centaine de mètres de haut. La chaîne principale du Jubilé était accrochée à son sommet. Les balises lumineuses qui ceinturaient le pourtour de la plate-forme clignotaient derrière la pluie. L'eau tombait en cascades vers le canal, depuis les gargouilles du marché flottant.

Une armada de mascarètes approchait, tous feux éteints, propulseurs au ralenti. Le conseil des marchands avait pris place à bord du plus puissant qui ronronnait au centre de la formation. Venise fit signe au pilote de couper les moteurs. L'armada tout entière s'arrêta. La dame d'honneur pouvait voir à l'œil nu, depuis le poste de vigie noyé dans l'obscurité, les mercenaires de Bartsch patrouiller à la base du pylône. Ils ne faisaient régner leur loi à Sérénisse que depuis quelques jours, mais les marchands les détestaient déjà presque autant qu'ils haïssaient les taxes en général, celles de guerre en particulier.

— Combien sont-ils ? demanda-t-elle à Oscar, debout à côté d'elle.

L'inventeur avait assez naturellement endossé le rôle d'aide de camp auprès de la dame d'honneur.

— Vingt, trente, peut-être. Mais ne vous inquiétez pas. Nous n'aurons pas à les combattre directement.

— Je sais, je connais le plan.

Venise était tendue. Même si elle se préparait à faire franchir à l'Archipelago Flota un point de non-retour, elle ne pouvait s'empêcher de penser à Kosh.

— Les charges ont bien été placées ? demanda-t-elle pour la cinquième fois. Les remorqueurs sont prêts ?

— Nous n'attendons plus qu'un ordre de votre part, Noble Dame.

« Que le Grand Attracteur nous protège », pensa-t-elle.

— Qu'il en soit ainsi.

Oscar se pencha sur le com et donna une série d'ordres brefs. L'armada changea de configuration, les remorqueurs se plaçant à l'avant, les mascarètes à l'arrière. Les harponneurs armèrent leurs grappins. Les barges se déployèrent autour de l'anneau flottant auquel s'accrocherait le marché si tout se passait comme prévu. Les embarcations s'immobilisèrent. Oscar se tourna à nouveau vers la dame d'honneur.

— Maintenant, dit-elle en gardant les yeux fixés sur le môle.

La base du pylône se transforma en une boule de feu contre

laquelle se détachèrent un bref instant les silhouettes des mercenaires. Certains furent coupés en deux par la déflagration. D'autres disparurent dans les flammes. Le môle scié à la base se plia dans un grincement sinistre. La chaîne qu'il ne soutenait plus le courbait vers la mer. Les remorqueurs passèrent alors à l'action et lancèrent leurs grappins vers le maillon d'attache. Dix, vingt, cinquante filins s'enroulèrent autour de lui, alors que les embarcations poussaient leurs propulseurs à pleine puissance pour se déployer autour de l'anneau flottant.

La chaîne toucha la surface de la mer dans un éclaboussement formidable. La base du môle rompit et faucha les mercenaires qui avaient survécu à l'explosion. La chaîne s'enfonçait dans l'eau noire, tirant le marché vers la surface. Malgré la distance et le bruit de la pluie, on entendait ses flotteurs geindre pour contrecarrer le naufrage. Les remorqueurs ne bougeaient plus.

— Que font-ils ? s'inquiéta Venise.

La situation avait l'air figée depuis la vigie de son mascarète.

— Attendez quelques secondes, calma Oscar. Regardez !

Il désigna un point brillant devant eux. L'attache de la chaîne sortit des eaux et fut tirée petit à petit vers l'anneau flottant. L'amarrage réussit du premier coup. La chaîne se tendit à nouveau et le marché retrouva sa stabilité. Les barges furent installées sous les ascenseurs à traction mécanique qui descendaient du Jubilé. Il ne fallut pas cinq minutes pour que ceux-ci commencent leurs allers et retours. Venise observait les nacelles monter et descendre, les soldats sauter sur les barges, courir jusqu'aux mascarètes de combat qui prenaient ensuite leur position dans la formation en attendant que le débarquement s'achève.

— Ces hommes sont-ils vraiment sûrs ? demanda la dame d'honneur à Oscar qui contemplait lui aussi la manœuvre.

Joindre les vespéraux du rocher de Vespucci, acheter leurs services et les embarquer à bord du Jubilé leur avaient demandé du doigté, de la discrétion et beaucoup d'argent. Aucun espion du Losange n'avait eu connaissance de leur manœuvre alors que le marché stationnait dans l'amas des chasseurs. Du moins l'espérait-elle.

— Nous les avons assez payés pour qu'ils viennent faire la guerre à notre place ! s'exclama Oscar. Cinq pour cent du fonds de secours de la guilde sur un an, une fortune.

— Une fortune, répéta la dame d'honneur, en pensant à Kosh et à la jeune fille qu'il était parti sauver.

Les derniers vespéraux sautèrent dans les dernières embarcations. Les remorqueurs commencèrent à tracter le marché vers Sérénisse qui brillait dans le lointain, alors que l'autre partie de l'armada dessinait un grand arc de cercle sur la lagune, mettant le cap sur l'arsenal dans lequel étaient retenus les navires de l'Archipelago Flota.

Bubba Kosh mit un peu de temps à s'habituer à la sensation nauséeuse qui accompagnait tout déplacement dans un champ de contretemps. Il avait testé le bouclier assis, en compagnie de Méandre. Et le monde alentour était déjà mouvant. Il se rendait compte maintenant que se déplacer dans un univers en mouvement perpétuel n'allait pas simplifier sa tâche.

Un cône de clarté existait toutefois. Il était visible, droit devant lui, s'il gardait les yeux fixes selon un angle précis, qui devait correspondre à sa macula. Le décor latéral cessait alors de se dilater dans tous les sens et sa vision frontale redevenait claire, comme s'il voyait au travers d'un hublot large de dix centimètres à peine. Cette fenêtre suffisait pour qu'il trouve son chemin et ne soit pas complètement désorienté.

Il avait traversé Sérénisse comme un scaphandrier pour s'habituer à son bouclier. Arrivé sur la place du Losange, il maîtrisait ses mouvements en champ de contretemps. Il essaya même de dégainer ses armes en sachant qu'il ne pourrait les utiliser avec le bouclier activé. La moindre déflagration affectant la coquille pouvait provoquer un effet de ressac à l'intérieur de celle-ci. Et Kosh n'avait aucune envie de se faire balayer par le souffle d'une explosion dans un champ à peine plus grand que lui.

La place était vide, les façades qui l'entouraient plongées dans l'obscurité. Des points de lumière brillaient sur la terrasse. Sûrement des torches antipluie. Le ciel continuait à se vider. L'averse avait gagné en intensité depuis tout à l'heure. Le soldat concentra son cône de vision sur le portail ouvert à la base du prisme et marcha jusqu'à lui. Il marqua un temps d'arrêt sur le seuil avec l'envie de tâter l'ombre. Elle semblait solide. Il avança en ayant l'impression de pénétrer dans un autre monde.

Un couloir gris ponctué de veilleuses et marqué d'instructions au pochoir apparut.

Kosh ne savait pas à quoi il aurait pu s'attendre de la part des reîtres. À une architecture somptueuse, ou à quelque chose d'organique ? Pas à ça, en tout cas. Ça ressemblait à un avant-poste militaire construit à la va-vite, conçu pour résister aux bombardements et planté comme une verrue en plein cœur du territoire ennemi. Un bunker. Le prisme n'était rien d'autre qu'un gigantesque bunker.

Il avança jusqu'à une fourche. Les pochoirs représentaient des flèches accompagnées de symboles que Kosh ne parvint pas à déchiffrer. Il prit à droite, continua sur cinquante mètres sans trouver aucune ouverture dans les parois en béton et il se retrouva face à un monte-charge. Il n'avait pas croisé un seul reître. Le bâtiment était parfaitement silencieux. Kosh désactiva son champ de contretemps et le décor retrouva sa cohérence. Il pouvait se passer du bouclier pour le moment. Tous les capuchons devaient être réunis sur la terrasse de leur sinistre palais.

Le soldat arma son Paladine et le tint braqué devant lui. Il appuya sur le bouton d'appel du monte-charge qui descendit aussitôt. La cabine s'arrêta à son niveau. Kosh ouvrit les grilles, les referma et étudia le panneau de commande orné de deux boutons, un bleu pour le haut, un rouge pour le bas. Aucun identificateur de séquences Adan. Il se rappela que les reîtres n'utilisaient pas cette technologie et que Méandre les en avait exemptés. Il appuya sur le bouton bleu. Le monte-charge grimpa cinq mètres à une allure poussive et s'arrêta devant une pièce aussi nue que le couloir qu'il venait de quitter. Une porte métallique la fermait.

— Qu'est-ce que ça signifie ? marmonna-t-il en ouvrant la grille et en sortant du monte-charge.

Quel était l'intérêt de construire un ascenseur pour grimper une aussi courte distance ? De plus, la pauvreté architecturale du prisme confinait à l'absurde. Un simulateur sans culture calculant cet environnement au fur et à mesure que le soldat avançait n'aurait pas fait mieux en matière de minimalisme. Kosh marcha jusqu'à la porte, fermée à clé, évidemment. La serrure était grossière. Il pouvait la faire sauter d'une salve de Paladine. Mais il craignait que le boucan ne donne l'alerte.

Il allait rebrousser chemin lorsque le centre de la pièce se voila très légèrement. Kosh se figea et enclencha immédiatement le champ de contretemps. Son cône de vision se réduisit à un hublot dans lequel il vit apparaître un reître à deux mètres de lui.

La figure d'abord imprécise gagna en précision et en consistance. Le capuchon sortait du néant comme... (le parallèle glaça le sang de l'Amiral) comme un trident. Les reîtres usaient de la transportation au même titre que les Sans-voix.

Le reître se mit en mouvement. Il fit volte-face et se planta face à Kosh. « Face à la porte », pensa ce dernier. Le capuchon ne pouvait pas le voir. Kosh se décala lentement sur le côté. Le reître se dirigea effectivement vers la porte en sortant une clé de sa manche. L'Amiral était prêt à abattre le champ et à foudroyer le reître d'une décharge de Paladine s'il faisait mine de refermer la porte derrière lui. Le capuchon ficha la clé dans la serrure et arrêta son geste. Kosh sentit un bourdonnement lui traverser l'esprit, se transformer en un acouphène persistant.

Il connaissait cette sensation pour l'avoir expérimentée, cadet, à proximité d'un Sans-voix. Le fameux bruit mental qui indiquait la proximité d'un télépathe. « Ce salopard m'écoute », eut le temps de penser le soldat juste avant que le capuchon se retourne, le regarde fixement et se jette sur lui les bras tendus et les mains griffant l'air comme des serres.

L'arsenal faisait la fierté des marchands de l'Archipelago Flota. Dix docks s'alignaient sur un bras indépendant de Sérénisse, dix tours aussi hautes que le môle qui recréaient un environnement à gravité nulle maintenu par des champs de confinements indépendants. Dans une tour pouvaient être logés vingt à vingt-cinq navires de la flotte marchande. Ils étaient amarrés dans leurs bassins de radoub les uns au-dessus des autres, ondulant sur leurs axes au gré des variations des champs antigrav. Chacun de ces monstres de métal pouvait transporter plusieurs dizaines de milliers de tonnes de fret et cinq cents personnes au moins. Le conseil des marchands avait prévu que la flotte pouvait assurer la moitié du déménagement de Sérénisse.

Des passerelles d'entretien et de surveillance se croisaient à l'intérieur des tours. Certains navires étaient en partie recouverts par des échafaudages rampants. Les autres scintillaient dans la lumière crue qui les faisait ressembler, de loin, à de gros frelons frappés de blasons. Les tours, ouvertes sur un côté, éclairaient l'océan et le transformaient sur des kilomètres en une mare d'or liquide.

La dame d'honneur observait le site depuis son mascarète, à trois kilomètres de distance. Elle prit les jumelles que lui tendait Oscar et les pointa sur la première tour en partant de la gauche. Les mercenaires de Bartsch qui surveillaient l'arsenal patrouillaient sur les passerelles. L'activité, même vue d'aussi loin, semblait fébrile.

— Ils sont déjà sur le pied de guerre, grogna-t-elle. L'information que le môle a été pris nous a devancés.

— Mais maintenant nous avons les vespéraux, rappela le chef de guilde. Regardez, ils ont déjà accosté.

Les premiers mascarètes de combat venaient en effet d'atteindre l'arsenal par les côtés. Des crépitements lumineux indiquaient que les sentinelles à l'extérieur tombaient les unes après les autres. Sans un bruit. Cette partie devait se jouer en silence si les marchands voulaient l'emporter. Venise pointa ses jumelles sur le côté gauche de la première tour et vit les combattants grimper à l'aide de leurs grappins ventouses contre le vide, courant presque sur la surface verticale. Les vespéraux avaient déjà atteint le toit du premier dock lorsque Venise s'intéressa à la seconde tour, prise d'assaut, elle aussi.

— Ils sont étonnants, concéda-t-elle.

Les sentinelles qui surveillaient les navires à l'intérieur des docks ne se rendaient compte de rien. Les vespéraux apparurent dans la première tour. Ils avaient traversé le plafond et se laissaient tomber dans le champ de confinement jusqu'au premier navire, un gros tonneur de classe 2 appartenant à la guilde des métalliers, bras et jambes écartés. Venise repéra son vaisseau, le Bucentaure, amarré juste en dessous. Il aurait pu se cacher dans n'importe lequel des six réacteurs qui garnissaient la queue du mastodonte qui le recouvrait de son ombre.

Venise vit les vespéraux s'introduire dans le premier cargo. D'autres commandos étaient en train d'envahir les docks suivants et se laissaient tomber sur les navires pour disparaître à l'intérieur ou glisser vers ceux qui se trouvaient en dessous.

— Ils y sont presque tous, murmura Oscar. Ceux du dock 10 sont un peu en retard.

— Combien de navires ? demanda Venise qui se rendit alors compte avec quelle force elle agrippait le bastingage.

— 116, en tout. Les dix classe 2 des guildes principales et les trois quarts des transporteurs. Le reste de l'Archipelago croise entre Primavère et Acqua Alta.

— Si nous réussissons ce coup-là...

— Non ! s'écria Oscar.

Les vaisseaux retenus dans le dock 1 venaient d'allumer

leurs moteurs alors que les vespéraux du dock 10 n'avaient pas encore investi tous les bassins de radoub. Le rugissement des moteurs parvint jusqu'à eux, assourdi. Le mur du fond du premier dock explosa sous la déflagration et les cargos quittèrent les radoubs superposés les uns après les autres, lentement, broyant les passerelles devant eux sur lesquelles se tenaient les mercenaires de Bartsch. Certains sautaient dans le vide. D'autres tenaient tête aux navires et les mitraillaient avant de se faire écraser.

Les docks 2 à 6 suivirent la manœuvre. Les cargos glissèrent vers l'extérieur pour rejoindre la flotte qui était en train de se rassembler à vitesse réduite au-dessus de l'océan. La bataille faisait rage dans les derniers docks. Les sentinelles avaient repéré les vespéraux et engagé un combat furieux contre eux. Venise voyait leurs silhouettes allongées sur les coques, répliquant par le feu aux mercenaires accroupis sur les passerelles. Les impacts allumaient des étincelles sur les coques des navires et les parois intérieures des tours de l'arsenal.

— Ils sont fous, dit-elle d'une voix blanche. Si jamais ils touchent un champ de confinement...

Il y eut une explosion bleu pourpre à la base du dock 10. La colonne de lumière grimpa en vrille jusqu'au toit, le souffla et l'éparpilla autour de l'arsenal.

— Saint Florin nous protège, murmura Oscar, le champ de gravité s'effondre.

Venise n'eut pas besoin de ses jumelles pour admirer le spectacle qui se joua alors devant leurs yeux. La quinzaine de cargos qui se superposaient dans l'enceinte du dernier dock se mirent à tanguer et à tomber lentement. Le premier toucha le second, un classe 2 ventru qui portait le blason des épiciers. Le cargo piqua du nez vers le sol de l'arsenal et s'encastra dans celui qui se trouvait en dessous de lui. Une série de déflagrations transforma l'intérieur de la tour en brasier. On ne voyait plus que le nez des appareils sortir de la fournaise.

La flotte encore prisonnière des docks 7, 8, et 9 avait poussé ses moteurs à fond pour échapper à la catastrophe. La coque des navires marchands qui s'élevaient pesamment au-dessus de l'océan renvoyait des éclats orangés. Le dock numéro 10 se transforma tout à coup en une boule de lumière incandescente qui engloba une partie du 9 et du 8. Lorsque la clarté aveuglante disparut, la dame d'honneur constata que trois docks étaient maintenant la proie des flammes. Seuls les navires les plus légers et les plus petits parvenaient à s'échapper en évitant les débris qui pleuvaient autour d'eux. Les gros explosaient les uns après les autres, éclairant chaque fois Sérénisse et sa lagune comme en plein jour.

— Nous savions qu'il y aurait des morts, murmura Oscar, aussi pâle que Venise.

— Un quart de l'Archipelago Flota est en train de partir en fumée, dit simplement la dame d'honneur.

Elle n'avait pas besoin d'en dire plus. Son esprit la ramena brusquement à Kosh avec la violence d'un coup de poing. Elle essaya de l'entendre malgré la distance. Et son cœur se figea.

Kosh sauta sur le côté pour échapper aux griffes du reître qui corrigea aussitôt sa trajectoire dans la bonne direction. Le capuchon attrapa le soldat invisible par l'épaule et roula avec lui sur le sol de la petite pièce. Kosh ne parvenait plus à penser de manière cohérente. Le reître ne pouvait pas le voir et pourtant il le voyait, de toute évidence. Kosh se dégagea d'une violente bourrade et sauta de l'autre côté de la pièce. L'autre se releva lentement et écouta le silence.

« Ce salopard me voit avec mes yeux », pensa Kosh derrière une vague de migraine nauséeuse. Le bruit mental s'amplifia entre ses deux oreilles. Le reître se tournait vers l'endroit où se trouvait le soldat. Kosh pensa à la porte vue sous un autre angle que le sien, comme s'il était à cinq, six mètres sur sa gauche. Le reître hésita et marcha dans la mauvaise direction. Il tournait presque le dos à Kosh qui transpirait à force de se concentrer sur l'image trompeuse.

« Vas-y, fils de pute », grogna le soldat avant de céder sous la violence de l'effort cérébral. Il fit tomber son champ de contretemps, dégaina son Paladine et visa le capuchon. La figure disparut au moment où il appuyait sur la détente. Une portion du mur en béton s'enfonça sous la violence de l'impact. Kosh tourna sur lui-même en visant les quatre coins de la pièce. Le reître s'était transporté. Où, il n'en savait rien.

Il sentit un déplacement d'air dans son dos. Le capuchon l'attrapa par la gorge et le tira en arrière avant qu'il ait pu faire quoi que ce soit. La bandoulière du Paladine céda et l'arme tomba par terre. Le reître jeta Kosh contre un mur, d'un seul bras. Le vieux soldat sentit ses côtes craquer. Il se laissa glisser sur le sol. Il voyait plus d'étoiles qu'il n'en avait jamais vu de toute son existence.

Le reître l'observa et lui parla dans une langue rugueuse

et inconnue. « Chien de Primavère », reconnut Kosh alors qu'il essayait de se relever. Il tendit la main vers le capuchon. Il n'eut pas le temps de resserrer les doigts sur l'arme de poing qui y était cachée. La jambe du reître fendit l'air pour lui briser le poignet. Kosh bloqua le coup, parvint à attraper la cheville et à la retourner pour la briser. Le capuchon tomba sur le sol et disparut à nouveau, alors que le soldat le mettait en joue une deuxième fois.

— Non ! s'insurgea-t-il. Montre-toi !

Il soufflait comme un bœuf, il avait mal partout. Il ramassa son Paladine en geignant. Cette fois aucun déplacement d'air ne le prévint.

Les bras du reître se refermèrent autour de sa poitrine et serrèrent. Kosh partit en arrière, le capuchon accroché à lui. Il entendit le dos du reître se briser contre la paroi. Ses mains cherchaient le cou du soldat. Kosh regardait les phalanges fines et blanches. Elles ressemblaient à des araignées. Il se jeta à reculons une nouvelle fois contre la porte métallique. L'autre ne lâcha pas. L'Amiral avait de plus en plus de mal à respirer. Il savait qu'il ne tiendrait pas très longtemps.

Il arracha son boîtier à champs de contretemps et l'accrocha à la tunique du reître qui avait enfin trouvé le cou et serrait sans se soucier du reste. Kosh donna un violent coup de coude derrière lui. Le capuchon relâcha un peu sa prise. Le soldat dégrafa une des grenades à fragmentation de sa ceinture, la dégoupilla et la plaqua contre le boîtier contre laquelle elle se colla. Sa conscience poussa un hurlement :

« Vous ne comptez pas vous suicider, monsieur ?! »

Kosh ne prit pas la peine de répondre. Il chercha le boîtier en aveugle, trouva le commutateur et l'enfonça. Le reître fut aussitôt avalé par le champ d'invisibilité. Surpris, il lâcha le soldat. Kosh plongea de l'autre côté de la pièce et se plaqua contre le sol, les mains sur les oreilles. Il y eut deux secondes de silence, puis un flash puissant flamboya à deux mètres sur sa droite.

Une figure humaine gesticulait dans une mandorle de flammes phosphorescentes. L'effet de ressac se referma sur le capuchon. Le champ s'effondra sur lui-même pour atteindre la taille d'un micron avant de disparaître dans un chuintement persistant.

Kosh attendit, craignant quelque effet secondaire à l'œuvre au noir qu'il venait de provoquer. Le reître était bel et bien retourné au néant dont il n'aurait jamais dû sortir. Le soldat se releva en s'époussetant et récupéra son Paladine en clamant haut et fort :

— Je n'ai plus de bouclier mais j'ai une clé !

Il ouvrit la porte métallique sans problème.

« Monsieur ? » essaya la conscience.

Kosh avançait déjà dans un couloir semblable à ceux qu'il avait déjà parcourus, un peu titubant mais plus déterminé que jamais.

« Il était seul. Là-haut ils seront au grand complet. »

— Bien vu, machine, répondit le soldat.

Il en avait abattu un. Il en abattrait mille.

La dame d'honneur progressait sous les voûtes immenses du marché couvert, entourée du conseil des marchands. Le Jubilé stationnait au-dessus du Grand Canal, à l'entrée de Sérénisse. Les remorqueurs disposés en étoile au milieu du bras d'eau le maintenaient immobile. L'exode durait maintenant depuis plus d'une heure. Le ciel de la ville n'avait jamais connu un tel remue-ménage.

La pluie annonçant la vague de l'équinoxe tombait de plus en plus fort. Elle tambourinait furieusement contre le verre et la fonte comme si elle voulait se frayer un chemin à l'intérieur du marché. Deux glissements de terrain étaient déjà déplorés dans le quartier des cartographes, des maisons qui s'étaient effondrées sous la violence des éléments.

Les caisses s'accumulaient les unes par-dessus les autres. Les drones déménageurs les empilaient sous les ordres des manutentionnaires attachés à chaque guilde. La place avait été très nettement repérée et répartie entre les blasons depuis bien longtemps déjà. Tout se passait donc plus ou moins dans le calme, sous la surveillance serrée des contremaîtres qui réagissaient à la moindre échauffourée apparaissant entre les vieilles familles de marchands aux rapports aussi complexes que leurs lignées.

— Où en sommes-nous ? demanda Venise à Oscar par-dessus le vacarme des machines, des hommes et de l'averse.

— L'Archipelago nous attend en orbite basse. Les flotteurs du marché ont été gonflés à bloc. Ils supporteront la surcharge. Nous n'en avons plus pour très longtemps, d'après ce que j'ai compris. Il reste une partie du quartier Sud à vider, et nous serons au complet.

— Les reîtres du Losange ne se sont toujours pas manifestés ? s'inquiéta-t-elle.

— Ils doivent être obnubilés par leur cérémonie, supposa Oscar.

— Non. Ils auraient dû réagir. Je n'aime pas ça.

Venise demeura silencieuse quelques instants, au pied de la montagne de richesse qui transformait le marché couvert en une véritable grotte aux trésors.

— Parvenez-vous à... l'entendre ? essaya Oscar.

Elle se tourna vers lui. Il trembla en constatant qu'elle avait l'air désemparée.

— Tout à l'heure, oui... Maintenant non. Je ne sens plus rien. (Oscar remarqua que les traits de la dame d'honneur étaient creusés.) Où en est la vague ?

— Elle a été repérée à deux cents kilomètres environ. Elle sera sur nous dans quarante minutes, comme prévu.

La dame d'honneur replongea dans son silence inquiet. Une forte explosion ébranla tout à coup la plate-forme.

— Un éclair ? se demanda Oscar en regardant la lueur mourir de l'autre côté du dôme. Ce n'est pas courant pour une pluie d'équinoxe.

Une seconde explosion, plus proche que la précédente, les jeta par terre. Venise sentit le marché du Jubilé trembler en dessous d'elle alors que les déflagrations se succédaient à l'extérieur.

— Ce n'était pas un éclair, dit-elle avant de se relever et de se précipiter hors du marché couvert, comme tous ceux qui s'y trouvaient en ce moment.

« Pourquoi ce bâtiment est-il construit ainsi ? demanda Kosh à sa conscience en abordant le énième couloir après avoir emprunté le énième monte-charge. Depuis combien de temps marchons-nous ? » ajouta-t-il devant le silence de celle qui l'épaulait.

« Une heure, monsieur. Quant à l'architecture de ce bâtiment, je n'y trouve aucune explication logique. »

Kosh n'avait pas croisé un seul reître depuis sa précédente rencontre. Il grimpait cinq mètres, parcourait toute la longueur du prisme, puis remontait cinq mètres pour repartir dans l'autre sens. Toujours le même corridor ponctué de veilleuses, le même ascenseur avec son bouton bleu et son bouton rouge, la même petite pièce fermée par une porte métallique que la clé en sa possession ouvrait chaque fois.

« On dirait un chemin de Pénitence, hasarda la conscience.

Un parcours tracé pour le sacré et réservé au croyant qui le parcourt. Quelque chose censé éveiller l'âme. »

« Où en sommes-nous si c'est la même chose jusqu'à la terrasse ? » essaya Kosh, qui voulait rester pratique.

« Nous aurions fait les trois quarts du chemin, monsieur. »

Kosh arriva au bout du couloir, grimpa dans le monte-charge, appuya sur le bouton bleu et reprit son souffle alors qu'ils grimpaient cinq nouveaux et laborieux petits mètres.

« Comment les reîtres peuvent-ils être capables de transportation et de télépathie ? Si ces types ne sont pas des émissaires, seraient-ils des Sans-voix ayant forme humaine ? »

« Je ne pense pas, monsieur. D'après ce que nous a appris le bestiaire, le Sans-voix n'utilise pas le système d'échange carboné propre aux humains. Il n'a aucune ossature. Il est piloté par la faim et la soif de destruction. Difficile de voir un de vos semblables dans ce portrait-là. »

« Est-ce que j'ai jamais dit que les reîtres étaient semblables à nous ? »

Kosh ouvrit la porte métallique avec la clé universelle prise au capuchon. Il pointa son Paladine sur l'ouverture par pur automatisme, s'attendant à trouver le même couloir, vide et gris. Il sursauta en découvrant une pièce plongée dans une pénombre bleutée. Il attendit sur le pas de la porte dans le silence le plus complet. On entendait un bruit d'écoulement lointain. Il avança à pas comptés.

La salle était flanquée de deux rangées de citernes hautes comme deux hommes chacune. L'eau qu'elles contenaient était limpide mais figée comme de la glace. Kosh parcourut les deux tiers de la salle avant de s'arrêter devant une colonne d'eau bouillonnante. Dedans évoluaient un homme et un Sans-voix qui dansaient un étrange ballet.

L'homme était nu et décharné, les yeux fermés. « Amniotique », songea Kosh en voyant ses côtes se soulever comme des soufflets. Un Sans-voix tournait autour de lui et le frôlait de son flagelle. La raie barbare le caressait avec son rostre, le griffait de place en place, laissant derrière elle de légers sillages de sang.

Kosh était convaincu d'assister à une parade amoureuse. Il se retint de vomir.

Le bruit de fond mental était inexistant. Les deux créatures, toutes deux à leur jeu, l'ignoraient complètement. L'homme et la bête disparurent tout à coup de la cuve pour apparaître presque aussitôt dans la suivante. Kosh resta interdit quelques secondes, le Paladine au poing. Il fit trois pas sur le côté.

Les créatures n'étaient plus deux mais une. Les pectorales de la raie battaient maintenant l'eau depuis les flancs de l'homme dont le visage était figé sur une grimace de douleur. Le Sans-voix devait souffrir lui aussi, vu les mouvements erratiques de son flagelle qui sortait du scrotum de l'homme. L'hybride disparut et réapparut dans la citerne suivante. Flagelle et nageoires avaient presque entièrement été assimilés. Le visage de la créature reprenait le dessin d'un rostre avec ses dents aiguisées. Le nez avait la forme d'un bec cartilagineux et opalescent.

Bubba Kosh commençait à comprendre à quoi servait cet endroit, ce qu'étaient vraiment les reîtres, d'où provenaient leurs pouvoirs de transportation et de télépathie. La conscience confirma qu'elle le suivait bien dans ses présomptions :

« Chaîne de fusion des éléments constituants par transportation », murmura-t-elle dans l'esprit du soldat. Les briques de base – potassium, calcium, carbone – sont décomposées et recomposées, étape par étape. Permet d'éviter une greffe sauvage et les phénomènes de rejet qui l'accompagnent. »

« D'où l'exemption de contrôle de leurs séquences Adan », continua Kosh en suivant l'évolution de l'hybride. Il réfléchissait à toute vitesse. « La Lyre ne maîtrise pas cette technologie de recombinaison. »

Le flagelle avait totalement disparu. Et le rostre s'était résorbé sur lui-même. Le reître avait replié les bras autour de ses jambes. Son ventre était le siège d'étranges explosions lumineuses.

« Cette science est trop pointue et complexe, confirma la conscience. Comme celle de la transportation. La technologie a dû être apportée par les Sans-voix. »

« Par les Sans-voix ou avec les Sans-voix », pensa Kosh sans savoir ce qu'il voulait signifier.

Cette chaîne de décomposition interpellait le soldat. Elle lui rappelait quelque chose, ce pour quoi il était là. « La princesse », découvrit-il, estomaqué par l'évidence. Le même principe, inversé, avait été appliqué à la princesse pour séparer et emprisonner ses éléments constituants dans les quatre urnes dont il ne possédait encore que la moitié. « La princesse serait une création des Sans-voix ?! »

La conscience ne répondit pas.

« Nous n'avons plus de temps à perdre, monsieur, l'intima-t-elle. Nous devons être juste sous la terrasse. »

146

« Combien avant la vague ? »

« Douze minutes. »

L'Amiral dégrafa sa ceinture de grenades à fragmentation et les programma rapidement avant de les plaquer contre une citerne sur deux. Le reître avait parcouru la moitié du cycle et revenait vers lui après avoir fait demi-tour au bout de la salle.

— Tout bon soldat doit accompagner son passage sur le territoire de l'ennemi par des actes de sabotage, édicta-t-il avec sagesse.

Il programma la dernière grenade et se mit à courir vers l'escalier que l'on voyait au bout du corridor, sur les marches duquel coulait un filet d'eau de pluie.

Lorsque Venise sortit du dôme, elle ne vit dans un premier temps que les flammes qui s'élançaient vers le ciel. Des marchands couraient dans tous les sens. Des formes sombres rasaient les maisons des quartiers qui ceinturaient le marché. Elle reconnut la silhouette effilée d'un trident fondant sur le Jubilé.

— Les Sans-voix nous attaquent ! hurla Oscar qui l'avait suivie.

Une déflagration énorme fit voler en éclats une partie du terrain vague qui les séparait du marché couvert. Le vide apparut en dessous, ainsi que Sérénisse, une cinquantaine de mètres plus bas.

— Suivez-moi ! ordonna Venise en courant vers la brèche.

L'inventeur lui obéit aveuglément alors que les bombes tombaient autour d'eux. La dame d'honneur se faufila dans le cratère en se cramponnant aux éléments tordus qui en saillaient. Le caisson d'un flotteur avait été éventré et fuyait dans une série de sifflements stridents. Oscar la regardait du bord, tétanisé par la vue du vide et la frayeur.

— Qu'est-ce que vous faites ? Vous allez vous tuer !

Venise lui jeta un regard méprisant. Elle parvint à atteindre une des passerelles qui couraient sous le tablier du marché. Oscar la rejoignit en soupirant. Le Bucentaure était amarré à quelques mètres, entre deux flotteurs. La trappe d'accès dorsale s'ouvrit et Venise se laissa glisser à l'intérieur, vite suivie par Oscar. Elle courut jusqu'au poste de pilotage occupé par cinq vespéraux qui la regardèrent passer sans bouger. Elle s'assit à la place du pilote et enfonça les commandes les unes après les autres.

— Qu'est-ce qu'ils attendent ?! Que le Jubilé parte en morceaux ?

Le marché vu du dessous ne donnait pas une exacte mesure du déluge de feu qui tombait sur le dessus. On voyait les silhouettes des tridents passer près du bord lorsqu'ils faisaient demi-tour pour effectuer un nouveau passage en rase-mottes à sa surface.

— Bucentaure à frondeurs ! appela Venise dans le com. Les tridents nous attaquent !

Un flotteur explosa juste devant eux. Le marché se coucha de quelques degrés sur la gauche. Oscar imagina les bâtiments s'écroulant comme des châteaux de cartes, les gens glissant vers le vide.

— L'Archipelago en renfort ! Désamarrez le marché ! ordonna Venise dans le com. Et dégagez-nous, lança-t-elle aux vespéraux qui obéirent à ses ordres dans l'instant.

Les remorqueurs lâchèrent l'amarre du marché qui gagna tout de suite de l'altitude. Le Bucentaure se laissa entraîner le temps de larguer ses propres amarres et de prendre de la distance. Il doubla le marché qui grimpait lentement contre le ciel.

— Pourquoi avez-vous appelé les frondeurs, Noble Dame ? demanda doucement Oscar, dépassé par les événements. Nous avons quitté l'amas depuis longtemps ?

Le marché leur apparaissait maintenant dans son intégralité. Les dégâts étaient moins importants qu'elle ne le pensait. Trois incendies faisaient rage. Mais la pluie les éteindrait bientôt. Une dizaine de tridents tournaient au-dessus du Jubilé et prenaient de l'altitude pour suivre son évolution. Le pilonnage avait cessé. Venise désigna un point de l'espace à Oscar pour lui montrer ce qui était en train de se passer.

Cinquante frondeurs s'élancèrent des bords de la plateforme où ils attendaient, embusqués. Il ne leur fallut que quelques secondes pour se mettre en position de combat. Ils frappèrent les tridents alors que ceux-ci s'apprêtaient à fondre à nouveau sur le Jubilé. Tout alla très vite. Mais Oscar, de son point de vue privilégié, eut l'impression que les choses allaient au contraire très lentement.

Les frondeurs se groupèrent par cinq. Les Sans-voix rompirent leurs formations et partirent les uns vers le ciel, les autres vers l'océan ou l'horizon. Les tridents zigzaguaient pour échapper à leurs poursuivants plus véloces, plus rapides et couvrant plus d'espace. Les frondeurs étaient capables d'effectuer des virages à angle droit et de brusques décrochements dans toutes les directions. Ils appliquaient une tactique d'une simplicité redoutable. Trois rabatteurs poussaient les tridents dans des directions bien définies, vers deux chasseurs qui prenaient le Sans-voix sous un feu en tenaille imparable.

Le premier trident abattu s'écrasa sur le marché. Il laboura le no man's land qui ceinturait les quartiers périphériques et s'arrêta au bord de la plate-forme. Un autre explosa en plein vol. Les frondeurs ayant déjà touché leurs cibles s'intéressaient aux tridents restants. Un jeu s'instaura qui consistait à canaliser les appareils ennemis sur Sérénisse et à les piéger dans les corridors de la ville abandonnée.

Oscar vit frondeurs et tridents plonger vers la vieille ville et se poursuivre dans une course étourdissante. Trois tridents s'écrasèrent contre de brusques saillies de l'architecture. Les autres illuminèrent les petites places en impasse vers lesquelles les poussaient les rabatteurs.

— Hissez le vélum, ordonna Venise dans le com.

Les incendies étaient maîtrisés. Les brèches en train d'être colmatées sous des projections de gel solide. Les arceaux se tendirent au-dessus du Jubilé et le vélum se déplia, transformant la ville flottante en un gigantesque coquillage battu par la pluie.

— Le marché est sauvé, soupira-t-elle en le laissant grimper vers l'espace profond où l'attendait l'Archipelago Flota.

Oscar n'en revenait pas. C'était la première fois que des frondeurs s'impliquaient dans un combat ouvert contre les tridents.

— Comment avez-vous... ?

— J'ai profité de mon passage dans l'amas pour bousculer un peu les habitudes. Les fonctionnels obéissent encore aux ordres de leurs maîtres, le Grand Attracteur en soit remercié.

— Vous avez convaincu les chasseurs de combattre les Sans-voix ?

Six centuries de diplomatie avaient échoué dans la voie du rassemblement des parties.

— Le mérite revient à Kosh. J'ai mis les chasseurs au courant de sa quête avant qu'il arrive dans l'amas, avoua-t-elle. Le dragon était très excité à l'idée de le combattre. J'ai fait une sorte de pari avec eux. Kosh gagne, vous me suivez. Du moins, vos fonctionnels. Ils ne lui donnaient aucune chance. (Elle haussa les épaules.) Ils ont perdu. Où en sommes-nous avec la vague ? demanda-t-elle au vespéral assis à côté d'elle.

— Elle passe la digue, répondit-il.

Ils étaient plongés dans les nuages. Venise demanda au simulateur de lui montrer ce qu'ils ne pouvaient voir. Les Havilands apparurent au milieu de la verrière. Elles auraient dû se surélever d'une centaine de mètres au-dessus de l'océan si les marchands ne les avaient sabotées. L'immense ouvrage d'art était en train de disparaître sous une crête d'écume blanche. La muraille d'eau fonçait maintenant vers Sérénisse. Plus rien ne pouvait l'arrêter.

— Il nous reste à sauver l'Amiral et sa protégée, rappela Venise, le visage tendu. Descendez sur le prisme et armez le faisceau tracteur.

Les vespéraux obéirent. Le Bucentaure tomba sur Sérénisse comme une pierre.

Une centaine de capuchons devaient être réunis sur la terrasse du prisme. Malgré la pluie qui tombait à verse, ils ne bougeaient pas. On aurait dit un parterre d'anthropophages somnambules que le moindre faux pas risquait de réveiller. Les silhouettes étaient tournées vers une sorte d'autel sur lequel officiait un capuchon plus grand que les autres. Les torches antipluie grésillaient en crachant une fumée épaisse.

L'absence de bruit de fond mental indiquait à Kosh que les reîtres étaient obnubilés par leur cérémonie. Il entendit quelques bruits d'explosions retentir dans Sérénisse. La pluie empêchait de voir ce qui était en train de se passer dans le monde normal.

« Quatre minutes avant la vague, monsieur », rappela la conscience.

« Tu as quelque chose pour nous tirer de là, au cas où ? » le questionna Kosh en se demandant si tout se passait comme prévu sur le Jubilé.

Il avança à pas comptés entre les capuchons. Il traversa ainsi la moitié de la terrasse sans qu'un seul réagisse. Ils se mirent tout à coup à psalmodier une mélopée inquiétante dans la langue que le soldat avait entendue de la bouche de son premier reître.

« C'est ça, les gars, chantez pour vos petits copains, oubliez-moi », pensait-il de son côté, en frissonnant chaque fois qu'il frôlait une de ces créatures. Il arriva enfin au pied de l'autel. Il grimpa les marches, contourna le reître immobile et découvrit Santa Lucia allongée sur une table de pierre noire.

Elle était nue. Ses bras étaient serrés contre son corps, ses jambes un peu écartées. Kosh remarqua qu'une petite flaque d'eau de pluie s'était formée dans le creux de son ventre. Il jeta un coup d'œil au grand prêtre dont le visage extatique, les yeux hallucinés, était tourné vers le ciel. Le reître tenait la troisième urne de la princesse dans une main, un scalpel sanglant dans l'autre.

Kosh posa à nouveau les yeux sur Santa Lucia et, cette fois, il vit l'entaille qui courait sur sa poitrine, de sa gorge à son nombril. Aucune goutte de sang ne perlait de la blessure. Il se pencha contre son cœur et écouta. Le grand prêtre psalmodiait toujours. Kosh posa son Paladine sur l'autel. Il prit le visage de Santa Lucia entre ses mains, plaqua ses lèvres contre les siennes. La bouche de la jeune fille était glacée, aussi froide que la pierre sur laquelle elle reposait.

La blessure s'ouvrit alors au niveau du sternum, révélant les pariétaux de la jeune fille. Kosh fit un pas en arrière et s'empara de son arme. Il poussa un hurlement et visa le grand prêtre. La tête du reître fut emportée par la première décharge du Paladine. Le capuchon décapité s'effondra sur les marches comme une poupée de chiffon. Le canope roula jusqu'aux pieds du soldat qui l'attrapa sans réfléchir. Les disciples réunis sur la terrasse sortirent tout à coup de leur transe et se mirent à hurler en se précipitant vers lui.

Kosh arrosait la terrasse de salves continues depuis son promontoire. Les tuniques s'enflammaient. Bras et têtes étaient arrachés. Des gerbes de sang se mêlaient à la pluie. Le soldat ne sentait plus que son doigt crispé autour de la détente et la trépidation du Paladine le long de sa colonne vertébrale. Il vidait ses chargeurs les uns après les autres dans la masse gesticulante des capuchons. Les premiers parvinrent à atteindre les marches menant à l'autel. L'Amiral savait que, dans quelques secondes, il serait submergé par le nombre. Cela lui semblait parfaitement accessoire.

Une explosion souleva une partie du prisme et creusa un trou béant de l'autre côté de la terrasse. « Les citernes », pensa Kosh en frappant du pied le premier reître qui arrivait à son niveau. Ils tendaient leurs bras vers lui. « C'est fini », se dit le vieux soldat.

Les reîtres s'arrêtèrent en même temps que la pluie. Ils se mirent à reculer avec des gestes effrayés et à s'éparpiller sur la terrasse. Certains sautèrent par-dessus la balustrade. Kosh leva lentement les yeux. Des reflets métalliques grimpaient à l'assaut du ciel. L'anneau d'écume balayait les nuages devant lui. La muraille d'eau se referma au-dessus du prisme comme un diaphragme.

Kosh souleva le corps sans vie de Santa Lucia entre ses bras. Il la serrait contre lui en s'excusant encore lorsque la vague d'équinoxe tomba sur ses épaules.

« Est-ce que je suis mort ? »

« Non, monsieur. Les morts ne parlent pas. »

« Où suis-je alors ? »

Bubba Kosh survolait un damier sans fin constitué de cases noires et blanches. L'effet de perspective les transformait en losanges.

« Je suis encore dans ce satané prisme », pensa-t-il en ressentant de la contrariété.

« Non, monsieur. Vous n'y êtes plus. »

« Et Santa Lucia, où est-elle ? »

« Ailleurs. Elle, est bien morte, monsieur. »

« Pauvre petite. Tout ça est ma faute. »

« Je pense pouvoir avancer que vous n'y êtes pour rien, monsieur. Toutefois, j'aurais peut-être une solution à vos problèmes, si vous le désirez. »

« Problèmes ? Je n'ai pas de problèmes ! Je vole. »

Kosh était partagé entre l'ivresse, le rêve et la folie. Rien à voir avec le néant auquel il s'était toujours attendu.

« Je ne suis pas censé vous dire ça. Et mes supérieurs n'apprécieraient pas que je le fasse. »

« Tes supérieurs, machine ? Tu as des supérieurs ? » se moqua l'Amiral.

Il essaya de rire pour voir quel bruit cela ferait, mais il n'y arriva pas.

« Laissez-moi continuer, s'impatienta la conscience. Vous pouvez encore récupérer le quatrième canope et sauver Lucie si vous m'écoutez. »

« Bien sûr, conscience, bien sûr. »

Kosh battait les bras comme un héron bec-de-lièvre lorsqu'il volait. L'idée qu'il avait l'air ridicule ne lui effleura même pas l'esprit. Il arrêta ses gesticulations en se rendant compte que le paysage ne bougeait pas malgré ses efforts.

« La vague d'équinoxe vient de nous balayer. L'urne est quelque part dans la nébuleuse de la princesse. Et les reîtres ont tué Santa Lucia. J'écoute ta proposition. »

La conscience soupira comme elle avait l'habitude de le faire lorsque son maître la fatiguait.

« Un trident a été abattu sur le marché du Jubilé. Embarquez à son bord avec le cadavre de la jeune fille et les urnes déjà récoltées. Je me chargerai du reste. »

« C'est noté, l'ami. Je m'en souviendrai en temps utile. »

Le cœur du soldat était maintenant partagé entre une tristesse immense et la joie de se savoir enfin débarrassé des contingences matérielles. Mais pas de sa conscience, qu'il ne supporterait peut-être pas une éternité.

« Rappelez-vous, monsieur, ceci n'était pas un rêve. »

Le damier se creusa en un gigantesque tourbillon dans lequel il fut aspiré comme un tout petit grain de poussière. Kosh voulut rire à nouveau. Mais, c'est bien connu, les grains de poussière ne rient pas.

3

La sphère bleue d'Acqua Alta scintillait sur la moitié gauche de la verrière et se décalait lentement pour être remplacée par l'espace profond. Le sarcophage avait été déposé sur le pont du Bucentaure. La croûte de givre qui le recouvrait renvoyait des éclats miroitants. Bubba Kosh était assis devant. Une petite table antigrav flottait à côté de lui. Dessus étaient posés les trois canopes, celui du dynaste, celui du dragon et celui des reîtres du Losange. Les montures étaient semblables, le contenu aussi énigmatique que les volutes d'une nébuleuse.

L'Amiral contempla les urnes, puis le cercueil, puis l'espace profond, essayant de trouver les clés de l'étrange processus alchimique que sa quête était censée avoir enclenché.

Santa Lucia était morte. Sérénisse avait été balayée par la vague d'équinoxe. Le Haut Commandement de Primavère attaquerait bientôt les Sans-voix. Trois canopes sur quatre avaient été réunis.

Il lui restait à trouver l'âme de la princesse dans un nuage de gaz et de poussières interstellaires, et à accomplir un miracle pour ramener Santa Lucia à la vie.

« Un jeu d'enfant », essaya-t-il de se convaincre.

Le sas s'ouvrit devant Venise. Elle s'approcha de l'Amiral, posa les mains sur ses épaules et pesa sur elles pour donner au soldat un peu de sa force. La dame d'honneur avait risqué sa vie pour les sauver et les ramener à bord du Bucentaure.

Le vaisseau était arrivé juste à temps pour les arracher à la terrasse, une seconde avant que la vague se referme sur eux. Il avait fallu toute la dextérité des vespéraux pour fendre la muraille d'eau et échapper à l'enclume.

« Sérénisse n'est plus. Les reîtres du Losange ont été balayés », pensa-t-elle.

Le marché du Jubilé apparut au bord de la verrière. L'Archipelago Flota croisait à quelques encablures, prêt à appareiller. Le conseil des marchands avait pris la décision de se mettre sous la protection de l'Hydre, distante d'à peine cinq jours de navigation en infraluminique. Ce, malgré le succès de l'Amiral Kosh.

Il avait certes récupéré le troisième canope. Mais la peur des Sans-voix était plus forte que tout. Les marchands voulaient échapper aux éventuelles représailles dès que possible. De plus, rien ne leur permettait de penser que l'Amiral trouverait le quatrième canope et que l'arme ultime fonctionnerait. L'Archipelago ne pouvait prendre un tel risque.

— Ils nous attendent, dit Venise d'une voix douce. La flotte doit appareiller au plus tôt.

Kosh se leva et caressa le cercueil. Santa Lucia était à peine visible derrière le givre. Elle était telle qu'il l'avait retrouvée sur l'autel du prisme, endormie, les traits apaisés. Sa blessure avait été suturée par le médoc et un linceul jeté sur elle. L'Amiral se souvint de la jeune fille pleine de vie montant au créneau dans l'amphithéâtre de l'Académie. Cette image l'obsédait depuis qu'il avait quitté Acqua Alta.

— Elle est morte, Bubba. Quoi que tu penses ou puisses faire. Le sarcophage maintient ses tissus en l'état. Mais le médoc est incapable de la ressusciter. Les reîtres ont dû la sacrifier bien avant que tu n'atteignes la terrasse.

Venise marqua une pause. Elle hésitait à lire dans les pensées de Kosh. Le soldat était bizarre depuis qu'elle l'avait arraché au prisme du Losange. La violence du choc l'avait assommé. Quand il s'était réveillé, dans le Bucentaure, il avait l'air étrange. Maintenant il avait en plus l'air résolu.

Kosh avait visiblement une idée en tête. Il avait demandé à la dame d'honneur de ne pas l'*écouter* jusqu'à nouvel ordre. Elle avait accepté, mais elle trouvait son silence de plus en plus insupportable. Qu'est-ce que l'Amiral était en train de mijoter ? Comment comptait-il récupérer le quatrième canope ? Personne ne savait où il se trouvait, sinon dans la nébuleuse de la princesse endormie. Ce qui revenait au même.

N'y tenant plus, elle renia sa promesse. Elle plongea dans l'esprit de Kosh et en ressortit aussitôt après en poussant un hoquet de surprise.

— Tu comptes utiliser le trident qui s'est écrasé sur le marché ?! s'exclama-t-elle.

« Il savait qu'un trident s'était écrasé sur le marché », ajouta Venise pour elle-même.

Elle sentait la vieillesse des pensées. La décision de Kosh précédait sans conteste son retour sur le Bucentaure. Elle lui avait depuis raconté le combat, l'intervention des frondeurs, la présence d'une épave sur le Jubilé. Il se retourna vers elle et lui envoya un regard plein de reproches.

— Tu as repris ta promesse ?

— Comment sais-tu qu'un trident s'est écrasé sur le Jubilé ?

— Tu me l'as raconté, dit-il en détournant les yeux.

— Arrête de te foutre de moi. Tu le savais avant.

Kosh ne répondit pas.

— C'est ta conscience qui te l'a dit ? Tu sais bien que nous sommes incapables de faire fonctionner un trident.

— N'oublie pas que je suis un haut gradé de Primavère. Je suis bien placé pour le savoir.

— Écoute...

L'Amiral se leva et fit face à Venise.

— Non, toi, écoute ! Je ne peux plus reculer. Je suis arrivé à un point à partir duquel les choses doivent m'échapper pour qu'elles se réalisent. Tu comprends ?

— Que tu es devenu cinglé ? Je comprends, en effet. Je comptais t'assommer pour te forcer à nous suivre dans l'Hydre. Mais je me rends compte maintenant que ç'aurait été faire courir un risque bien trop grand à l'Archipelago de t'emmener avec nous.

— Le trident a pu être dégagé des décombres ? demanda Kosh sur un ton désinvolte.

— Il l'a été.

Venise observait l'Amiral en se mordant les lèvres. Et si elle l'assommait tout de même ?

— Je n'ai pas tes dons mais je sais à quoi tu penses, marmonna-t-il. Oublie.

Elle prit un air hautain et souleva le menton pour toiser l'insecte qui jouait le rôle d'interlocuteur.

— Qui es-tu pour prétendre avoir quelque droit que ce soit sur un navire marchand, en présence de la dame d'honneur ?

— Arrête ton cirque, la rembarra l'Amiral. (Il leva les yeux au ciel.) Imagine que j'explique à tes compagnons quelle supercherie tu utilises pour faire croire à tes soi-disant pouvoirs ?

— Qu'est-ce que tu racontes ? demanda Venise, interloquée.

— Ta petite démonstration sur le marché, avant qu'on n'atteigne l'amas, avec le drapier et le teinturier.

— Virgile d'Acéta et l'assistant, je m'en souviens.

— Ne me dis pas que tu as lu dans leur esprit ?

— Je lis dans l'esprit de tout homme vivant sur cette terre, gronda la grande prêtresse.

— Ne me dis pas que tu as échangé ton sang avec la moitié de la Lyre ?! s'esclaffa l'Amiral.

La dame d'honneur baissa sa garde et rit comme elle n'avait pas ri depuis longtemps.

— Ce sont deux de mes meilleurs acteurs, avoua-t-elle en essuyant les larmes au coin de ses yeux. Et je n'ai pas eu besoin d'échanger mon sang avec eux pour lire dans leurs pensées.

— Que diraient tes amis marchands s'ils apprenaient la forfaiture ?

— Mais ils la connaissent, mon pauvre vieux. Ces parades sont destinées au peuple, pas à ceux qui le gouvernent.

Venise avait réfléchi pendant leur échange. Elle savait maintenant ce qui lui restait à faire.

— Allez, viens. Je t'emmène à ton taxi, toi et ta princesse endormie. Puisque tu veux absolument nous quitter.

Kosh ne se posa pas de questions sur le changement d'humeur de Venise. Il récupéra les trois canopes et les rangea dans son sac en bandoulière. Les drones chargés de transbahuter le sarcophage de Santa Lucia s'en emparèrent et suivirent l'Amiral et la dame d'honneur comme un cortège de pleurants silencieux.

L'Amiral put voir quelques impacts depuis le Bucentaure, alors qu'ils descendaient vers le point d'amarrage après avoir franchi le vélum. Des cratères creusaient certains quartiers. Quelques maisons avaient brûlé. Les dômes du marché couvert s'étaient opacifiés. Mais le Jubilé avait tenu bon. Seulement une centaine de personnes avaient trouvé la mort pendant l'attaque des tridents, lui avait dit Venise.

Le Bucentaure se posa doucement sur l'aire dégagée qui

lui était réservée. L'escorte de la dame d'honneur l'attendait, composée du bauta supportant le palanquin et des hommes mi-nus. Kosh reconnut même les deux acteurs qui les contemplaient à quelques pas. Les drones descendirent le cercueil le long de la passerelle que le Bucentaure venait de déplier jusqu'au sol.

— Nous sommes obligés d'y aller en grand apparat ? demanda Kosh à Venise.

— La dame d'honneur ne se déplace pas de n'importe quelle manière. Tu es déjà monté sur un bauta ?

— Non.

— Tu verras, c'est très agréable. En plus, c'est un animal qui ne sent pas.

Kosh contempla Venise qui grimpait avec dextérité sur le dos de sa monture. Kosh se demandait quel tour elle était en train de lui jouer. Des curieux commençaient à s'attrouper. Il s'approcha du bauta avec une légère appréhension, attrapa l'échelle de corde et se mit à grimper contre son flanc. Il enfonça à un moment sa chaussure dans les côtes de la bête qui poussa un rugissement en faisant un pas de côté.

— Ohhhh ! fit Kosh en sautant près de Venise.

Elle tassa quelques coussins, déplia un éventail et chassa l'air devant elle avec une expression satisfaite.

— Aucune bête ne t'aimera jamais si tu continues à les traiter de cette manière. Tu sais ça ?

Kosh ouvrait la bouche pour répondre mais Venise donna un ordre bref. L'escorte s'ébranla et s'enfonça dans les quartiers qui bordaient le marché couvert. Le sarcophage de Santa Lucia suivait le bauta. Kosh se retournait fréquemment pour s'assurer que les drones ne s'éloignaient pas.

— C'est vraiment prudent d'y aller comme ça ? s'inquiéta-t-il en regardant autour de lui.

Le marché était surpeuplé. La population de Sérénisse qui n'avait pas pris place à bord de la flotte était venue s'entasser là, toutes conditions confondues. Un chemin naturel se creusait dans la foule compacte devant eux. L'Amiral constata que toutes les têtes tournées ne regardaient pas Venise mais le regardaient, lui, l'inconnu assis à côté de la dame d'honneur.

— Souris, mon grand. Et dis bonjour. Ils adorent ça.

L'Amiral allait saluer de la main mais il se retint.

— C'est ridicule, grogna-t-il. Nous n'avons pas besoin de cette publicité.

— Maintenant, non. Mais c'est un investissement à moyen

terme. N'oublie pas : agiter les esprits, les laisser reposer, servir bien frais. On va commencer ici.

L'escorte s'arrêta au milieu d'une rue recouverte de fleurs et de soie. La foule silencieuse forma spontanément une arène. Les drones passèrent devant le bauta et posèrent le sarcophage à terre. Les deux acteurs apparurent et se mirent à danser autour de lui, en gesticulant et en parlant fort, pas assez pour que Kosh entende ce qu'ils racontaient. La foule regardait les acteurs, le cercueil, l'Amiral, les acteurs, écarquillant les yeux, poussant des Oh ! et des Ah ! impressionnés.

— Qu'est-ce qu'ils racontent ? demanda l'Amiral.

— La vérité. Que Méandre lui-même t'a chargé de reconstituer la Lyre, d'affronter un chasseur et de voler les reîtres pour réunir les canopes. Ce que tu as accompli haut la main, si je ne me trompe.

Les acteurs arrivaient à un tournant de l'histoire. La foule applaudit alors qu'un nouveau chapitre était entamé.

— C'est ridicule. Je n'ai pas besoin de tes saltimbanques pour accomplir ma mission. Je n'en ai pas eu besoin pour que les frondeurs viennent à votre secours.

— Voyez-vous ça ! s'exclama Venise en contemplant le haut gradé qui se rengorgeait à côté d'elle. Mon p'tit bonhomme, ce n'est pas pour tes beaux yeux que les fonctionnels sont venus à la rescousse, mais parce qu'ils avaient parié sur le dragon et que leur intervention était l'enjeu du pari. (Venise soupira en contemplant l'Amiral avec un regard qui le renfonça au fond de ses coussins.) Les hommes sont tous pareils ! Tu pensais vraiment que le simple fait de rassembler les canopes réunirait les partitions de l'Empire ?

— Qu'est-ce que tu fais de plus ? répondit-il, vexé, en montrant d'un hochement de tête les acteurs qui virevoltaient à leurs pieds.

— Je raconte à des gens qui le raconteront à d'autres. C'est ainsi que naissent les légendes. (Elle soupira en contemplant le cercueil de verre.) Ceux d'Acqua Alta sont pragmatiques. Ils ne croient ni aux miracles ni aux héros. Ils ne pensent pour l'instant qu'à sauver leur peau. Le fait de voir la princesse légendaire, vraiment, pourrait les faire changer d'avis ? Qui sait ?

La dame d'honneur attrapa l'Amiral par la nuque et l'embrassa comme elle l'avait embrassé dans le palais de la licorne. Il battit des bras, pris par surprise, et vit du coin de l'œil les acteurs qui s'étaient arrêtés, tout le monde qui les regardait. Il se dégagea.

— Ne me dis pas que pour eux Santa Lucia est la princesse endormie ?

— Il faut bien un support à l'imagination. Tu aurais exhibé tes précieux canopes pour leur faire croire à toute cette histoire, peut-être ? (Elle fit un signe de la main.) Allez, on repart. Un trident nous attend.

Le convoi s'ébranla, suivi par une foule qui grossissait comme un fleuve gonflé par la crue.

Ils arrivèrent enfin au bord du cratère duquel le trident avait été extirpé. Oscar était là. Quelques vespéraux formaient un cordon de sécurité pour éviter que la foule ne s'approche de trop près. Kosh pensa que personne ne se serait approché de l'engin de son plein gré ou par simple curiosité. Le bauta s'arrêta pour laisser ses passagers descendre. L'escorte des hommes mi-nus et les deux acteurs avaient disparu. Seuls restaient les drones et leur sinistre charge.

L'Amiral sauta sur le sol du marché et contempla l'appareil des Sans-voix. Le trident s'était enfoncé dans la terre meuble du terrain vague qui avait freiné sa course. Ils se trouvaient au bord de la plate-forme, et le vélum tendu formait derrière l'appareil une toile de fond d'un ocre uni. L'appareil n'avait pas l'air trop abîmé. Le fuselage avait un peu roussi. La carcasse était enfoncée à plusieurs endroits. Rien de plus.

Venise avait prévenu Oscar de leur arrivée sur le lieu de l'accident en lui donnant ses recommandations. Il avait préparé le terrain sans poser de questions. Maintenant, il aurait aimé savoir ce que Kosh comptait faire. Encore plus pourquoi il était venu avec le cadavre de Santa Lucia.

— Reste ici, dit l'Amiral à Venise.

Il sortit une arme à percussion de son sac et vérifia qu'elle était chargée. Puis il s'avança vers la carcasse du trident. Les trois fuseaux faisaient chacun trente mètres de long. Les tubules qui les rejoignaient dessinaient des motifs entrecroisés, inquiétants et fascinants par leur précision et leur absence de logique apparente. Il n'y avait aucune marque, aucune inscription, rien ressemblant à une verrière ou à un quelconque hublot. Kosh fit le tour du trident lentement et ne vit aucun joint attestant de la présence d'une ouverture permettant de pénétrer à l'intérieur.

« Maintenant que je suis là, je t'écoute, conscience », pensa-t-il.

« Le prochain fuseau. Le bout vers le marché couvert », fut la réponse qui résonna dans son esprit.

Kosh, docile, s'avança jusqu'au point indiqué.

« Tendez la main, je vous guiderai. »

Il avait déjà vu des tridents dans les hangars de l'Amirauté, plus souvent des fragments que des exemplaires entiers. Il avait déjà touché les étranges carcasses et il avait gardé de ce contact un souvenir de répulsion, le même frisson qu'au contact des reîtres. Il tendit la main et la posa sur le métal froid. La même vague de dégoût lui souleva les entrailles.

« Gardez votre main plaquée contre la coque. Faites-la glisser vers le haut, à droite, un peu à gauche. Là ! Ne bougez plus. »

Kosh ne bougeait plus. Il sentait les gouttes de sueur couler sur son front.

« Active, machine ! » rugit-il intérieurement.

« Tournez votre main d'un quart de tour. »

Il n'y avait là aucune commande, rien que le métal uni. L'Amiral s'exécuta pourtant. Il sentit la portion de la coque que recouvrait sa main suivre son mouvement et revenir aussitôt dans sa position initiale. Kosh recula en se massant la paume. Une lucarne s'ouvrit au bout du fuseau et dessina un ovale d'ombre impénétrable.

« Serrure palmaire universelle, expliqua la conscience. Adaptée à toutes les races de toutes les galaxies. »

Kosh n'écoutait pas le charabia de sa conscience. Il pointait déjà son arme vers l'intérieur du trident. C'était la première fois, à sa connaissance, qu'un appareil ennemi pouvait être visité.

« Maintenant ? Combien de Sans-voix à l'intérieur ? Sont-ils armés ? »

« Données insuffisantes, monsieur. À mon avis, l'accident les a tués. »

Kosh alluma la torche glissée sous le canon de son arme de poing. Le faisceau transperça l'intérieur du trident sans rien en révéler. Il avança jusqu'à l'ouverture, hésita une seconde près du seuil. Mille servins ! Il était connu dans les couloirs de l'Académie pour son sang-froid. Il pénétra dans l'appareil ennemi.

Kosh ne savait pas à quoi pouvait ressembler un boyau intestinal vu de l'intérieur, mais ça ne devait pas être loin du corridor dans lequel il avançait. Le faisceau de la torche laissait derrière lui une traînée fluorescente qui éclairait faiblement l'endroit. Les parois étaient recouvertes d'un enchevêtrement de conduites et de gaines. Une sorte de gel comme celui qui recouvrait les fonctionnels les rendait brillantes. Kosh enfonça son arme dans une paroi qui semblait coulée dans de la glycérine. La matière était souple et se creusa. Elle rendit un bruit écœurant en retrouvant sa position initiale.

« Nous sommes dans l'équivalent de nos compartiments machines, expliqua la conscience. Le poste de pilotage se trouve plus loin. »

Kosh avança dans le couloir qui changea peu à peu d'apparence. Les gaines allèrent s'amincissant, devinrent filandreuses pour ne plus ressembler qu'à une superposition de toiles d'araignée. Le soldat préféra ne pas penser aux insectes qui avaient conçu cette machine.

« Nous traversons le navigateur. Bonjour, petite sœur », salua la conscience en chantonnant.

Kosh déchira quelques pans de toile qui bouchaient le corridor et il se retrouva à l'extérieur, au milieu du terrain vague où s'était écrasé le trident. Il se retourna et vit Venise et Oscar qui regardaient dans sa direction avec inquiétude. L'engin avait disparu.

— Qu'est-ce que c'est ? marmonna le soldat en s'arrêtant, aux aguets.

« Les accus sont chargés, c'est bon signe, répondit la conscience. Tendez le bras vers la gauche, vous devriez sentir un levier. »

Kosh obéit en tendant le bras dans le paysage. Sa main toucha un objet dur qui, apparemment, n'existait pas.

« Tirez-le. »

Le paysage disparut et fut remplacé par une bulle opaque. Écouteurs, cathodes sphériques, diodes et senseurs pendaient un peu partout. Deux espèces de socles sortaient du plancher. Ils étaient entourés par une corolle de leviers de différentes couleurs.

— C'est d'ici que ces saletés pilotent leurs machines ?

« Je vous rappelle que leur technologie est plus évoluée que la nôtre, monsieur. »

Kosh s'approchait du socle de gauche. Un flagelle en pendait, inerte, et s'enroulait sur le plancher. Un Sans-voix était recroquevillé sur ses commandes. Sa carcasse avait l'air sèche et racornie. Le soldat la tâta du bout de l'arme. Elle rendit un son creux.

« Celui-là est mort », jugea la conscience.

Un hurlement strident déchira l'habitacle. Kosh sentit quelque chose de lourd et de puissant se plaquer contre son dos et le pousser en avant. Il lâcha son arme et jeta les bras en arrière. Le Sans-voix était en train de lui labourer les côtes au niveau des reins. Le flagelle du barbare fouettait l'air entre ses jambes. Kosh n'arrivait pas à le saisir. Ses mains glissaient sur la carapace.

Il sentit que la bête était violemment tirée en arrière. Deux détonations lui transpercèrent les tympans. Il se retourna, haletant, pour découvrir Venise tenant en joue le Sans-voix carbonisé.

— On dirait que j'ai eu le copilote, dit-elle, un petit sourire aux lèvres. (Elle s'approcha du soldat et ausculta le bas de son dos.) Tu n'as rien.

Kosh sentait la douleur refluer mais il ne croyait pas la dame d'honneur.

— Cette bestiole était en train de me bouffer, s'insurgea-t-il en voulant regarder derrière lui.

— Torture mentale, laissa tomber Venise. (Elle jaugea le poste de pilotage d'un regard panoramique.) Voilà donc notre nouveau taxi ?

Kosh pensait encore à la douleur. Il mit un peu de temps à réagir.

— Tu ne comptes pas m'accompagner, j'espère ?

— Et comment ! Nos destins sont liés à nouveau. Souviens-toi du baiser que la dame d'honneur a donné au héros devant une foule de témoins.

Venise s'exprimait d'une manière légère. Elle avait l'air plutôt heureuse de suivre l'Amiral dans cette aventure.

— De plus, je suis sûre que ce truc se pilote à deux. Hein, conscience ?

« Madame a raison, murmura-t-on dans l'esprit de l'Amiral. Vous n'y arriverez pas tout seul. »

Venise vit la résignation se peindre sur les traits du vieux soldat.

— Tu vois ? Préparons-nous à partir. L'Archipelago Flota a déjà pris assez de risques à stationner dans le voisinage d'Acqua Alta pour attendre que nous disparaissions.

Le cercueil de Santa Lucia était amarré dans un double caisson de flotteurs antigrav accrochés aux parois du compartiment machines. Les socles avaient été transformés en sièges pour accueillir Kosh et Venise. Ils étaient tous deux assis et sanglés, prêts à partir. Le vieux soldat était finalement soulagé que la dame d'honneur l'accompagne. Il contemplait la dizaine de leviers à sa portée. La dame d'honneur attendait les ordres de la conscience. Elle n'avait pas quitté son sourire depuis tout à l'heure.

— Qu'est-ce qui t'amuse ? lui demanda Kosh.

— L'action. Je me suis encroûtée sur mon vieux bauta à prodiguer la justice pendant des années. Rien de tel que plonger à nouveau dans l'action.

« Monsieur ? Nous pourrions peut-être y aller maintenant ? »

— On y va. Mais dis-nous d'abord où tu comptes nous emmener.

La voix de la conscience emplit le poste de pilotage, laissant Kosh pantois. Elle était chaude et féminine.

— Je ne sais pas, monsieur. Ces choses m'échappent en partie. Peut-être allez-vous rouvrir les yeux sur Primavère, peut-être au milieu de la nébuleuse endormie, peut-être ailleurs.

— Bubba ! s'exclama Venise. On entend ta conscience !

— Un effet secondaire de notre environnement, madame. Charmée de faire votre connaissance.

— Bon, nous avons perdu assez de temps comme ça, grogna l'Amiral, contrarié de voir une partie de son esprit exposée au grand jour. Quelle est la procédure à suivre ?

— Madame Venise doit tirer vers elle les deux leviers de couleur rouge.

La dame d'honneur obéit. Un bourdonnement agita l'air et le trident redevint transparent, sauf les commandes. Kosh découvrit qu'une foule entourait le terrain vague.

— Qu'est-ce qu'ils font tous là ? demanda-t-il à Venise.

— Oscar a fait courir le bruit dans le marché que nous allions bientôt disparaître à bord du trident pour parcourir le dernier tronçon de notre périple, expliqua Venise. Si ça marche, les esprits seront définitivement marqués.

— Monsieur, vous voulez bien pousser le levier bleu ?

Kosh poussa le levier bleu. Des chiffres apparurent au centre du paysage et se mirent à défiler sur des lignes verticales et horizontales.

— Le navigateur calcule vos coordonnées et celles du trident pour les transporter dans un autre point de l'espace, expliqua la conscience.

Kosh, préférant ne pas penser à la manipulation à laquelle ils allaient être soumis, continua la conversation avec Venise.

— Au fait, je voulais te dire, au sujet des frondeurs...

— Quoi ?

— Ton histoire de pari avec les fonctionnels, je la trouve aussi bancale que ton numéro de télépathie avec tes deux comparses.

— Comment ça ? s'étonna-t-elle en faisant papillonner ses paupières.

— Cinquante pour cent du calcul effectué, annonça la conscience.

— Les frondeurs protégeaient les alentours du rocher de Boëcklin, que je sache ? Comment le Bucentaure a-t-il pu passer leurs défenses sans se faire remarquer ?

— Soixante-quinze pour cent.

— Il faut croire que les fonctionnels ont tout fait pour perdre, répondit-elle, évasive.

— Quatre-vingt-dix pour cent.

— N'est-ce pas, conscience ? renchérit Venise. Toi qui peux lire dans les sentiments de ceux que tu accompagnes ?

La conscience avait bien compris que la dame d'honneur lui posait une question.

— Tout à fait, madame. Les sentiments de l'Amiral, par exemple... Quatre-vingt-quinze pour cent.

— Par exemple, essaya Venise.

Kosh ne réagissait pas, obsédé par le compte à rebours.

— Encore vingt secondes. Eh bien, le cœur de l'Amiral est plein de bravoure mais aussi d'amour.

— D'amour ? jura Kosh.

— Dix secondes. Sans aucun doute. L'Amiral vous aime, madame Venise. Mais vous le saviez déjà.

— C'est parfois bon de l'entendre, murmura la dame d'honneur en soupirant.

— Calcul effectué. Transfert du trident et de ses passagers, annonça la conscience.

Kosh et Venise échangèrent un dernier regard. La foule eut l'air de reculer. Le marché fut avalé par le vide dans lequel ils se retrouvèrent tout à coup, seuls et sans repères. L'Amiral vit les vies de Venise et de Santa Lucia défiler devant ses yeux. La sienne ne prit qu'une seconde. Il sut que tout était fini lorsqu'il arriva enfin là où tout avait commencé.

QUATRIÈME PARTIE

LE PALAIS AU BORD DE LA MER NOIRE

Un méchant petit crachin tombait sur la femme qui avait relevé le col de son manteau. Les gouttes de pluie se cassaient comme des épines de glace sur ses épaules. Elle marchait vers l'unique lumière dans ce monde de ténèbres, le lampadaire planté devant l'entrée du palais au bord de la mer noire. Elle n'était jamais venue ici avant. Son maître, si. Les souvenirs de l'Amiral étaient assez clairs pour qu'elle ne se sente pas totalement perdue.

Elle passa sous le porche et se retrouva instantanément dans une ambiance ouatée et chaleureuse.

Le hall était pavé de marbre blanc. La terrasse explosait de lumière, de l'autre côté. Des groupes discutaient sur de confortables banquettes. Toutes les personnes visibles parlaient, buvaient, s'agitaient comme des électrons libres. Elle traversa le vestibule à la recherche de celui qu'elle était venue chercher, le juge arbitre forcément silencieux et plongé dans ses pensées. Il devait se trouver à l'extérieur, sous ce ciel dont le bleu étincelant trahissait la synthèse.

La femme au manteau passa derrière un groupe de cadets qui jouaient aux fléchettes. Les insectes de bronze dessinaient d'étranges circonvolutions dans l'espace avant de toucher la cible au centre de laquelle était représenté un trident. Elle passa entre deux lancers et sortit au grand air, puis s'arrêta, éblouie.

La pluie faisait un masque sombre derrière la métaphore du palais de Livadia. La mer noire léchait les rochers en contrebas. Plusieurs avatars discutaient bruyamment autour des tables rondes disposées de place en place. L'un d'eux était seul. Il ne bougeait pas. Il avait les yeux grands ouverts mais on aurait dit qu'il dormait.

La femme ne le reconnut pas, elle ne l'avait jamais rencontré, mais elle se douta que c'était lui. Elle savait aussi que ce costume blanc, cette canne et ce panama extrafino avaient en leur temps appartenu à Maxence et à Paléologue, les soi-disant consciences des deux cités de soldats prospecteurs installées sur la Concession 55. Les consciences étaient forcément *femelles*. Mais ça, elle ne pouvait le savoir avant de s'incarner.

La femme s'assit en face de l'autre et replia le col de son manteau dont elle déboutonna le haut.

Le juge arbitre sembla s'éveiller et la regarda. Il avait moins de trente ans. Son visage était effilé comme une lame de couteau dont la pointe se serait terminée par un bouc taillé avec soin. Ses yeux étaient sombres, son front haut et dégagé. Il enleva son panama, s'éventa avec. La femme se taisait. L'homme appela un serviteur et commanda deux bourbons-sodas. Il parla enfin lorsque les verres furent posés devant eux :

— Utiliser un trident pour me retrouver... C'était auda-cieux, mais vous n'avez pas respecté les règles du jeu, conscience, dit le juge arbitre sur un ton détaché.

— Vos règles doivent être changées, répondit-elle.

La femme contempla la table, la terrasse, le paysage cré-nelé de l'aute côté de la mer intérieure. Les juges arbitres avaient commandé les Sans-voix aux faiseurs de chimères. Ils avaient dessiné les premières circonvolutions du ruban. Ils maîtrisaient sans doute le voyage instantané et la télépathie. Et ils jouaient avec ces cartes maîtresses contre les gens de la Lyre, armés eux de leur seul désespoir et du simple refus de disparaître.

La conscience se demanda pour la dix puissance douzième fois si les juges l'avaient créée, elle et ses sœurs. Elles étaient sorties de nulle part, certes. Mais rien ne lui permettait de penser que cet homme était son père. Même si la conscience savait comment utiliser un trident pour atteindre le palais. Si le juge s'attendait à être respecté, il allait être déçu. La conscience se sentait investie d'une mission, au point que rien ne pouvait plus l'arrêter. Ni peur ni contrition ne l'affectaient face au démiurge blasé. Juste de la lassitude rehaussée d'une pointe de dégoût.

— Vous vous amusez. Vous jouez. Et les gens de la Lyre vont mourir par millions.

— Je suis payé pour que ce genre de choses arrive, dit le juge placide. Je ne suis qu'un instrument du destin.

— Foutaises ! s'exclama la conscience, hors d'elle. Je n'ai

détourné aucune règle du jeu en utilisant le trident pour venir vous rencontrer, mais vous avez souillé votre charge en refusant de faire face à vos responsabilités.

— Voyez-vous ça ! siffla l'homme en croisant les bras. Je t'écoute, machine. Raconte.

La conscience ne releva pas l'insulte. Elle ne savait pas tout sur les juges arbitres, mais elle en connaissait le principal. Bien plus que ce que les gens de la Lyre pouvaient soupçonner. Sinon, ils auraient quitté cette portion d'espace depuis longtemps déjà.

— Vous êtes apparus dans la Lyre du temps de sa grandeur pour y semer les graines de son anéantissement. (La conscience pensa à la chaîne de recombinaison des éléments qu'elle avait découverte en haut du prisme, en compagnie de l'Amiral.) Le carnage fondateur, le partage de la princesse est votre œuvre. Je me trompe ?

— Nous avons conseillé les chasseurs à ce moment crucial de leur histoire, c'est vrai.

— Vous avez provoqué la partition de la Lyre, vous l'avez laissée s'affaiblir, puis vous l'avez frappée de plein fouet.

— Les Sans-voix, murmura le juge. Les faiseurs de chimères ont vraiment fait du bon boulot.

— Pourquoi ?

La conscience avait puisé la force de venir jusqu'ici dans ce simple mot.

— Comment ça, pourquoi ? s'étonna le juge. Pourquoi détruire ce que nous avons créé ? Voilà ce que tu penses ? Mais, nous n'avons rien créé ni détruit. Nous avons aidé, c'est tout. (Une mouette passa au-dessus d'eux en poussant un cri aigu.) Moi et mes collaborateurs avons été payés pour cela.

Il pencha la tête et contempla la femme qui se tenait, assise, en face de lui. Elle était jolie finalement, avec ses mèches blondes et bouclées, ses yeux bleus et ses lèvres pulpeuses qui lui donnaient un air boudeur. Le juge se demanda où elle avait bien pu emprunter ce visage.

— Tu sembles un peu perdue. Le fait de me rencontrer, hein ? Tu es déçue. Tu pensais te retrouver en face d'un Dieu, de quelque chose d'immanent ? Je vais t'expliquer ce que nous sommes vraiment, après tu comprendras mieux.

Le juge arbitre but une gorgée de bourbon-soda. Il s'essuya les lèvres du revers de la main.

— Je travaille dans une sorte de cabinet indépendant qui a quelques très gros clients. Ces clients font appel à nous de temps en temps pour mettre leurs créations à l'épreuve, pour voir si elles fonctionnent. Nous leur faisons donc subir toute une série de tests. Notre démarche n'est pas loin de l'entropie. Elle l'accentue, la provoque parfois, rien de plus.

— Rien de plus, répéta la femme.

— La Lyre fait l'objet d'un de nos contrats. Il court depuis plus de six centuries. Le schéma en deux temps qui a été adopté pour tester cette constellation est assez classique. Affaiblissement des structures politiques via la partition, puis installation et appui logistique d'une menace extérieure. On attend que ça passe et on voit comment réagissent les habitants. Soit cette épreuve les pousse à l'évolution et ils s'en sortent haut la main, soit elle accélère une destruction à laquelle ils n'auraient de toute façon pas pu échapper. J'assure le suivi qualité de la prestation pour la fin de cette mission. (Le juge arbitre leva son verre pour trinquer avec un ami invisible.) Mais je ne m'occupe pas des réclamations.

La conscience avait pensé à tout sauf à ça. Elle avait toujours imaginé les juges comme des démiurges omnipotents, fantasques et cruels. Pas comme les représentants d'une simple société de service.

— Et nous travaillons pour vous, murmura-t-elle, abattue.

— Bien sûr. Vous êtes nos petites caméras. Vous intégrer n'a pas été de la tarte niveau programmation, mais cela nous donne maintenant un bon aperçu de la situation. Et c'est pas joli, joli.

La conscience se tut quelques instants, alors que le juge laissait son regard s'évader dans le ciel infini. Elle se disait que travailler pour eux ne voulait pas dire avoir été créé par eux.

— Vous pourriez arrêter les barbares. C'est vous qui les avez installés dans la Lyre.

Le juge se tourna vers son interlocutrice, visiblement irrité.

— Le voudrais-je que je ne pourrais pas, répondit-il. Nous nous trouvons à l'origine des événements, mais nous ne maîtrisons pas leur déroulement. Les Sans-voix se sont développés d'eux-mêmes, et il est trop tard pour les arrêter. Je vais te donner un exemple que tu connais de loin. La Terre, un dossier sur lequel je n'ai pas personnellement travaillé, mais un cas d'école dans notre cabinet.

La conscience de l'Amiral connaissait la Concession 55

plus que tout autre caillou dans l'univers. Elle était curieuse de savoir ce que son concepteur avait à lui dire à son sujet.

— Même topo, même principe. La Terre connaissait son apogée technologique. Mais nombre de défauts affectant cette... expérience étaient cruellement visibles. (Il commença à compter sur ses doigts.) Les luttes intestines. La vision à court terme. La destruction de l'habitat naturel. (Il arrêta son décompte et se pencha vers la femme.) Merde ! Je ne veux pas passer pour un crétin d'idéaliste ou tomber dans le mélo. Mais les hommes ont littéralement foutu leur planète en l'air, et leurs chances d'exister par la même occasion.

— J'en ai eu un aperçu, concéda la conscience.

— Une mise à l'épreuve a été commandée à mes prédécesseurs. Les hommes sortaient d'un conflit mondial d'envergure et les grandes puissances se réunissaient pour travailler au rétablissement de la paix. Ils pouvaient se relever. Mais notre client avait décidé de ne pas leur faciliter les choses. Il avait vu de quoi ils étaient capables, et s'ils devaient remettre ça, il voulait que ce soit rapidement, pour ne plus avoir à en entendre parler. Un agent s'est donc infiltré là où le partage du monde était en train de se dessiner. Et il l'a un peu influencé pour le rendre plus explosif que jamais.

— La partition. Le même principe que pour la Lyre.

Les doigts du juge arbitre faisaient adopter à son extrafino les formes les plus incongrues.

— Le destin de la Terre s'est joué ici même, dans ce palais de Livadia.

— Dans l'original, corrigea la conscience. Mon maître possède quelques souvenirs de cet endroit dans son esprit.

— Kosh ? Oui, je l'ai rencontré une fois ou deux, à l'époque de la concession. Il fallait bien l'aider à faire avancer les choses, sinon il n'aurait jamais trouvé l'artefact.

Les yeux du maître de jeu s'étaient durcis. Ils étaient plus sombres que jamais.

— Yalta fut un de nos plus beaux succès, une véritable bombe à retardement, reprit-il. Il n'a pas fallu deux centuries pour que les hommes s'entre-déchirent à nouveau. Et ce, sans aucune participation des Sans-voix. Deux empires se sont peu à peu constitués et ont sombré dans une folie réciproque. Il y a eu une ultime bataille, comme celle que va connaître la Lyre. Puis une grande lumière blanche. (Il écarta les mains et caressa un champignon invisible au milieu de la table.) L'hiver nucléaire a rayé la Terre de la carte des mondes habités. Fin de l'aventure. On remet les pendules à zéro. Aux suivants.

La conscience se sentait plus machine que jamais. Un équivalent théorique du désespoir était en train de la submerger.

— Vous n'êtes pas payés pour mettre les mondes à l'épreuve, mais pour précipiter leur destruction lorsque vos maîtres s'en sont lassés, constata-t-elle, insensible à la logorrhée de l'agent chargé d'observer la fin de la Lyre et de ses habitants.

— Vous ne m'avez pas suivi, tout à l'heure...

— Je vous ai suivi jusqu'ici. (La conscience tapa du poing sur la table.) Maintenant, c'est vous qui allez écouter l'histoire que j'ai à vous raconter.

— Vos aventures, depuis la Concession 55 ? J'ai suivi la petite équipe, merci.

La conscience eut envie de se jeter au cou du juge. Haine, violence, elle n'avait jamais rien ressenti de tel auparavant.

— Kosh, Venise et la jeune fille ont réussi à faire tomber les frontières entre les partitions de l'Empire, dit-elle en essayant de calmer son tumulte intérieur. Les reîtres ont été balayés.

— Encore heureux ! s'exclama le juge. Dire que l'Amiral a failli abandonner après être arrivé jusque-là !

La conscience réfléchit quelques secondes.

— C'est vous qui avez poussé Santa Lucia à commettre cette bêtise.

— Sa conscience la lui a chuchotée, c'est vrai. Mais, comme je te le disais, nous ne sommes qu'au début des choses. Nous ne maîtrisons pas leur déroulement. Au mieux pouvons-nous les influencer dans telle direction. (Le juge redevint songeur.) C'est tout de même marrant que cette vieille prophétie au sujet de la princesse endormie ait été le seul moyen trouvé par Méandre de sauver la situation. Il y en avait d'autres, plus simples pourtant.

— L'artefact, c'est vous qui l'avez laissé sur la Concession 55.

Le juge hocha la tête.

— Pas moi personnellement. Mais il fait partie de notre catalogue, en effet. Comme les Sans-voix. Ce n'est pas la première fois que nous les utilisons. Ni la dernière sans doute.

— Vous l'avez activé.

172

L'homme se taisait, attendant de voir jusqu'où elle pouvait aller.

— Fonctionnera-t-il ou s'agit-il d'un simple élément de décor ?

— Le joker ?! Bien sûr qu'il fonctionne ! Tout fonctionne. Nous ne nous serions pas échinés à ce que les gens de la Lyre le retrouvent ! Encore faut-il savoir s'en servir. (Le silence s'éternisa entre eux deux.) Non, non, non, mon amie. Ne compte pas sur moi pour te donner ce renseignement. La partie n'est pas finie.

— Où se trouve le quatrième canope, l'âme de la princesse ? La légende ne dit rien à son sujet, rien que Méandre ou son oracle ait pu me léguer. Rien que Kosh puisse utiliser.

Le juge pinça les lèvres et contempla son verre en le faisant tourner entre ses doigts.

— Beaucoup de bruit pour rien, dit-il. Le quatrième canope n'a jamais existé. C'était juste une figure de style.

— Il n'a jamais existé ? répéta la femme.

— Que de surprises ! s'exclama le juge. La princesse a été partagée en trois parties, pas en quatre. Votre passage dans cette partition de l'Empire ne devait être que symbolique.

— Notre passage ? (« Tout était donc prévu ? » se demanda la conscience.)

— Pas tout, reprit le juge.

La conscience sursauta en découvrant que l'homme l'écoutait. Une étrange formule, *l'arroseur arrosé*, lui traversa l'esprit.

— Mais votre périple, dans ses grandes lignes, était un de nos scénarios, continua le juge.

Il balaya une poussière de synthèse du revers de la main.

— Le principal est que tu sois arrivée jusqu'à moi, petite créature, et que nous arrangions les choses au point où elles en sont pour avoir une fin potable. Voyons... vous êtes pour l'instant en translation depuis Acqua Alta, c'est bien ça ?

— Oui, répondit la conscience comme une somnambule. Mais j'ai laissé la destination flottante avant de vous retrouver.

— Un calcul serré, machine, estima le juge en se carressant le menton.

Il ferma les yeux quelques secondes. La femme craignit qu'il ne se soit endormi.

— Qu'est-ce que vous comptez faire ? insista la conscience.

— Vous reconstituer directement sur Primavère, sans le trident. Ça devrait faire l'affaire.

— Alors, nous aurons bouclé notre périple. Et...

— Et ? fit l'autre, faussement innocent.

— La prophétie sera accomplie.

L'homme se taisait. Il donnait l'impression d'avoir fini.

— Santa Lucia est morte, reprit la conscience.

— Elle est morte, en effet.

La conscience sentait que le juge n'en dirait pas plus. Il s'intéressait à nouveau au paysage et il avait repris son air rêveur. Elle avait fait tout ce qui était en son pouvoir. Elle se leva pour prendre congé.

— Au fait, l'arrêta-t-il. Pourquoi fais-tu tout ça ? Tu n'es qu'une machine. Et je sais, pour avoir participé à ta programmation, que la compassion te sera à jamais étrangère.

Participé à ta programmation... « Cause toujours », pensa-t-elle. Debout, elle reprenait du poil de la bête.

— Les gens de la Lyre sont sur le point de déclarer la nébuleuse de la princesse endormie Territoire souverain et autonome des consciences libres, répondit-elle. Pour nous, c'est important.

— Ah ! fit le juge. En tout cas, vous l'aurez mérité, si vous finissez cette histoire.

La conscience partait déjà. L'autre l'interpella une dernière fois.

— Eh ! Essayez de nous offrir du grand spectacle pour le combat final. Les habitants de la Terre nous ont un peu laissés sur notre faim.

La conscience déploya un sourire à double tranchant à l'intention du juge arbitre qui essayait d'avoir le dernier mot. Elle lâcha avant de disparaître :

— Ne vous inquiétez pas. Vous en aurez pour votre argent. Mon ami.

Des amis, elle en avait, Santa Lucia. Elle venait d'être acceptée dans la prestigieuse Académie de Primavère. Elle était entourée de Gonzo qu'elle connaissait depuis l'orphelinat du prince dynaste, et d'un jeune homme qui ne la quittait pas des yeux depuis qu'ils s'étaient retrouvés dans ce bar du Labyrinthe. Conti, Conta quelque chose. Ses idées étaient un peu embrouillées. Elle avait bu trop de lait d'alcool tiède pour ses seize ans et le plafond de l'auberge commençait à tourner au-dessus de sa tête.

Gonzo l'observa avec un air de conspirateur et lui dit sur un ton très officiel :

— Ma chère Lucie, mon adorable petite Luce, la tradition veut que les cadets reçus à l'Académie arrosent cet événement d'une manière... (il rota et s'excusa en haussant les sourcils) un peu plus musclée qu'avec cet alcool de fillette.

Il envoya balader les bocks d'un geste du bras. La serveuse accourut ventre à terre pour lui tirer les oreilles. Gonzo lui fit signe de s'arrêter avec une réelle autorité et commanda :

— Trois fingersnakes, tenancière. Et que ça saute.

La serveuse lui jeta un regard narquois mais s'exécuta en jetant son torchon sur l'épaule. Les cadets étaient généralement excusés lorsqu'ils fêtaient leur rentrée à l'Académie. C'était une sorte de tradition, une manière d'honorer les futurs héros qui s'attaqueraient, un jour, à ce satané ruban et aux Sans-voix qui menaçaient la Lyre. Santa Lucia ne dit rien. Le fingersnake était pour eux une boisson initiatique. Elle n'avait pas encore connu l'Amour, mais elle savait qu'ingurgiter le coktail mythique les ferait passer de l'adolescence à l'âge adulte. Du moins, c'est ce qu'on n'avait cessé de lui répéter depuis que l'idée de rentrer à l'Académie lui avait effleuré l'esprit.

La serveuse revint avec trois verres qu'elle posa devant les convives. Chacun contenait un liquide à trois étages, rouge, vert et bleu. Chaque étage avait l'air de consistance différente. Des volutes passaient de l'un à l'autre mais les textures ne se mélangeaient pas. Santa Lucia s'empara de son verre sans hésiter et le renifla avec curiosité.

— Qui sait ce qu'il y a là-dedans ? demanda-t-elle à la cantonade.

Le jeune homme qui ne parlait pas beaucoup mit le doigt sur l'étage bleu qui tapissait le fond de son verre.

— Ma main à couper que c'est de l'hydrogène pur, avança-t-il sans plaisanter.

— Pari tenu, embraya Gonzo. N'oublie pas qu'un spin se pilote avec les deux mains. (Il se mordait la lèvre inférieure en contemplant l'étage vert.) De l'hydrogène pur avec un peu de gaz rares pour fouetter le mélange.

Santa Lucia éclata de rire sans raison. Elle se dit qu'elle avait trop bu et que continuer n'avait rien de sérieux. Vu l'état dans lequel elle était, sa conscience aurait pu hurler à ses oreilles en faisant l'effet d'un vague bruit de fond.

— Quant au dernier...

Elle trempa son doigt dans le verre, sans souci des convenances, et le retira rouge sang. La jeune fille pensa immédiatement aux petits soucis qui la rendaient hargneuse au moins une fois par mois depuis sa treizième année. Sa séquence Adan avait été calculée la première fois que ça lui était arrivé, comme l'exigeait la coutume. Elle s'en souvenait comme si c'était hier.

— Je pencherais pour de la purée de séquence Adan, proposa-t-elle en levant son verre.

— De la purée de séquence Adan, répéta Gonzo. N'importe quoi.

Les deux cadets imitèrent Santa Lucia et firent tinter leurs verres. Il leur sembla que l'auberge devenait tout à coup silencieuse. Leurs regards se croisèrent et ils n'eurent pas besoin de parler pour porter les fingersnakes à leurs lèvres et les basculer dans un ensemble parfait.

Conta poussa un hoquet de surprise. Gonzo hoqueta. Santa Lucia posa son verre en regardant ses amis d'un air moqueur. Ce truc n'était pas mauvais, finalement. Et pas si fort que ça. C'était vraiment pas la peine d'en faire toute une...

Elle se sentit violemment tirée en avant. L'auberge disparut et fut remplacée par un enchaînement de couloirs gris et des silhouettes fugitives. Un bunker qu'elle traversait en accéléré. Elle ferma les yeux pour calmer l'envie de vomir qui lui soulevait les entrailles et les rouvrit à l'air libre. Elle sentait le vent glisser sur son corps nu. Ses poignets et ses chevilles étaient entravés. Un capuchon la contemplait avec un air extatique. Il pleuvait sur elle et sur le reître. Elle sentait une flaque se former dans le creux de son ventre.

Le capuchon brandit un scalpel et le fit tomber vers Santa Lucia. L'arme avait disparu de son champ de vision. La jeune fille ne pouvait pas crier. Elle ne ressentait aucune douleur. Mais elle *savait* que le capuchon lui ouvrait le thorax, et qu'il pleuvait maintenant sur son cœur, ses viscères et ses pariétaux.

Elle n'avait pas peur. Elle était seulement triste. C'était injuste. Que tout se termine ainsi, ici et maintenant, alors qu'elle avait la vie devant elle, qu'elle aurait dû virevolter dans l'espace profond avec ses amis, connaître l'Amour...

Une lumière blanche, aveuglante, lui fit fermer les yeux. « Que se passe-t-il ? » se demanda-t-elle. La pluie cessa et une voix douce lui chuchota des mots tendres et apaisants. Elle essaya d'ouvrir les yeux. Elle ne voyait rien d'autre que du blanc. Le capuchon avait disparu.

— Tu es sauvée, ma fille, disait la voix. Ne t'en fais pas.

Santa Lucia se tourna sur le côté et tendit les bras pour enlacer celle qui ne l'avait pas abandonnée.

— Maman, appela-t-elle alors que la joie de revivre inondait son cœur.

CINQUIÈME PARTIE

LE RUBAN

1

Lorsque Bubba Kosh sortit du puits d'ombres dans lequel il était tombé, la première chose qu'il vit furent les yeux courroucés de Palandon Ier. Le dynaste avait le buste entouré de fruits et de fleurs. L'Amiral, forcé par le respect, détourna le regard. Il s'intéressa à ses pieds et découvrit qu'une lyre en trompe-l'œil était représentée à même le sol. Venise était debout à côté de lui. Elle avait l'air un peu perdue. Santa Lucia était allongée un peu plus loin. Une robe de gaze blanche l'habillait imparfaitement.

Le sarcophage, le trident, le marché du Jubilé... tout cela avait disparu.

Kosh se précipita vers la jeune fille qui se réveillait en clignant des yeux, éblouie. Son front était très pâle mais des couleurs revenaient sur ses joues. Il l'aida à se relever. Son voile de gaze glissa. Kosh se rendit alors compte qu'il portait sa tenue d'Amiral, laissée sur Primavère. Il dégrafa sa cape pourpre et la jeta sur les épaules de Santa Lucia. La jeune fille serra les pans de la cape autour de sa poitrine et essaya de marcher seule.

— Ça va, dit-elle en repoussant l'aide de Kosh.

Elle avança un peu titubante, fit trois pas, bascula la tête vers le plafond qui représentait une voûte céleste, poussa une sorte de grognement guttural. Kosh voulut aller vers elle. Venise le retint par le bras. Santa Lucia pleurait à chaudes larmes lorsqu'elle se retourna vers eux. Elle pleurait et souriait en même temps.

— Je ne sais pas ce qui s'est passé, dit-elle. Les reîtres m'ont attachée à cette table et...

Elle tâta la cape rouge sang pour y trouver la trace de l'ancienne blessure. Ses larmes se calmaient. Il y avait un rêve flou, Gonzo et Contarini...

— Quel cauchemar ! soupira-t-elle. Dites-moi que tout ceci n'est pas arrivé.

Kosh réfléchit rapidement. La jeune fille ne voulait pas qu'on la rassure, elle demandait qu'on lui donne un ordre.

— Tout ceci n'est pas arrivé, confirma-t-il.

Kosh pensa tout à coup à la sacoche. Elle avait disparu, les canopes avec. Il croisa le regard de Venise qui se faisait la même réflexion. Ils se tournèrent vers la jeune fille.

— Qu'est-ce qu'il y a ? demanda-t-elle en les voyant la regarder avec intensité.

— Comment vous sentez-vous ? demanda Kosh.

— Comment voulez-vous que je me sente ?

Elle ne savait pas où elle était. Ses derniers souvenirs ressemblaient à un cauchemar. Mais, le Grand Attracteur en soit remercié, elle était vivante. Et, pour elle, c'était le principal, sans qu'elle sache pourquoi.

— Qui êtes-vous ? demanda l'Amiral.

— Qui je suis ? (Elle afficha un air stupéfait.) Vous êtes devenu fou ou quoi ?

— Répondez à ma question.

— Je suis Santa Lucia, pilote cadet de la promotion 66.

Kosh et Venise échangèrent un regard lourd de sens. La dame d'honneur prit le relais de l'interrogatoire :

— Vous souvenez-vous du cristal, de la planète de glace, de votre soirée de noces ?

— Savez-vous comment fonctionne l'artefact ? renchérit l'Amiral, rongé par l'impatience.

Santa Lucia comprit, tout à coup, ce que Kosh et Venise avaient en tête. Elle faillit éclater de rire. Qu'est-ce qui pouvait leur faire penser ... ? Elle était rentrée dans le prisme et puis...

— Par les moustaches du dynaste ! s'exclama-t-on depuis l'autre côté de la pièce.

Ils se retournèrent tous les trois vers l'apparition. Fording Bingulbargue contemplait Santa Lucia et ses deux acolytes avec des yeux grands comme des soucoupes. L'Amiral nota qu'il portait toujours son habit multicolore.

— La prophétie s'est accomplie ! exulta leconcierge en dansant d'un pied sur l'autre. La princesse est revenue !

Il se précipita sur Santa Lucia à qui la cape pourpre donnait une certaine dignité et s'agenouilla à ses pieds. Elle recula jusqu'au centre de la Lyre qui ornait la casina de Méandre. Le concierge baisait la mosaïque là où les pieds nus de la jeune fille s'étaient posés. Elle faisait des grimaces en direction de Kosh et de Venise pour qu'ils lui viennent en aide. Ils ne bougèrent pas.

C'était à la princesse de leur venir en aide, désormais. Et pas le contraire.

La conscience ne cacha rien à Kosh de ce qui lui était arrivé pendant son absence. Elle lui narra en détail la rencontre avec le juge arbitre dans le palais au bord de la mer noire.

L'Amiral apprit en une heure plus que ce que le Haut Commandement et le dynaste réunis avaient compris en six centuries. D'un autre côté, le mystère restait entier. Quelle technologie ces hommes (étaient-ce vraiment des hommes ?) avaient-ils mise en œuvre pour concevoir le ruban ? Qui étaient-ils ? Que voulaient-ils ? Autant de questions auxquelles la conscience ne pouvait apporter de réponses.

Mais Kosh la croyait, non parce qu'il n'avait d'autre explication à fournir pour expliquer le saut qu'ils venaient d'effectuer, mais parce qu'il sentait l'entité profondément sincère. C'était la première fois qu'il associait un sentiment à son génie intérieur. Peut-être l'incarnation, comme elle le lui avait expliqué, l'avait-elle rendue un peu moins machine et un peu plus humaine qu'elle ne l'était auparavant.

Quant à Santa Lucia... Kosh ne pouvait expliquer son brusque retour à la vie tout en refusant de crier au miracle. La conscience estimait que le juge arbitre avait trouvé l'occasion trop belle de mêler les restes de la princesse à cette jeune fille privée de vie. La transportation devait permettre ce genre de manipulation. C'était une théorie sans fondement mais la seule qui permettait d'expliquer la disparition des canopes et la résurrection de Santa Lucia.

Restait à savoir où en était la Lyre par rapport au ruban. Le concierge, une fois qu'il eut fini de se répandre aux pieds de Santa Lucia, accepta enfin de revenir à une posture plus digne et à répondre aux nouveaux arrivants qui le pressèrent de questions.

La casina était vide, ainsi que le parterre avec sa succession de terrasses et la cascade d'Escher qui continuait à se battre contre les lois de la vraisemblance. Le ciel artificiel brillait d'un bleu resplendissant et immuable. Quelques hérons becs-de-lièvre passaient au-dessus des arbres. Mais il n'y avait pas âme qui vive, aucun courtisan, aucun garde, personne.

— Où sont-ils partis ? demanda le soldat au concierge qui ne quittait pas la princesse des yeux.

Santa Lucia marchait un peu plus loin en compagnie de la dame d'honneur. Elles parlaient à voix basse.

— Comment, vous n'êtes pas au courant, Amiral ? réagit enfin le petit homme. Ils sont là-haut. (Il montra le dôme au-dessus de leurs têtes.)

Cette explication avait l'air de lui suffire puisqu'il se tut à nouveau. Le soldat l'attrapa par le col et le souleva à bout de bras, lui disant nez contre nez :

— Qu'est-ce que tu veux dire par « là-haut », concierge ?

— Dans l'espace profond. Au bord de la frontière. (Le courtisan déglutit avec difficulté.) Reposez-moi, s'il vous plaît. (Kosh lui permit de toucher le sol à nouveau mais ne le lâcha pas.) La Cour a quitté la ville. Primavère est vide. Les onze divisions ont été réunies sous le commandement de Méandre. Elles se préparent à attaquer le ruban.

— Déjà ?! rugit l'Amiral.

— Ma foi, vous êtes parti depuis deux semaines. Nous avons perdu votre trace dès que le Jubilé est passé dans l'espace des chasseurs. Depuis, plus de nouvelles. Méandre était aux cent coups ces derniers jours. Je vous assure ! Il n'a pas arrêté de consulter son oracle.

Leur voyage instantané avait duré une semaine. Ce salopard de juge arbitre leur avait joué un de ces tours dont il semblait avoir le secret. Les ramener directement sur Primavère, c'était bien. Les ramener au tout dernier moment, juste avant que les choses se précipitent, c'était mieux à ses yeux.

— Quand l'attaque est-elle prévue, exactement ?

— Dans une douzaine d'heures, je crois. Je ne suis que concierge, s'excusa Bingulbargue. Je garde la casina en l'absence de mon souverain, c'est tout.

— Désormais, tu es mon aide de camp. Nous devons atteindre la ligne de front au plus vite. Il nous faut un vaisseau.

Le concierge ne comprit pas tout de suite que, non content de penser à voix haute, le vieux soldat s'adressait aussi directement à lui. Kosh souleva à nouveau Bingulbargue de terre.

— Un vaisseau ? Mais le vôtre n'a pas bougé de la clairière dans laquelle vous vous êtes posé. Le jeune homme qui vous accompagnait est resté avec nous, finalement, et...

— Laisse tomber les détails et passe devant. Venise ! Santa Lucia !

Il fit signe aux deux femmes de les suivre. Le concierge obéissant descendait déjà les escaliers. Kosh le rattrapa. Bingulbargue affichait maintenant un sourire béat.

— Qu'est-ce qui vous fait sourire, courtisan ? lui demanda le soldat.

— Aide de camp, répondit le petit homme. Au service de la princesse, en plus ! Dites-moi, la vieille femme qui l'accompagne, c'est bien la dame d'honneur, non ?

Kosh se demanda comment le concierge avait pu reconnaître Venise. Et il préféra ne pas relever son propos désobligeant.

— La princesse, la dame d'honneur, l'Amiral Kosh et Fording Bingulbargue s'élancent vaillamment pour sauver la Lyre de la destruction ! s'exclama le concierge alors que Venise et Santa Lucia les rejoignaient. Et vous me demandez pourquoi je souris ?

Kosh se demanda beaucoup d'autres choses alors qu'ils laissaient le parterre derrière eux, surtout ce que leur étrange association allait bien pouvoir donner face aux Sans-voix et au ruban, aussi mystérieux que ceux qui l'avaient conçu.

Ils trouvèrent l'Excelsior là où l'Amiral l'avait laissé. Kosh s'installa aux commandes. À peine étaient-ils tous assis et sanglés qu'il arrachait l'Excelsior à la clairière du cercle de sorcières et le dirigeait vers l'horizon des Havilands. Il demanda à la conscience du vaisseau de suivre la même route qu'à l'aller, après s'être assuré auprès du concierge qu'aucune procédure de sécurité ne leur couperait la route avant d'atteindre le gigantesque ouvrage climatique.

— Ne vous inquiétez pas, répondit le concierge. Quitter le palais se fait généralement sans encombre. C'est rentrer dedans qui est plus difficile.

Ils traversaient maintenant la structure des Havilands à vitesse réduite. Les conduites, gigantesques et interminables, défilaient sur les côtés de l'appareil. Kosh révéla tout ce qu'il savait à Venise et à Santa Lucia. Enfin, presque tout. Il transforma un peu son récit pour ce qui concernait la mort de la jeune fille. Les reîtres s'étaient emparés d'elle, en effet. Et elle était inconsciente lorsque Kosh l'avait retrouvée sur la terrasse. Il raconta aussi sa théorie selon laquelle le juge arbitre avait donné corps à la légende.

Les deux femmes l'écoutèrent patiemment. Venise savait que Kosh n'était ni fou ni en train de leur inventer une histoire.

Quant à Santa Lucia, apprendre que les éléments constituants de la princesse avaient peut-être été intégrés à ses propres briques moléculaires la choqua dans un premier temps.

Elle interrogea sa conscience pour prendre une exacte mesure des changements qui avaient pu se produire en elle. Cela avait-il vraiment eu lieu ? Était-elle différente de la Santa Lucia juste sortie de l'Académie ? Son esprit était-il traversé par des visions fugaces, des choses qu'elle n'aurait pu voir dans cette existence ? Savait-elle faire fonctionner ce satané artefact ?

L'Excelsior sortit des Havilands. Primavère occupa la verrière l'espace d'un instant, le temps que le vaisseau pointe le nez vers les nuages et pousse ses moteurs à fond pour s'arracher à l'attraction de la planète dynastique. Le bleu du ciel bascula vers les ténèbres. Les étoiles se mirent à scintiller devant eux. Ils se turent pendant que l'Excelsior quittait l'atmosphère de Primavère, le concierge y compris qui avait suivi l'échange sans en comprendre un traître mot. Bingulbargue se disait que partager l'intimité de quasi-dieux devait bien supposer sa part d'inconvénients.

Le ruban était plus visible que jamais. Il dessinait une série de boucles gigantesques et opalescentes. Impossible d'évaluer la taille de la portion visible, sans point de repère. Il était d'un blanc laiteux et brillait faiblement sur le dessus, là où l'éclat de Véga se réverbérait.

— Tu as trouvé la flotte ? demanda l'Amiral à la conscience de l'Excelsior.

— La flotte nous a trouvés, répondit-elle. Deux spinmakers viennent à notre rencontre. En visuel. Maintenant.

Deux flèches de métal passèrent le long des flancs du vaisseau, virèrent sur l'aile et se figèrent face à l'Excelsior dans un ensemble parfait. Santa Lucia s'était levée et regardait les deux appareils avec envie. Elle se rendait maintenant compte à quel point le pilotage lui avait manqué.

— Spin 65-32 à vaisseau de croisière. Vous traversez un espace protégé. Nous vous demandons de vous identifier.

Kosh se racla la gorge avant de répondre.

— Ici l'Amiral Kosh du Haut Commandement de Primavère. Veuillez m'escorter jusqu'à l'Excalibur et annoncer ma venue au dynaste Méandre.

Il y eut une longue plage de silence dans le com.

— Bien compris, Amiral. Suivez-nous, je vous prie.

Les deux spinmakers disparurent derrière le bord droit de la verrière.

— Je les suis ? demanda le pilote, toujours attentif aux ordres de son maître.

— Tu les suis, confirma l'Amiral.

L'Excelsior bascula sur le côté droit et poussa ses moteurs pour s'enfoncer dans l'espace profond.

Le Haut Commandement avait fait les choses en grand pour porter la charge ultime contre les Sans-voix. L'Excalibur flambant neuf, inauguré le soir où Kosh avait été dépêché sur le Jubilé, trônait au centre des onze croiseurs de classe 3 de l'Amirauté. Certains avaient connu plusieurs dynastes et témoignaient d'une autre époque, d'autres représentaient le summum technologique atteint par les gens de la Lyre.

Kosh repéra vite le sien frappé du symbole chimique de l'hydrogène, un cercle marqué d'un point en son centre, l'Exe 5. Le navire faisait trois cents mètres de long. Il n'avait pas la ligne élégante des derniers croiseurs, et ressemblait plus à un cargo automatisé de l'Archipelago qu'autre chose. Mais l'Amiral avait reçu son commandement en même temps que sa charge. Et il avait gardé pour cette vieille carcasse une certaine affection.

Spinmakers, leurres et canonniers étaient pour la plupart cantonnés dans les croiseurs. Certains patrouillaient par petits groupes autour de l'armada ou stationnaient, en vigie, sur son pourtour. Des véhicules de transfert sillonnaient sans cesse l'Espace entre les énormes bâtiments.

L'Excelsior, qui suivait fidèlement les spinmakers de l'escorte, rasa le flanc de l'Exe 5. Kosh ne dit rien pendant que le classe 3 défilait sur leur gauche. Il séparait d'un œil expert ce qui allait de ce qui n'allait pas. Les panneaux solaires auraient dû être rentrés, par exemple, pour éviter la surchauffe. Et il ne servait à rien d'exhiber les canons avant que le combat ne commence. Pour qu'ils soient abîmés par des poussières stellaires...

— Je me demande quel incapable ils ont bien pu mettre à ma place, marmonna-t-il alors qu'ils laissaient l'Exe 5 derrière eux.

— Je crois qu'il s'agit de l'instructeur Keane, avança le concierge qui savait décidément tout.

— Keane, murmura Santa Lucia avant de pouffer. Pardon, se rattrapa-t-elle en voyant l'air furibond de l'Amiral.

— Nous vous laissons aux sentinelles, indiquèrent les pilotes de l'escorte. Bienvenue au bercail, Amiral Kosh.

Les spins furent remplacés par deux flèches qui semblaient moulées dans un même morceau de métal froid. Les appareils appartenaient à la garde spéciale de Méandre. Ils guidèrent l'Excelsior vers le classe 1.

— Le Haut Commandement t'a peut-être vite remplacé, estima Venise, mais les soldats ne t'ont apparemment pas oublié.

L'Excalibur était maintenant visible et il occultait le reste de la flotte. Il ressemblait aux flèches d'airain qui les escortaient, mais en infiniment plus gros et plus puissant. Sa coque était unie et effilée. Elle ne laissait apparaître aucune ouverture. On aurait dit un poignard titanesque abandonné dans l'Espace. Kosh savait que le vaisseau amiral était plus rapide que la plupart des Exe, qu'il frôlait l'infraluminique de plus près que ce que tout vaisseau de la Lyre était capable.

Il savait aussi que cette coque unie cachait un véritable arsenal. Sur un ordre, canons et rampes de lancement pouvaient cracher un feu d'enfer. Enfin, son blindage le mettait à l'abri des attaques des tridents. Pas éternellement, certes. Mais les simulateurs avaient calculé que cinq figures à douze sommets s'acharnant sur l'Excalibur n'en viendraient à bout qu'au terme de trente minutes de pilonnage intensif. Ce qui était déjà énorme.

L'escorte glissa sous le vaisseau jusqu'à un dock ouvert sur l'Espace. L'Excelsior se laissa guider par le faisceau tracteur qui balayait l'Espace. Des pinces s'emparèrent du vaisseau alors que le dock se refermait sur son passage. Une passerelle se déploya jusqu'à l'écoutille de l'Excelsior. Une minute plus tard, Kosh, Venise, Santa Lucia et le concierge de la casina la descendaient, accompagnés par le gardien du protocole et une petite troupe d'hommes armés.

Ils marchèrent jusqu'à un pneumatique qui les transporta dans un autre quartier du navire. Ils eurent à passer trois sas d'identification Adan pour atteindre le dynaste. Santa Lucia, chaque fois, dut s'y reprendre à deux fois pour que la machine l'identifie. Ils arrivèrent enfin devant une grande porte de bronze qui s'ouvrit devant eux. Méandre les attendait dans une salle à la décoration baroque qui ressemblait au rez-de-chaussée de la casina. Les dix amiraux du Haut Commandement formaient autour de lui une garde silencieuse.

Kosh aurait aimé voir le dynaste sans le Haut Commandement. Non qu'il ait quelque explication que ce soit à donner à ses pairs. Son absence était amplement justifiée. Il avait été officiellement invité au palais d'airain par Méandre. Mais il se doutait que cette... gratification avait dû sensiblement

188

modifier son image de marque. Bubba Kosh jouant les courtisans. L'Amiral n'osait imaginer les bruits colportés à son sujet.

Il s'avança, suivi par Venise et Santa Lucia. La jeune fille avait endossé un costume civil appartenant à l'Amiral et trouvé dans l'Excelsior. Elle essayait de se cacher derrière la dame d'honneur. Fording Bingulbargue les devança et galopa jusqu'à son maître.

— Ils ont réussi, Illustrissime Grandeur ! s'exclama-t-il. La princesse est de retour !

— La princesse ? réagit l'Amiral Simmons. Majesté, que sign...

Méandre fit taire le haut gradé d'un geste de la main. Il s'avança vers Kosh, passa devant lui sans s'arrêter, effleura Venise et s'arrêta devant Santa Lucia qui ne savait plus où se mettre.

— Majesté, je... balbutia la jeune fille.

— Vous, Majesté, répondit le dynaste avec un sourire d'une gentillesse désarmante. Vous êtes la bienvenue sur mon humble navire.

Les amiraux s'agitaient sans oser intervenir. Le plus hardi, Ferrano, demanda de sa voix haut perchée :

— Pourriez-vous nous donner une explication, Votre Grandeur ?

Le dynaste se retourna vers les hauts gradés et répondit, tout sourires :

— Je le pourrais, en effet.

Il fit approcher le chef du protocole et lui glissa quelques mots à l'oreille. L'homme sec passa le message aux hauts gradés. Méandre avait déjà pris Kosh par le bras et l'emmenait, lui et sa petite troupe, dans une pièce adjacente.

— Je crois que vous avez une histoire à me raconter, mon ami, lui dit le dynaste. Figurez-vous que ça tombe bien, j'adore qu'on me raconte des histoires.

— ... et le juge nous a transportés jusqu'à votre casina. Voilà tout, Majesté, ma quête telle qu'elle peut être résumée.

Bubba Kosh avait brossé son périple dans les grandes lignes pendant au moins deux heures. Ils étaient assis dans une pièce en partie ouverte sur l'Espace qui devait se trouver à la pointe de l'Excalibur, pensait l'Amiral. On ne voyait pas le croiseur mais l'espace profond et le ruban qui avait pris de l'ampleur pendant son récit. Méandre ne l'avait presque pas interrompu. Le concierge, Venise et Santa Lucia étaient restés silencieux durant tout ce temps. Seul un drone était apparu pour apporter des rafraîchissements. Le dynaste contemplait le soldat, l'air un peu dubitatif.

— Est-ce là tout ce que vous savez des juges ? lui demanda-t-il.

L'Amiral sut d'instinct que le dynaste s'adressait non à lui directement mais à sa conscience qui répondit dans l'esprit de Kosh :

« C'est là tout ce que nous savons. »

L'Amiral confirma à voix haute.

— C'est beaucoup mais c'est encore trop peu, grogna le dynaste. Si les juges arbitres sont à l'origine des Sans-voix, nous devrons les abattre après avoir détruit leurs créatures.

— Connaissiez-vous leur existence ? se permit d'interroger le soldat.

— Bien sûr. Deux ou trois détails complètent les révélations du bestiaire des marchands et celles de votre conscience.

— Deux ou trois détails, Majesté ? incita l'Amiral.

Méandre hésitait à leur révéler ce qu'il savait.

— Nos archives conservent un contrat passé entre les juges et le palais d'airain. Il date d'avant l'apparition du ruban, cela va de soi.

— Un contrat ? intervint Venise.

Méandre se tourna vers la dame d'honneur.

— Pour tester la Lyre en grandeur réelle. Pour la désaccorder afin de l'accorder à nouveau. Pour lui offrir une sorte de... cure de Jouvence.

— Vous voulez dire que les gens de la Lyre ont eux-mêmes provoqué la partition de l'Empire ? reprit Kosh, abasourdi.

— Le dynaste d'alors, rectifia Méandre. Il a cru bien faire, sans doute. (Il soupira.) Quoi qu'il en soit, nous sommes contraints de réparer les erreurs de mes ancêtres.

Il se leva et se dirigea vers Santa Lucia qui se mit au garde-à-vous à son approche. Le vieil homme la détailla des pieds à la tête, avec un regard plein de curiosité et de respect à la fois. Il dit, sans quitter la jeune fille des yeux :

— Je crois à votre histoire, Amiral. J'y crois parce que nous savions Sérénisse balayée par la vague d'équinoxe. J'y crois aussi parce que la séquence Adan de votre protégée a bien été modifiée, comme vous devez vous en douter. Son hélice s'est dédoublée. La séquence Adan de la princesse épouse désormais celle de son hôte.

Kosh se demanda comment le dynaste pouvait savoir cela.

Il pensa aux tests d'identification auxquels ils avaient été soumis avant de pouvoir l'approcher. Il adressa un regard désolé à Santa Lucia qui tremblait un peu. Les changements affectant son métabolisme lui semblaient de plus en plus concrets. Incarner la princesse n'était pas la chose dont elle aurait le plus rêvé au monde.

— Tout ce que vous avez pu faire pour réussir cette mission, vous l'avez fait, Amiral, continua Méandre. Et la Lyre vous en saura gré à jamais. Mais le temps est venu de voir si les juges arbitres nous ont ou non menti au sujet de la princesse et de ses prétendus pouvoirs. Dites-moi, mademoiselle, êtes-vous encore endormie ? demanda-t-il de but en blanc.

Santa Lucia appela à l'intérieur d'elle-même et n'y trouva que du vide, un silence aussi insupportable que celui de l'espace profond. Même sa conscience avait arrêté de respirer.

— Je le suis, Majesté. Et je... je ne peux pas vous dire qui pourra me réveiller.

— Un Prince Charmant, peut-être ? essaya le dynaste. (Il avait l'air un peu contrarié, inquiétant.) Rassurez-vous, je ne vais pas vous demander d'offrir un baiser à chaque cadet de la promotion 66, filles et garçons réunis, pour savoir si ma théorie est bonne. Je ne m'attends pas à un miracle. Mais, par le Grand Attracteur, il faut bien que tout cela ait servi à quelque chose !

Méandre appela un drone qui s'approcha avec une boîte de laque noire. Le dynaste s'en saisit et l'ouvrit en posant son pouce sur une serrure palmaire. L'artefact rapporté par l'Amiral de la Concession 55 apparut dans un écrin de velours mauve. Kosh et Venise s'approchèrent, fascinés par l'objet.

Les trois hexaèdres ornés de montures métalliques et frappés d'un même signe de croix ansée émettaient une lueur particulière, rouge pour l'un, vert et bleu pour les autres. Méandre prit deux fragments et les emboîta en un tournemain. Il sortit le troisième et compléta l'objet qui ressemblait maintenant à une gemme enfermée dans une pièce d'orfèvrerie. Les couleurs se mêlèrent et s'effacèrent pour laisser place à une lueur laiteuse qui rappelait l'opalescence du ruban des Sans-voix. Méandre fit quelques pas avec l'arme ultime entre les mains. Il se retourna tout à coup et la lança vers Santa Lucia.

Venise et Kosh retinrent leur respiration. La jeune fille rattrapa l'artefact avec dextérité et le tourna entre ses doigts. Toute la mission de Kosh avait tendu vers cet instant précis où la princesse aurait l'arme entre ses mains. La minute de vérité était arrivée. La jeune fille dévisagea le dynaste, l'Amiral, la dame d'honneur.

— Je me rends compte à quel point vous comptez sur moi, dit-elle en soupesant l'artefact. Mais je ne sais pas plus utiliser cette chose que vous ou vos meilleurs techniciens. Je suis désolée. Je ne peux rien faire pour vous.

La déception se peignit sur les visages. Le dynaste soupira plus profondément que jamais.

— Tant pis, dit-il. (La jeune fille fit mine de lui rendre l'artefact.) Gardez-le, on ne sait jamais. (Il se tourna vers Kosh.) Bon, ce miracle-là n'a pas eu lieu. Mais un autre prodige est arrivé durant votre... absence.

Le dynaste sortit un bloc mémoire en quartzite de sa manche et l'activa. La partie supérieure d'Oscar apparut au centre de la pièce. Il était entouré d'une dizaine de fonctionnels et du conseil des marchands. Il devait se trouver au pied du Bucentaure. Venise reconnut les striures rouges et blanches en arrière-fond. Ils écoutèrent le message adressé à Méandre jusqu'à la fin. L'hologramme disparut.

— Ça a marché ! exulta la dame d'honneur.

Elle jeta un coup d'œil rapide à l'Amiral qui n'en revenait pas.

— Vous voyez ? Tout n'est pas perdu, avança le dynaste. (Il donna le bloc mémoire à Kosh.) Servez-vous-en lorsque le Haut Commandement présentera sa stratégie. Nous allons avoir à affronter le ruban, et cette chose qui se cache derrière. Si quelqu'un peut changer le cours de l'Histoire, c'est bien vous. Bon. (Il tapa dans ses mains une fois.) Il est temps de nous rendre au mess. Les amiraux étaient pressés de m'exposer tout à l'heure la tactique adoptée pour vaincre les Sansvoix. Ils doivent l'être encore plus maintenant. Fording ! hurla Méandre à destination du concierge. (Le petit homme trottina jusqu'à son maître.) Tu resteras à mes côtés et tu me raconteras quelques-unes de tes histoires croustillantes lorsque l'ennui s'emparera de moi.

— Oui, Majesté.

Le dynaste tapa deux fois dans ses mains pour signifier que l'entrevue était terminée.

Le mess de l'Excalibur était un simple amphithéâtre. Il différait juste par sa taille avec ceux que Kosh connaissait déjà. L'ensemble du Haut Commandement, des amiraux aux chefs d'escadron, était présent. Les pilotes occupaient les derniers rangs, groupés en promotions, des plus anciennes aux plus récentes. Santa Lucia s'esquiva à peine entrée dans l'espace bruyant et gigantesque pour rejoindre la 66. Elle sauta dans les bras de Gonzo et de Contarini, qui n'en revinrent pas de la voir sur l'Excalibur alors que Keane l'avait doublement sacquée après ce qu'il avait pris pour une désertion.

L'Amiral, la dame d'honneur à son bras, descendit les marches jusqu'au premier rang. Il trouva leurs places entre l'Amiral Spengler et l'Amiral Estrada. Ses pairs le regardaient du coin de l'œil. Rading avait l'air furieux. Natatik amusé. Thornbury curieux. Personne ne savait apparemment pour la princesse, Santa Lucia et l'arme ultime. En tout cas, aucune manifestation démesurée n'avait accompagné le retour de la jeune fille dans les rangs de sa promotion.

Méandre apparut sur le balcon qui lui était réservé. Il fit un signe de la main à l'assistance, imposant le silence. L'Amiral Winckelmann monta sur le podium et contempla les gradins avant de commencer :

— Majesté, amiraux, soldats. Je voudrais tout d'abord saluer le retour de l'Amiral Kosh parmi nous. Son expérience aurait cruellement fait défaut au Haut Commandement au moment de la charge ultime. Nous le remercions pour sa présence.

Kosh cherchait l'instructeur Keane des yeux mais il ne le voyait pas. Il répondit au compliment d'un hochement de tête. Winckelmann ne l'avait jamais réellement apprécié. Et Kosh le lui rendait bien.

L'obscurité tomba sur la salle. L'espace profond se déploya en travers du mess, avec ses corps stellaires, ses délimitations symboliques et son principal intrus. La frontière de l'espace protégé de Primavère était représentée par un grillage métaphorique. Le ruban des Sans-voix s'en trouvait bien plus près que tout ce que Kosh pouvait imaginer.

— Vous savez que notre décision de passer à l'action a été précipitée par l'évolution du ruban, reprit Winckelmann. La ligne de front entrera dans notre espace protégé dans vingt-quatre heures environ.

Un murmure agita l'assistance. La simulation grossit pour ne montrer plus que le ruban qui courait d'un bout à l'autre du mess tel un gigantesque flagelle lâchement déployé à travers l'Espace.

— Nous connaissons le modus operandi des tridents. Il est

toujours le même depuis que nous les affrontons. La flotte sera englobée dans l'espace non protégé qui entoure le ruban dans douze heures environ, ce s'il progresse toujours au même rythme. (Un treillis dilata le ruban et recouvrit le mess tout entier, montrant la portion d'espace dans laquelle les Sans-voix se manifestaient.) Les tridents formeront leurs figures autour de nos navires. Mais nous pourrons alors compter sur notre force et sur l'ingéniosité de notre réponse tactique.

Kosh était curieux de savoir ce que l'Amiral Winckelmann, un soldat qui devait en être à sa quatrième cure de Jouvence, avait d'ingénieux à proposer.

— Une cinquantaine de leurres vont être disposés face à la ligne de front. (Les leurres apparurent en face du ruban.) Autant de batteries de canonniers seront disposées en quinconce pour abattre les tridents lorsque ceux-ci se seront matérialisés. (Les canonniers en question, des sphères hérissées de canons, couvrirent en effet la zone.) Les onze Exe, en retrait, passeront à l'attaque lorsque le combat proprement dit sera engagé. Les contretemps seront d'abord utilisés, jusqu'à ce que le corps à corps devienne inévitable.

Les classe 3 apparurent derrière les canonniers. Une nuée de spinmakers s'en échappèrent pour fondre sur les tridents et les abattre les uns après les autres.

— La simulation est de notre côté, murmura Kosh à l'oreille de Venise.

— D'après la portion de ruban que nous aurons à affronter, et la concentration de tridents auxquels nous sommes habitués, nous pensons raisonnablement avoir le dessus sans essuyer trop de pertes.

La simulation disparut et le mess se ralluma. Kosh se retourna et constata que le discours de Winckelmann n'avait pas séduit grand monde. Il y avait de quoi. Cette réponse tactique était aussi périmée que les autres. Winckelmann restait sur le podium, attendant visiblement une ovation.

Kosh ne pouvait pas laisser le Haut Commandement appliquer une stratégie aussi puérile. Il avait réfléchi à une possible réponse tactique depuis que le dynaste leur avait fait part du message d'Oscar. Une idée un peu folle lui avait traversé l'esprit, aussi folle que susceptible de fonctionner. Il devait la soumettre. La stratégie serait de toute façon validée par Méandre lui-même. Rien n'était encore fixé.

Il se leva, à la grande surprise de Winckelmann et des autres amiraux, et grimpa sur le podium. Il chassa un peu le vieil Amiral du pupitre derrière lequel il se tenait. Winckelmann chercha de l'aide auprès du dynaste dont l'absence de réaction lui indiqua qu'il devait laisser faire. Il rejoignit son fauteuil. Les amiraux plaisantaient entre eux, curieux de savoir ce que Bubba Kosh le courtisan avait à leur proposer.

— Majesté, amiraux, soldats, commença-t-il. L'Amiral Winckelmann a eu la... gentillesse de nous présenter la tactique adoptée par le Haut Commandement pour affronter les Sans-voix. Et je l'en remercie. La réponse qu'il propose est en effet la meilleure à adopter dans l'état actuel de ses connaissances sur la situation politique de la Lyre.

Les amiraux plissèrent le front.

— Les données du problème ont toutefois un peu changé. J'ai ici (il exhiba le bloc mémoire de quartzite) un message destiné à notre dynaste bien-aimé Méandre. Il m'a chargé de vous en faire part.

Kosh aurait pu ajouter « personnellement ». Mais il avait peur que les amiraux qui le contemplaient, pâlissants, ne soient victimes d'une crise cardiaque, et ça n'était pas le moment. Il posa le bloc mémoire sur le pupitre et l'activa. La lumière du mess baissa à nouveau. Oscar apparut, entouré du conseil des marchands et des fonctionnels.

« Ce message est destiné à Méandre et à son peuple, les gens de Primavère, commença le chef de guilde. Les reîtres sont tombés. Sérénisse n'est plus. Nous, guilde des marchands, ainsi que les chasseurs et leurs représentants fonctionnels, nous déclarons solidaires dans l'attaque que le Haut Commandement portera contre la ligne de front des Sans-voix. L'Archipelago Flota est en route pour vous soutenir. Nous atteindrons votre système dans huit jours, après nous être arrêtés pour remorquer la partie de l'amas dans laquelle se trouvent les chasseurs. Ils ont tenu à être présents au moment de la bataille. Nous serons à vos côtés lors de la charge ultime. Que l'Harmonie de la Lyre vous accompagne ! »

C'était la première fois que Kosh entendait cette formule en lui trouvant le sens qu'elle n'aurait jamais dû perdre. L'harmonie de la Lyre était enfin restaurée, et l'Empire plus puissant que jamais, au moment où il connaissait la pire menace de son existence. Oscar disparut et le mess se ralluma sur une assistance stupéfaite, des amiraux aux simples cadets. Kosh jeta un coup d'œil à Méandre, visiblement satisfait de l'effet de surprise que le ralliement des deux partitions de la Lyre à leur cause avait provoqué.

L'Amiral était heureux qu'Oscar n'ait fait mention ni de lui, ni de Santa Lucia, ni de la princesse endormie. L'anonymat ne pourrait que leur faciliter les choses auprès des pontes de l'Amirauté qui allaient être obligés de revoir complètement leurs habitudes obsolètes.

— Voilà une aide sur laquelle nous ne pensions plus pouvoir compter, dit Kosh simplement.

L'Amiral chercha la force de présenter son plan dans le regard de Venise. Ils allaient crier au fou et ne le laisseraient jamais terminer. Il en était certain. Il commença tout de même :

— Le but premier de notre charge ne doit pas être d'abattre le plus de tridents possible, mais d'atteindre le ruban et de le détruire. Nous n'avons d'autre choix si nous voulons éliminer les Sans-voix.

Nul ne pouvait contredire Kosh sur ce point. La stratégie de Winckelmann s'arrêtait juste un peu avant.

— L'espace non protégé nous met à une heure du ruban lui-même. Aucun vaisseau, aucune armada n'a jamais résisté à un assaut des Sans-voix une heure durant. (Kosh laissa passer quelques secondes de silence.) La supériorité des tridents réside et a toujours résidé dans leur facilité à se positionner dans l'Espace. Tant qu'ils pourront apparaître n'importe où, bombes à contretemps ou pas, ils garderont leur suprématie. Notre stock de contretemps est limité. Et nous sommes en droit de penser qu'ils seront bien plus nombreux que le nombre avancé par les simulateurs. Sous-estimer l'ennemi reste le meilleur moyen de précipiter notre défaite.

C'était ce que l'amiral avait dit et redit aux cadets de l'Académie, promotion après promotion. La 66 était aussi attentive que les autres. Winckelmann avait l'air mal à l'aise.

— Les tridents connaissent toutefois une faiblesse qu'ils n'ont jamais surmontée. Ils nous surpassent dans l'espace profond. Mais imaginez que celui-ci change tout à coup de configuration ?

Venise savait déjà ce qu'il avait en tête. Elle se demanda s'il irait vraiment jusqu'au bout de son idée.

— L'Archipelago est en route. Les chasseurs vont nous rejoindre. Voilà la stratégie que je vous propose.

Kosh présenta son idée sans s'aider d'aucune simulation. Elle était assez visuelle pour que tout le monde imagine ce qu'elle pouvait donner en grandeur réelle. Si le dynaste la validait, si elle leur apportait la victoire, Kosh entrerait dans le panthéon de l'Empire par la grande porte, il resterait dans les mémoires à jamais.

L'Amiral acheva son discours et regagna sa place dans un silence surnaturel. Méandre se leva et contempla les gradins. Il sentait l'électricité parcourir le mess, l'impatience et l'excitation.

— Votre stratégie me semble intéressante, marmonna-t-il enfin. Je suis curieux de la voir en action. Nous l'adoptons.

Kosh soupira. Winckelmann était livide de colère. Le dynaste ajouta à l'oreille du concierge de la casina :

— Et toi, tu suivras l'Amiral Kosh comme son ombre. Je veux que tu me racontes la fin de l'histoire dans ses moindres détails, une fois que tout sera fini.

Du rang des cadets un cri fut poussé par une voix fraîche et enthousiaste. Santa Lucia venait de lancer l'hymne de triomphe de la promotion 66. Tous les gradins le reprirent en chœur, faisant résonner les voûtes du mess du chant de victoire des cadets de Primavère.

2

— L'espace non protégé atteindra les leurres dans une minute, indiqua la conscience de l'Excelsior à son équipage.

Kosh avait préféré rester à bord de son vaisseau léger et laisser l'Exe 5 à Keane. Venise était assise à côté de lui, Bingulbargue sanglé sur un siège passager. Le courtisan se taisait depuis que le Haut Commandement était entré en état d'alerte. Kosh avait insisté auprès de Santa Lucia pour qu'elle reste avec eux, mais la jeune fille n'avait rien voulu entendre. Elle avait réintégré la promotion 66, sans que son ancien instructeur en soit avisé. Elle se trouvait au volant d'un spinmaker, à bord de l'Exe 7 placé sous le commandement de l'Amiral Winckelmann, à attendre que l'assaut soit réellement donné.

Elle avait laissé l'artefact au vieux soldat en lui disant, sûre d'elle, qu'elle le récupérerait une fois son content de tridents abattu. Kosh appréhendait un peu de la voir se précipiter sur le champ de bataille. Cette gamine était une vraie tête brûlée, pire que lui quand il avait le même âge.

— Ne t'inquiète pas, le rassura Venise. Si ton plan fonctionne, elle s'en sortira haut la main.

— Si mon plan fonctionne, râla-t-il. Toujours aucune nouvelle de l'Archipelago ?

— Rien sur bande courte. La bande longue est inutilisable, à cause de la proximité du ruban. Les scans et les radars ne détectent rien. Mais Oscar tiendra parole, j'en suis sûre.

— Quarante secondes, indiqua le pilote.

— Je voudrais surtout qu'il soit ponctuel. Nous ne tiendrons pas longtemps sans eux.

— Je sais.

— Vingt secondes.

Les dernières vingt-quatre heures avaient été consacrées en grande partie à l'entraînement des pilotes. Ils devaient s'habituer à la configuration inédite dans laquelle ils auraient à combattre. Les simulateurs la leur avaient rapidement calculée. Ils s'en étaient bien tirés, pour la plupart.

Le ruban semblait toujours un peu flou. La bande opalescente mangeait la moitié du paysage. Kosh était beaucoup plus inquiet au sujet de la portion d'espace située derrière la ligne de front. Elle avait fait l'objet d'une réunion du Haut Commandement. Cette fameuse masse noire, ce quelque chose de dimensions fantastiques avait considérablement grossi d'après ce que les scans disaient. Que ce soit vivant ou non, c'était tapi en plein cœur de l'espace non protégé et ça se précipitait vers eux. Les scientifiques penchaient de plus en plus pour un trou noir. Kosh, quant à lui, ne savait quoi penser.

— Ils y sont.

L'Excelsior, comme tous les vaisseaux de la flotte disposés en retrait de la zone maintenant sous contrôle des tridents, se mit en mode de combat. Les canons sortirent de leurs logements. La double carapace blindée se déploya autour de sa structure. Les moteurs s'allumèrent sans donner de poussée. Les leurres étaient nettement visibles à quelques encablures.

Les grosses baudruches imitaient des vaisseaux de classe 4 et 5. Rien ne permettait de se rendre compte que l'espace non protégé venait de les engloutir. Sinon que des points brillants se mirent à apparaître un peu partout autour d'eux.

— Ils ne perdent pas de temps, constata Venise.

— Quand serons-nous dans l'espace du ruban ? demanda Kosh.

— Trois minutes, répondit la conscience.

— Agrandissement, demanda-t-il.

Une partie de la verrière fut dédiée à l'un des leurres. Kosh compta les tridents que l'on apercevait maintenant distinctement. Il n'avait jamais vu une figure aussi complexe. Il commença à compter mais renonça rapidement.

— Combien de sommets ? demanda-t-il.

Le pilote mit un certain temps avant de répondre.

— Vingt, dit-il. Figure à vingt sommets.

— Vingt sommets ?! s'exclama Venise. Il faudrait tout un escadron pour l'éparpiller !

Le com résonna de la voix aiguë de l'Amiral Estrada, en charge d'annoncer l'assaut.

— Canonniers en position.

Les batteries d'artillerie disposées en quinconce autour de la portion d'espace dans laquelle se trouvaient les leurres se tournèrent vers leurs figures respectives.

— Je n'aime pas ça, murmura Kosh.

— Prêts à ouvrir le feu, continua Estrada.

Les tridents achevaient leur matérialisation. Il fallait attendre le moment où ils seraient complets. Ils deviendraient alors vulnérables pendant quatre à cinq secondes. Assez pour en abattre le plus grand nombre. Si tout se passait comme prévu.

— N'attends pas, ragea Kosh, les yeux fixés sur les tridents.

Au moment exact où Estrada disait « Feu », les figures se disloquèrent et les tridents partirent en vrille vers les canonniers par groupes de trois, six ou neuf appareils. L'artillerie, prise de court, obéit tout de même à l'ordre. Les cinquante leurres furent pulvérisés sous un tir nourri alors que les tridents tombaient sur les canonniers et les faisaient voler en éclats les uns après les autres.

— Promotions 61, 62, 63 en action ! ordonna Estrada dans le com.

Trois grappes de spinmakers sortirent du ventre des Exe 3, 4 et 5. Ils foncèrent vers les tridents qui abattaient les derniers canonniers. L'artillerie n'était plus qu'un brûlot éparpillé à travers l'Espace. Les spins atteindraient la ligne de front dans une minute. L'espace non protégé recouvrirait la flotte dans deux minutes environ. Il n'y aurait plus alors ni retrait ni échappatoire possible. Venise scrutait les scans, les sourcils froncés.

— Qu'est-ce qu'ils font ? s'inquiéta-t-elle.

— L'espace non protégé sera sur nous dans une minute trente secondes, annonça le pilote.

Les tridents fonçaient à la rencontre des spinmakers.

— Je les vois ! cria Venise. (Elle manipula la bande courte pour trouver la fréquence utilisée par la guilde.) Oscar, appela-t-elle. Tu m'entends ?

Kosh contemplait les spinmakers qui arrivaient au niveau des tridents. Les deux camps se mêlèrent et la ligne de front se ponctua d'une multitude d'impacts. Kosh crut voir plus de spins que d'appareils des Sans-voix exploser.

— Noble Dame, nous arrivons ! claironna Oscar.

— Vous remorquez bien l'amas ? demanda Venise, parant au plus pressé.

— Une partie seulement.

— Tracte immédiatement les chasseurs qui se trouvent sur les rochers, ordonna-t-elle.

Oscar ne répondit pas tout de suite.

— Trente secondes avant l'espace non protégé, annonça le pilote.

— Il veut qu'on lui répète ou quoi ? grogna Kosh.

— Tracter les chasseurs à bord de nos cargos ? réagit enfin Oscar. Mais ils ne vont pas aimer !

— Pour l'amour du ciel, obéis. Que les remorqueurs lancent l'amas droit sur nous, et qu'ils se préparent à dégager sur notre ordre.

— Lancer l'amas sur vous ? essaya Oscar, pris de court par les événements.

— Exécution ! hurla Kosh à la place de Venise.

— Nous y sommes, indiqua la conscience avec son calme habituel.

L'espace non protégé les recouvrit. Trois tridents commencèrent à apparaître dans le champ de vision de la verrière.

— Les salauds, ils sont déjà là, grogna Kosh. On décroche.

Il appuya sur le volant, poussa les moteurs et manœuvra pour sortir de la figure. Les tridents translucides le suivirent. Un coup d'œil lui suffit pour se rendre compte que le même scénario se répétait autour de chaque classe 3 de l'Amirauté. L'Excalibur devait être aussi dans le même cas.

— Promotions 64 à 66, les anciens en action ! ordonna Estrada.

Tout alla très vite. Les cargos crachèrent les dernières flottilles de spinmakers qui fondirent sur les tridents en cours de matérialisation. La mêlée précédente rejoignait la portion d'espace dans laquelle se trouvait la flotte. Chaque vaisseau pris pour cible par les tridents qui apparaissaient un peu partout essayait d'échapper aux figures, dans les limites de sa vélocité. Les alarmes anticollisions se mirent à hurler dans l'habitacle de l'Excelsior. La verrière était traversée par tridents et spins qui se poursuivaient dans tous les sens.

Deux classe 3 tombaient l'un vers l'autre, leurs champs de force apparemment à plat. Ils se percutèrent et s'enflammèrent comme des torches aussitôt éteintes par le vide. Leurs carcasses s'éparpillèrent en une multitude de fragments autour des combattants. Le champ de bataille ressemblait déjà à un gigantesque désastre. Les contretemps étaient inutilisables dans une telle proximité. Les tridents redoutablement habiles en espace profond abattaient les spins avec une facilité déconcertante.

Seuls les débris avaient raison d'eux. La quasi-incapacité du trident à éviter un obstacle lorsque celui-ci se présentait sur sa route se confirmait, une fois de plus. À croire que le Sans-voix ne voyait qu'une partie de l'Espace lorsqu'il pilotait, juste le centre de sa cible lorsqu'il combattait.

C'était bien sur ce handicap que Kosh comptait pour retourner la situation à leur avantage. Le champ de vision des Sans-voix était aussi réduit que celui de l'Amiral lorsqu'il se déplaçait dans son scaphandre à contretemps sur Acqua Alta. Le bestiaire des faiseurs de chimères le lui avait appris. Et les tridents ne les aidaient apparemment pas à surmonter cette faiblesse. Une cible leur échappait rarement en espace profond, mais en espace profond uniquement.

— Qu'est-ce qu'ils foutent ? lança-t-il à Venise en évitant de justesse un moteur en morceaux qui fonçait sur eux en tournoyant.

Cinq des tridents matérialisés qui ne le lâchaient pas furent fauchés par l'épave. Kosh appliqua la même technique en frôlant d'autres débris pour se débarrasser du reste de la figure avant que les Sans-voix n'ouvrent le feu. Sa stratégie s'avéra payante. Les pilotes des classe 3 l'appliquaient eux aussi, à une tout autre échelle. Leurs flancs s'ornaient de sphères lumineuses là où les tridents étaient percutés par des débris et de traînées de lumière là où les autres faisaient feu. Le nez de l'Exe 5 explosa alors qu'il rentrait dans leur champ de vision.

— Incapable, grogna Kosh à l'intention de Keane.

Les vaisseaux de secours quittaient les flancs de l'Exe pour se joindre à la mêlée. Une faille le déchira tout à coup dans le sens de la longueur. Le classe 3 se sépara en deux parties. L'une d'elles traversa le champ de bataille en roulant sur une pente invisible. Les spinmakers évitèrent la carcasse tourbillonnante avec agilité. Les tridents, aveugles, explosaient par dizaines sous le rouleau compresseur.

— Nous n'allons pas détruire toute la flotte pour nous débarrasser d'eux ? lança Kosh.

Il estima qu'il y avait maintenant autant de spins que de tridents dans cette portion d'espace. Il évita de justesse un chassé-croisé entre deux tridents et quatre spins. Les appareils Sans-voix firent volte-face avec une dextérité époustouflante et abattirent leurs poursuivants avant de se lancer dans un autre coin de l'Espace.

— Oscar nous a écoutés, dit Venise. L'amas arrive.

Kosh consulta le scan et retourna l'Excelsior. L'espace profond n'était plus noir mais bleu. Les remorqueurs tiraient l'enceinte Havilands derrière eux. Il y en avait une bonne centaine répartis tout autour de l'amas.

— Ici la dame d'honneur, appela Venise sur la bande courte. J'appelle le remorqueur de tête.

Il y eut un grésillement puis le remorqueur répondit :

— Nous vous écoutons, Noble Dame.

L'amas qui se rapprochait ressemblait maintenant à un œuf bleu clair constellé de pépites brunes.

— Rompez vos amarres et détruisez l'enceinte Havilands, ordonna Venise.

— Bien, madame, répondit le remorqueur de tête sans marquer une seule seconde d'hésitation.

Deux secondes plus tard, les filins tendus entre les remorqueurs et les stations disposées en réseau autour de l'enceinte de plein espace furent largués aux vents stellaires. Les remorqueurs prirent de la distance, se préparant à détruire l'enceinte. L'amas mangeait la moitié de l'Espace. Rien ne semblait pouvoir l'arrêter.

— On devrait peut-être prévenir les frondeurs ? s'interrogea l'Amiral.

— Ce serait leur gâcher une partie du plaisir, jugea Venise. Ne t'inquiète pas pour eux.

— Bon.

Les remorqueurs étaient en position. Celui de tête demanda confirmation de l'ordre précédent. Venise confirma. Une multitude de faisceaux lumineux partirent vers l'amas. L'enceinte de plein espace explosa le temps d'un flash. Le bleu vira tout à coup au noir lorsque l'atmosphère se dispersa dans les ténèbres. Les rochers encore soumis à l'inertie mais dégagés de toute contrainte tombèrent les uns vers les autres en continuant leur course vers la flotte.

— Prenez garde, annonça Kosh sur la bande courte. L'amas approche.

Les classe 3 encore intacts poussèrent leurs moteurs pour se dégager de la trajectoire. Les pilotes de spinmakers appliquèrent la tactique prévue par l'Amiral. Ils concentrèrent les tridents sur la route de l'amas, soit en les poursuivant soit en les appâtant.

— Il sera sur nous dans trente secondes, indiqua la conscience.

— Combien de temps pour atteindre le ruban une fois que nous serons à couvert ? demanda Kosh.

Les estimations de la veille étaient caduques. Le ruban avait accéléré sa course vers Primavère depuis hier.

— D'après la vélocité de l'amas, quinze à seize minutes, estima la conscience.

Ils devraient tenir un quart d'heure. Les meilleurs pilotes avaient tenu plus d'une heure en simulation. Venise contemplait les astéroïdes qui ressemblaient à des montagnes arrachées à la pesanteur et tournant sur elles-mêmes, aussi légères que des plumes. Elle sentit son ventre se nouer.

— D'où t'est venue cette idée ? demanda-t-elle en se raclant la gorge.

On voyait maintenant la silhouette des frondeurs qui approchaient, nichés dans les cratères.

— Une discussion que j'ai eue avec Santa Lucia quand je partais affronter mon premier dragon, répondit-il sans quitter la verrière des yeux.

Les classe 3 étaient à l'abri, la mêlée rassemblée sur la trajectoire de l'amas.

— Accroche-toi, dit Kosh en faisant plonger l'Excelsior sous le premier rocher qui fonçait sur eux.

Venise s'accrocha, en effet. La démence s'empara de cette portion d'espace.

Deux astéroïdes passèrent sur les côtés, suivis par un troisième, noir et aiguisé comme un éclat d'obsidienne. Kosh l'évita et adopta un mouvement en vrille qui le fit tourner autour du rocher. Un trident désemparé passa juste devant la verrière et s'écrasa à la surface de l'astéroïde. Kosh se dégagea au moment où une pluie de pierres tombait sur eux. Le rocher se brisa en plusieurs morceaux. Un de ses fragments partit en virevoltant vers un groupe de tridents qui essayaient d'échapper au piège. Il y eut une batterie d'explosions lorsqu'il les percuta sans dévier sa course.

Les spinmakers, épaulés par les frondeurs, poursuivaient les appareils ennemis. Ils appliquaient la tactique des fonctionnels avec succès. Les tridents acculés étaient poussés par les rabatteurs entre les rochers qui se refermaient sur eux comme des presses. Des courses-poursuites se déroulaient à la surface des astéroïdes les plus gros. Certains faisaient la taille de continents. Les tridents tombaient sous un feu nourri lorsqu'ils parvenaient à franchir les gorges étroites dans lesquelles leurs poursuivants les acculaient. Les autres étaient invariablement rattrapés par un obstacle ou les spinmakers qui avaient désormais l'avantage du nombre.

Certains Sans-voix essayèrent de se translater pour échapper à l'amas. Mais ils étaient pour cela obligés de s'immobiliser quelques secondes, alors que tout, dans l'amas, était mouvement. Kosh vit l'un d'eux se faire faucher par un petit astéroïde qui l'envoya vers un plus gros. Le trident disparut au fond d'un cratère qu'il illumina un bref instant.

L'Amiral se sentait revenu trente ans en arrière, lorsqu'il était aux commandes de son scaphe, dans l'Enclave de la Concession 55, et qu'il jouait à cache-cache avec les pirates qui les harcelaient alors. Il ne compta pas le nombre d'appareils ennemis qui explosèrent devant ses yeux. Les tridents se faisaient de plus en plus rares. L'amas se rapprochait du ruban qui grossissait derrière le rideau d'astéroïdes.

— Nous ne pourrons pas compter sur notre lance-pierres pour abîmer leur nid douillet, constata Kosh en voyant que l'amas passerait au-dessus de la construction des Sans-voix.

Le dernier trident qui essayait de le suivre explosa contre une aiguille de pierre que l'Amiral venait d'éviter de justesse.

— Il est temps de décrocher, annonça-t-il. (Il se pencha sur le com.) Excelsior à Lucie du 66. M'entendez-vous ?

Il y eut un silence de quelques secondes. Kosh sentit son cœur se serrer.

— Ils n'ont pas pu l'avoir, dit-il à Venise, soudain très pâle.

— Ici Santa Lucia ! claironna la jeune fille. Bonjour, Amiral. Comment allez-vous ?

— Rejoignez-nous, soupira-t-il. Nous quittons l'amas.

— Je m'occupe de ce petit galopin...

Elle poussa un grognement. Il y eut un bruit d'explosion reconstitué par la conscience pilote de son spin.

— Voilà. J'arrive.

Kosh fit glisser l'Excelsior jusqu'à la lisière de l'amas et en sortit. Le spinmaker de Santa Lucia le rejoignit aussitôt. Les deux vaisseaux s'arrimèrent, écoutille contre écoutille. Quelques instants plus tard, la jeune fille retrouvait Kosh et Venise, le casque à la main, en s'ébouriffant les cheveux. Elle sauta au cou de la dame d'honneur et la serra contre elle. Elle fit de même avec l'Amiral qui grogna mais se laissa faire.

— Mince ! s'exclama-t-elle. C'était fantastique !

Elle se retourna vers Bingulbargue toujours sanglé à son siège. Il était livide et avait du mal à respirer.

— Ça va, mon vieux ?

— Impeccable, prononça-t-il avec difficulté.

Le vieux soldat jeta un regard ironique au courtisan avant de se pencher sur le com.

— Excelsior à promotion 66, appela-t-il. Quittez l'amas et descendez sur le ruban. Mettez-vous en position selon les tronçons qui vous ont été affectés. Déployez-vous si des vides doivent être comblés.

Une quarantaine de spins quittèrent l'amas et descendirent vers le ruban. Santa Lucia pensa à Gonzo et à Contarini. Elle les avait perdus de vue depuis un bout de temps déjà. Elle s'approcha de la verrière comme une somnambule et s'empara de l'artefact posé dans son écrin. Elle le fit jouer entre ses mains en observant le ruban, maintenant net et proche à en être terrible.

La structure tubulaire était translucide, sa surface lisse et brillante. Elle semblait recouverte d'une sorte de carapace opalescente, laissant voir les mouvements qui la parcouraient à l'intérieur. Des fluides noirs étaient charriés le long de ramifications qui se dilataient et se contractaient d'une manière sporadique. Cette chose ressemblait à un ver de terre sans queue ni tête, énorme et imbibé de sang.

— Quelle est sa taille ? demanda Venise.

— Trente mètres de haut. Longueur indéfinie, estima la conscience.

Le ruban fit un mouvement brusque. Kosh immobilisa l'Excelsior à distance respectueuse. Les spins étaient en position, prêts à faire feu. L'Amiral hésitait à donner l'ordre. Il pensait à la masse noire, à ce que cette chose cachait. Il avait un mauvais pressentiment. Santa Lucia continuait à jouer avec l'artefact.

— Qu'est-ce qu'on attend ? demanda-t-elle avec impatience. Les tridents peuvent revenir.

— Ouvrez le feu, dit l'Amiral en ayant l'impression de faire le mauvais choix.

Un véritable tir de barrage tomba sur le ruban qui explosa tronçon par tronçon. Sa réaction fut instantanée. Il fut violemment tiré en arrière et disparut de leur portion d'espace. Les fluides qui le sillonnaient s'éparpillèrent en sphères huileuses, engluant les vaisseaux qui ne s'étaient pas dégagés à temps. On ne voyait plus que le vide et d'innombrables morceaux de cartilage éparpillés dans l'Espace.

— Ce truc était vivant, constata Santa Lucia.

Venise et Kosh se turent mais ils partageaient le point de vue de la jeune fille. Le ruban avait *réagi*.

— Il se passe quelque chose, murmura Venise.

Elle ne sut pas quoi exactement, dans un premier temps. Puis elle découvrit la source de son malaise : les étoiles s'éteignaient les unes après les autres.

— Les scans s'affolent, indiqua Santa Lucia.

Les écrans saturaient complètement. Quelque chose approchait et c'était plus gros que tous les classe 3 réunis. La portion de ruban qui avait disparu surgit tout à coup devant la verrière et traversa l'Espace comme un fouet, emportant trois spinmakers sur son passage. Le remous jeta l'Excelsior sur le côté. Santa Lucia perdit l'équilibre et tomba en arrière. Kosh lutta contre les turbulences et parvint à reprendre son vaisseau en main. Venise contemplait la verrière, bouche bée.

Il suivit son regard.

La créature de ténèbres sortait peu à peu de l'ombre dans laquelle elle veillait depuis plus de six centuries. Un Sans-voix dont le rostre aurait pu se refermer sur n'importe quel cargo de l'Archipelago Flota étirait lentement ses nageoires pectorales dans l'Espace. Son flagelle, coupé net par les spinmakers, était hérissé d'épines, chacune aussi haute que le môle de Sérénisse.

— Le ruban... murmura Kosh en comprenant qu'il s'agissait en fait d'un gigantesque flagelle.

Sa conscience chuchota dans son esprit, lui rappelant la phrase qu'il avait lue dans le bestiaire : « Le Sans-voix est enfanté dans l'espace profond et jamais il ne quitte sa mère qui le protège contre la destruction. » Il voyait maintenant ce que les faiseurs de chimères avaient voulu dire.

— Par le Grand Attracteur, murmura Venise, fascinée par l'apparition.

— Nous avons un problème, reconnut l'Amiral.

Le Sans-voix fit claquer ses nageoires. Kosh entendit le bruit qu'elles firent, même s'il savait que cela était parfaitement impossible. Son flagelle amputé se tendit et le monstre s'élança vers eux.

Les spins abandonnèrent leurs positions et partirent dans différentes directions. L'Excelsior fit volte-face et se dirigea vers la flotte que l'on voyait à droite de Primavère. La vision arrière occupa une partie de la verrière. Le Sans-voix les poursuivait en battant le vide. L'éclat de Véga le rendait plus réel que jamais. Kosh se dit qu'on devait le voir à l'œil nu depuis Primavère.

Santa Lucia tâtait son front. Elle était un peu sonnée. Elle retira sa main rouge de sang.

— Mince, dit-elle.

Elle cherchait l'artefact qu'elle avait laissé tomber. Elle le vit dans un coin de la passerelle et partit à quatre pattes pour le récupérer.

— Il va nous rattraper, dit Venise.

Kosh décrocha pour se planter dans l'axe de Véga. Le monstre continua sa route sans se soucier de l'Excelsior.

— Cette chose atteindra la flotte dans trois minutes si elle continue à cette vitesse, se permit de préciser la conscience pilote.

Santa Lucia attrapa l'artefact et le ramena vers elle. Ses doigts laissèrent quelques traces de sang sur la monture. La lumière blanche qui habitait la gemme se mit à briller violemment, puis à passer par tous les stades du spectre. La jeune fille observait la transformation sans réagir. L'arme ultime lui parla alors.

Kosh remit l'Excelsior dans l'axe du Sans-voix. Il ne pouvait passer en infraluminique aussi près de Primavère mais il poussa les moteurs au maximum utile pour atteindre la chimère.

— Qu'est-ce que tu fais ? demanda Venise.

— Je vais leur donner un coup de main.

Le soldat se rendit alors compte qu'une vive lumière illuminait l'arrière de la passerelle. Il ne se retourna pas, mais cria par-dessus son épaule :

— S'il y a un incendie, éteignez-le ! Je ne peux pas tout faire ici !

Venise, elle, se retourna.

— Bonjour, princesse, dit l'artefact, vous avez besoin de mon aide ?

Santa Lucia balbutia, tétanisée, l'arme ultime entre les mains. Bingulbargue s'agitait sur son siège.

— Il parle ! cria-t-il. Il parle !

— Quoi ?! rugit Kosh en se retournant lui aussi.

Il découvrit la scène : Santa Lucia environnée par une multitude d'arcs-en-ciel, l'artefact plus lumineux que Véga. La jeune fille le regarda en ayant l'air de vouloir s'excuser.

— Avez-vous besoin de mon aide, princesse ? répéta l'artefact.

— Si nous avons besoin... réagit Kosh en sautant de son siège.

— Je ne réponds qu'à la princesse, déclara l'artefact avec une voix d'enfant gâté.

Kosh remarqua alors le sang sur le front et les mains de Santa Lucia, sur l'arme ultime. Ce truc devait cacher un identificateur Adan qui s'était activé quand elle l'avait attrapé. Ils auraient pu y penser plus tôt.

— Nous avons besoin de ton aide, lui dit la jeune fille.

— Je suis à votre disposition, répondit l'artefact.

Et il se tut.

L'Excelsior se rapprochait du flagelle qui barattait l'Espace devant eux. La conscience pilote, voyant que plus personne ne s'occupait de navigation, calma elle-même son régime et se décala du sillage de la chose pour éviter les remous. Kosh, Venise et Santa Lucia étaient penchés sur l'objet. Le concierge n'avait pas bougé de son siège.

— Comment... comment fonctionnes-tu ? essaya Santa Lucia.

— Mon utilisation est expliquée dans la documentation qui m'accompagne, répondit l'artefact d'une voix tranquille.

— Quoi ?! s'exclama l'Amiral.

C'en était trop. Il faillit s'emparer de l'arme ultime et la jeter contre la passerelle.

— Calmons-nous, tempéra Venise. Elle fonctionne. Mais nous ne savons pas comment.

— Nous sommes bien avancés, s'emporta l'Amiral.

Kosh jeta un coup d'œil à la verrière. Le Sans-voix approchait des premiers rangs de la flotte. Les cargos essayaient de s'échapper, trop lentement. Quelques spins se lançaient bravement à la tête du monstre. Le classe 1 Excalibur manœuvrait pour se mettre face au Sans-voix. Kosh revint à l'artefact. La solution était forcément entre leurs mains, sous leurs yeux... Une brusque intuition lui fit interroger sa conscience.

« Oui, monsieur ? » demanda-t-elle avant qu'il se manifeste.

« Tu as gardé la mémoire de notre périple ? »

« Bien sûr. »

« Qu'est-ce qui pourrait nous apprendre à utiliser l'artefact dans tout ce que nous avons fait ou vu ? »

La conscience se tut quelques secondes. L'Amiral savait qu'elle faisait le tour des situations rencontrées depuis que Kosh avait dégusté le blanc rubis offert par Méandre.

« Ma rencontre avec le juge arbitre a été cruciale, avançat-elle. Il y a autre chose. Votre dernière pensée avant que le trident disparaisse. Elle me semble importante. Mais je n'arrive pas à mettre le doigt dessus, si vous me permettez l'expression. »

« Avant que le trident disparaisse ? » se dit Kosh. Si sa conscience ne s'en souvenait pas... Il fit un effort de concentration. Il avait vu les vies de Venise et de Santa Lucia défiler devant ses yeux, puis la sienne. Enfin, la sensation de boucler un périple, de revenir...

« ... là où tout a commencé ! s'exclama la conscience. C'est ça ! Nous le tenons ! »

« Nous tenons quoi ? »

Jamais Kosh n'avait senti sa conscience aussi excitée. Santa Lucia, Venise et Bingulbargue étaient toujours penchés sur l'artefact, essayant de le faire parler.

« Où avez-vous commencé cette histoire, Amiral ? »

Kosh pensa à la Concession 55, à l'amphithéâtre de l'Académie.

« Non », entendit-il à chaque proposition.

« Nous n'avons pas de temps à perdre ! » ragea-t-il.

« Faites un petit effort. »

Il avait l'impression que la conscience jouait avec lui comme l'artefact jouait avec eux. Ce n'était pourtant pas le moment.

Il pensa alors à la casina de Méandre et comprit qu'il venait de trouver. Tout avait vraiment commencé là-bas. C'était au rez-de-chaussée de la casina que la princesse était apparue, sur cette mosaïque qui représentait la Lyre. Une réduction de leur monde qui ressemblait tellement à un jeu...

« Le juge a utilisé un mot étrange pour désigner l'artefact, à un moment, ajouta la conscience. Le joker. »

Kosh pensa immédiatement à l'encoche creusée dans la mosaïque. De la taille de l'artefact.

Il sauta sur son siège, reprit les commandes de l'Excelsior en main et ordonna :

— Tout le monde à sa place. Lucie aussi.

Il quitta la trajectoire du monstre et mit l'Excelsior dans la direction de Primavère. Le combat faisait rage au milieu de l'armada. L'Excalibur avait été chassé sur le côté par le remous qui précédait le monstre. Un cargo touché par le flagelle venait d'exploser. Les autres s'enfuyaient vers l'espace profond. Des impacts s'allumaient sur les nageoires pectorales du Sans-voix, là où les spins parvenaient à l'atteindre.

Kosh poussa les moteurs à fond pour rejoindre la planète dynastique, tout en expliquant à haute voix ce qu'il avait découvert et ce qu'il comptait faire.

— Dans le palais d'airain ? siffla Venise. Si nous avions su.

La masse verte et bleue de Primavère occultait le centre de la verrière. La conscience pilote annonça :

— La chose nous suit à nouveau.

— Cette saleté a compris que nous avions compris, râla Kosh en contemplant la mosaïque d'écrans qui s'allumaient sur les côtés de la verrière.

Le Sans-voix arrivait par la droite pour leur barrer la route. Il était plus rapide et il parviendrait sans difficulté à les intercepter. Kosh cherchait un moyen de le contrer. Passer en infraluminique maintenant revenait à signer leur arrêt de mort.

— Laissez-moi faire, dit Santa Lucia en se penchant sur le com. Excelsior à promotion 66. Gonzo, Contarini, vous êtes là, vieux frères ?!

— Nous y sommes, beauté ! répondit Contarini. Gonzo me suit comme une poule mouillée depuis tout à l'heure.

Santa Lucia éclata de rire, soulagée de retrouver ses amis.

— Vous nous voyez ?

— On vous voit, Excelsior.

— Nous devons atteindre Primavère et cette saleté essaie de nous coincer. Rassemblez la promo 66 et minez l'espace profond sur autant de lignes que vous pourrez entre lui et nous.

— Contretemps ? demanda Contarini.

— Contretemps, confirma Santa Lucia.

Le Sans-voix grossissait à vue d'œil, sur le côté droit de l'Excelsior.

— Vous savez que cette manœuvre n'a jamais été tentée ? dit Kosh à la jeune fille.

— Alors, mettons que c'est une bonne occasion pour l'inaugurer.

La promotion 66 apparut, disposée en trois groupes de quinze spins chacun. Les appareils fendirent l'Espace entre le Sans-voix et l'Excelsior en laissant derrière eux une succession de petits points brillants, trois lignes en pointillé vers lesquelles le monstre se précipitait.

— Il sera sur nous avant que nous n'atteignions Primavère, prévint le pilote, un peu en retard.

— Qu'est-ce qu'ils font ? demanda Venise.

— Tu vas comprendre, dit Kosh.

Le Sans-voix toucha la première ligne de bombes à contretemps qui se transforma en un mur de fleurs bleues éblouissantes. La silhouette du monstre disparut pour réapparaître dans l'espace profond, comme si on l'avait tirée en arrière. Il flotta sans réagir puis battit à nouveau des nageoires pour parcourir le chemin qu'il avait déjà parcouru.

— Nous atteindrons Primavère dans deux minutes, indiqua le pilote.

Le Sans-voix avait l'air plus furieux que jamais. Il força la deuxième ligne qui explosa et le fit reculer un peu moins loin que la première. Assez pour permettre à l'Excelsior de gagner encore du terrain.

— Les contretemps le renvoient dans le passé ? Bravo, ma fille, dit Venise à Santa Lucia. L'Amiral Kosh peut être fier de vous.

— Primavère dans trente secondes.

Le Sans-voix revenait à l'assaut. Il se jeta sur la troisième ligne qui le propulsa à nouveau en arrière au moment où l'Excelsior touchait les couches supérieures de Primavère dans un bruit d'explosion sourde. Kosh laissa la main au pilote pour assurer la manœuvre. Il se tourna vers Bingulbargue alors que le blindage de l'Excelsior et le spin de Santa Lucia, toujours arrimé, étaient chauffés à blanc par les forces de frottement.

— Nous sommes obligés de traverser les Havilands pour atteindre le palais d'airain ? lui demanda-t-il.

— Oui, répondit le concierge. Mais dans ce sens-là, sans

code, nous ne passerons jamais. Nous serons abattus avant d'arriver sous le dôme.

L'Excelsior traversait les couches de nuages comme un obus, en piqué. Primavère apparut enfin, le dôme en plein milieu.

— La chose rentre dans l'atmosphère, indiqua le pilote.

L'Excelsior glissa jusqu'à la base des Havilands et trouva directement le corridor étroit qui permettait d'atteindre le palais d'airain. Il s'engagea dans le tunnel en allumant ses phares. Les conduites se mirent à défiler autour de lui. À peine avait-il franchi le seuil que la conscience chargée de la sécurité des Havilands demanda son code d'accès à l'Excelsior. Le pilote donna celui qui lui avait servi une fois déjà.

— Votre code est périmé, répondit le cerbère. Arrêtez vos moteurs ou je serai forcé de vous abattre.

L'Excelsior les poussa, contre toute attente. La conscience des Havilands n'attendit pas cinq secondes pour ouvrir le feu sur le vaisseau de l'Amiral. Un tir triangulé le jeta contre la paroi. Il ricocha trois fois avant de s'écraser. Le spinmaker de Santa Lucia s'arracha à l'Excalibur juste à temps. Le cerbère prit le petit vaisseau pour un fragment de l'intrus qu'il venait de détruire.

À l'intérieur du spin conçu pour accueillir deux personnes maximum, Venise, Kosh et Bingulbargue étaient entassés les uns sur les autres. Santa Lucia, aux commandes, officiait de main de maître.

— J'ai votre oreille dans la narine gauche, essaya le concierge en s'adressant à l'Amiral.

— Taisez-vous et arrêtez de gesticuler comme ça, ordonna Kosh. Vous allez nous faire chavirer.

Il regardait fixement le bout du tunnel, un peu inquiet. Le cerbère s'était rendu compte de son erreur et il essayait d'intercepter le spinmaker. Santa Lucia évitait les tirs avec dextérité. Elle pilotait d'une manière erratique pour échapper aux faisceaux laser. Si elle accélérait encore, elle ne parviendrait pas à maintenir le spin assez stable pour l'empêcher de se fracasser contre les parois. L'embouchure du tunnel était maintenant toute proche.

— Nous y sommes, grinça-t-elle, les dents serrées.

Un grillage énergétique était en train de se former un peu plus loin. Santa Lucia poussa les moteurs au maximum de leur puissance. Le spin partit vers le haut. Son aileron dorsal accrocha la paroi au moment où ils sortaient du tunnel. Le grillage se ferma juste derrière eux. Les moteurs explosèrent. Ils partirent en vol plané. Le bloc de quartzite qui supportait le palais d'airain se rapprocha d'eux à grande vitesse. Kosh pouvait voir le toit de la casina. Il tendit le bras dans la direction, éborgnant le concierge au passage.

— Je sais, grogna Santa Lucia en essayant de diriger son appareil qu'elle sentait se déliter derrière eux.

La forêt se mit à défiler sous le spin. La jeune fille le fit descendre, doucement, en jouant des aérofreins. Le parterre apparut. Elle choisit la dernière terrasse comme plate-forme d'atterrissage et prévint :

— Accrochez-vous, ça va secouer.

Le parterre passa dans un souffle. Le nez du spin percuta la balustrade de la dernière terrasse et se mit à glisser à sa surface dans un nuage de poussière. La casina passa sur leur gauche. Ils glissaient toujours. La lisière de la forêt se rapprochait. Santa Lucia ferma les yeux au moment de l'impact. Le spin s'empêtra dans les premiers Cyprès Folicus et s'arrêta sans se disloquer dans la nasse végétale.

La jeune fille mit deux secondes avant de rouvrir les yeux. Elle se dégagea de son siège, sauta à l'extérieur. Kosh puis Venise puis Bingulbargue se laissèrent tomber sur la terrasse.

À peine étaient-ils réunis que le dôme résonna comme un gong sous un choc immense.

— Qu'est-ce que c'est ? demanda Venise en contemplant le ciel.

Ils suivirent son regard. Une brèche s'ouvrit au centre du ciel synthétique. Elle s'agrandit sous l'action du rostre qui la creusait. Le Sans-voix ouvrait le dôme des Havilands comme si c'était un fruit. Les yeux du concierge se dilatèrent de terreur.

— La dépressurisation ! hurla-t-il.

Il remonta dans le spinmaker avec une agilité étonnante. Kosh sentit une brise légère lui soulever une mèche de cheveux. Venise s'accrocha à son bras. Santa Lucia partit en courant vers la casina, l'artefact dans la main.

L'appel d'air les emporta alors que la jeune fille se trouvait à mi-chemin de la résidence du dynaste. L'Amiral et la dame d'honneur furent violemment jetés contre la coque du spin. La gueule du Sans-voix élargissait la brèche. Les Cyprès Folicus qui entouraient la casina furent arrachés à la terrasse et s'élancèrent vers le dôme comme des lances.

Santa Lucia s'était accroupie pour donner moins de prise

au vent. Mais elle ne pouvait plus avancer. Kosh étreignait Venise pour l'empêcher de s'envoler. Le vent rugissait à ses oreilles. Il voyait, derrière un voile de larmes, Santa Lucia sur le point d'être emportée, de lâcher prise. Elle n'atteindrait jamais la casina.

Le petit bâtiment trembla, se détacha de son soubassement et se décala sur son axe. La casina parcourut un mètre vers Santa Lucia.

La jeune fille avait vu ce qui venait de se passer. Kosh et Venise aussi.

Les statues de la façade explosèrent sous la pression. Les tuiles s'envolèrent vers le ciel. La casina se décala d'un quart de tour encore, glissa vers la jeune fille, s'arrêta, reprit sa course. Santa Lucia était face au perron. Elle sauta à l'intérieur au moment où la casina arrivait sur elle. La mosaïque était toujours entière, avec l'encoche au milieu. L'escalier s'effondra, ainsi qu'une partie du premier étage. Une colonne tomba juste devant la jeune fille qui rampait vers la Lyre, le bras tendu, la main fermée sur l'artefact.

Elle implora le Grand Attracteur et inséra le joker dans l'encoche façonnée par les juges.

La casina se jeta contre la lisière et arrêta sa course folle. Quelques branches transpercèrent les parois. Santa Lucia attendit, recroquevillée, les mains sur la tête. L'ouragan avait cessé d'un coup. Elle leva lentement la tête et regarda autour d'elle. Les baies du bâtiment étaient bouchées par la forêt dans laquelle il était enfoncé. Kosh arrivait, suivi de Venise, poussant les branches en ahanant. Il parvint enfin à l'intérieur et courut jusqu'à Santa Lucia pour s'assurer qu'elle allait bien.

— Nous avons réussi ? demanda la jeune fille qui n'y croyait pas encore.

— Nous avons réussi, confirma l'Amiral.

Le Sans-voix avait disparu, comme par enchantement. L'artefact s'était éteint. La poussière le recouvrait déjà.

Santa Lucia sourit à Kosh et à Venise. La jeune fille était splendide, transfigurée. « Une vraie princesse », se dit l'Amiral en lui tendant la main pour l'aider à se relever.

— Si quelqu'un est contre cette union, qu'il se manifeste maintenant ! tonna Méandre d'une voix puissante.

Il se tenait sous un dais, en haut du perron qui menait à la nouvelle casina construite sur la terrasse. Bubba Kosh en tenue d'Amiral et Venise splendide dans une robe en poudre de lune se tenaient debout en face de lui. Oscar dansait d'un pied sur l'autre à côté de Venise. Santa Lucia jouait le témoin pour l'Amiral. Elle était resplendissante. La plupart des regards convergeaient vers elle et non vers Méandre. Le parterre était occupé par une petite foule de courtisans triés sur le volet, de représentants de l'Archipelago Flota, de fonctionnels et de gens de la ville haute.

Le dôme avait été démantelé. Le ciel naturel faisait tomber sur le palais d'airain une lumière dorée. Il faisait bon. La Lyre était sauvée. C'était un jour parfait.

— Bon. Par les pouvoirs qui sont les miens, je vous déclare unis par les liens du mariage. Embrassez-vous. Et que l'harmonie de la Lyre vous accompagne.

Le dynaste ne put s'empêcher de dire cela comme s'il s'agissait d'un ordre. Kosh et Venise s'embrassèrent. Une ovation formidable fut poussée par la foule. Les pilotes de la promotion 66 ayant survécu à la bataille formèrent une double haie du perron de la casina jusqu'au parterre. Les jeunes mariés, suivis de leurs témoins, la descendirent main dans la main jusqu'à la statue de Palandon VI devant laquelle un buffet fantastique avait été dressé. Santa Lucia quitta le cortège au niveau de Contarini. Ils se glissèrent dans la foule et disparurent en riant.

Un orphéon chanta les airs nuptiaux, donnant le signal de la fête. Les invités oublièrent la pompe qui présidait à la cérémonie. Certains se mirent à danser. Mais la plupart se bousculèrent pour avoir un verre de blanc rubis et le lever à la santé de ceux qui avaient sauvé la Lyre. Kosh répondait aux salutations avec un sourire de circonstance. Il n'avait qu'une envie, se retrouver seul avec Venise, de préférence loin de la Lyre. Depuis que la menace du ruban était écartée, il sautait de réception en cérémonie officielle. Et il aurait aimé qu'on l'oublie un peu.

— Tu penses qu'on va pouvoir s'esquiver discrètement ? glissa-t-il à l'oreille de Venise.

— Ça me paraît difficile. Ah, voilà notre protecteur.

Méandre, suivi par Bingulbargue, fendait la foule devant lui pour atteindre l'Amiral et la dame d'honneur.

— Mes amis ! Quelle journée ! L'Archipelago et Primavère enfin réunis ! (Kosh n'avait même pas songé au rapprochement politique que leur mariage impliquait.) Même les chasseurs ont répondu présents. Vous le saviez ? Ils ne vont pas tarder à arriver. (Il s'intercala entre Kosh et Venise, leur prenant chacun un bras, et leur chuchota :) J'aimerais vous montrer quelque chose. Ça va sûrement vous plaire.

Il les emmena jusqu'à la casina reconstruite sur le modèle de celle qui avait été en partie détruite par la dépressurisation du dôme. Le bâtiment avait été reconstruit à l'identique. Les courtisans n'osèrent les suivre à l'intérieur. Il lâcha ses invités et se mit à déambuler de long en large devant eux. Kosh regarda le pavement.

La représentation de la Lyre avait disparu. À la place, une mosaïque héroïque montrait une succession de scènes dans lesquelles Méandre avait le beau rôle. On voyait en tout petit l'Amiral chargeant le dragon. Quant au dynaste, il étranglait les Sans-voix à mains nues, mordait des flagelles à pleines dents, détruisait les reîtres par centaines. Venise n'était même pas représentée.

— Vous aimez ? demanda le dynaste.

— Splendide, parvint à répondre l'Amiral. Un exemple pour les générations futures.

— C'était bien mon propos. (Méandre hésita, ce qui ne lui ressemblait guère.) Vous savez que la Lyre, à nouveau réunie, répare ses plaies. Je n'ai pas d'héritier et Primavère aura besoin d'un dynaste fort pour assurer l'après-Ruban.

— Vous avez toute la vie devant vous, essaya Kosh.

— Taisez-vous, Amiral. Je veux simplement vous dire que j'ai décidé de prendre cette jeune fille, Santa Lucia, sous ma protection, et d'en faire mon héritière. Elle n'a pas de parents... naturels, d'après ce que je sais. Et ce, même si cette histoire de princesse reste pour elle une vue de l'esprit. Le fait est qu'elle nous a sauvés et que l'avenir de la Lyre ne pourra se faire sans elle.

— Cette décision vous honore, Majesté, dit Kosh, sincèrement étonné du choix de Méandre.

— Je compte l'emmener dans mon prochain voyage diplomatique. Aucun dynaste n'a dépassé les frontières de la Lyre depuis Palandon Ier, et il est temps que les contacts soient renoués. Je pense commencer par Hercule. Nous nous arrêterons chez les Havilands. Nous risquons d'avoir besoin de leur savoir-faire pour réparer les dégâts.

Kosh pensa à la digue de Sérénisse, à l'enceinte de plein espace, au dôme de Primavère. Leurs trois plus gros ouvrages d'art présents dans la Lyre avaient été détruits dans cette histoire.

— Je pensais... vous allez partir en lune de miel. Mais vous pourriez peut-être prendre place à bord de l'Excalibur et nous accompagner ?

— Non, coupa Venise.

Kosh se dit que la dame d'honneur était devenue folle. C'était déjà assez étonnant que le dynaste demande quelque chose au lieu de l'imposer.

— Nous avons déjà choisi notre destination. Et nous partirons, comme le veut la coutume, dès que vous nous aurez libérés.

— Oh ! (Le dynaste montra les paumes en signe d'apaisement.) Je comprends, bien sûr. Je vous demanderai juste, Amiral, de ne pas vous absenter trop longtemps. Je compte sur vous pour remettre de l'ordre dans ce barnum.

Le vieux soldat hocha la tête poliment. Ils sortirent de la casina et se noyèrent dans la foule des convives.

— Tu n'étais pas d'accord pour aller chez les Havilands ? lui demanda l'Amiral dès qu'ils furent un peu seuls. C'est bien ce dont nous étions convenus, passer notre lune de miel là-bas ?

— Oui, Bubba, mais pas en grande compagnie. Je te veux pour moi toute seule avant que tes responsabilités ne t'éloignent de moi à nouveau.

— Je ne vois pas ce qui pourrait nous éloigner l'un de l'autre, dit-il en la serrant tendrement dans ses bras.

— Les juges, murmura-t-elle. Nous avons éliminé leurs créatures. Mais ils sont capables de recommencer.

— Nous ne savons pas qui ils sont ni où ils sont.

— Tu rêves de le découvrir et de leur donner une petite leçon à ta manière.

Kosh pouvait difficilement mentir à Venise.

— En effet, avoua-t-il.

— Alors, allons-nous-en.

Ils descendirent le parterre en suivant la cascade d'Escher et prirent le chemin buissonnier qui menait au cercle des sorcières. Au centre de la clairière attendaient le Bucentaure et Oscar qui réservait à l'Amiral une petite surprise. Kosh poussa une exclamation de stupeur en reconnaissant la bête. Le ch'val sembla le reconnaître lui aussi, même si cela était génétiquement impossible.

— Un cadeau de la part de l'Archipelago Flota, Amiral, lui dit le chef de guilde. Nous avons pu récupérer un peu de son Adan sur l'amas de Boëcklin.

Kosh flattait l'encolure de la chimère.

— Merci, dit-il. (Il se tourna vers Venise.) Il pourra monter dans le Bucentaure ?

— Non, recommença-t-elle. Il ne pourra pas monter. Il restera avec Oscar. Je te veux pour moi toute seule.

— Bon, bon, calma le soldat. (Il rendit la bride à Oscar.) Occupe-t'en bien.

Venise le tirait par la manche à l'intérieur de son vaisseau. Kosh l'arrêta.

— Attends.

— Quoi encore ?

— Quelqu'un m'appelle.

Il mit un certain temps avant de comprendre qu'il s'agissait de sa conscience.

« Monsieur ? »

« Oui, conscience. »

« Tout d'abord, mes félicitations. »

« Merci, conscience. Ma femme est un peu pressée », s'excusa l'Amiral.

« Je me demandais... Vous n'avez plus réellement besoin de moi. Vous vous souvenez de cette histoire de Territoire des consciences autonomes ? »

— Alors ? s'impatienta Venise.

« Prends ta liberté, conscience, je te la redonne. Mais comment... »

Kosh sentit un immense soulagement.

« Ne vous inquiétez pas. J'avais juste besoin de votre accord. Vous savez, nous les consciences obéissons à nos maîtres avant tout. Merci et bon voyage. »

« Bon voyage », répondit Kosh.

Mais sa voix résonna dans le vide.

Comment sa conscience avait-elle pu déjà le quitter ? Comment allait-elle rejoindre la nébuleuse de la princesse endormie ? Dire qu'il avait porté ce mystère en lui pendant toute son aventure...

La dame d'honneur le tira à l'intérieur du Bucentaure et

referma la passerelle derrière lui. Santa Lucia s'était cachée derrière un hurleur avec Contarini. Ils regardèrent le vaisseau de la dame d'honneur s'élever au-dessus de la clairière et déplier le ruban de timbales qu'ils avaient accrochées à son aileron dorsal. Le Bucentaure se mit à la verticale et grimpa à l'assaut du ciel pour disparaître quelques secondes plus tard, poursuivi par sa guirlande en métal blanc.

— Tu es sûre que ce n'était pas dangereux d'accrocher ce truc à son vaisseau ? demanda Contarini, un peu inquiet.

— J'en suis sûre. (Elle se retourna et prit la pose de Méandre.) Maintenant, embrasse-moi.

Le dynaste lui-même aurait donné cet ordre, le cadet ne se serait pas mieux exécuté.

Le ruban a disparu, les Sans-voix ont été éliminés, les frères ennemis se sont réconciliés. La Lyre va retrouver son ancienne splendeur.

On ne peut imaginer fin plus heureuse.

Je me promène dans les circonvolutions de mon palais d'hydrogène. Je n'ai pas de corps mais je sais que j'existe. Je n'ai pas de nom mais je sais qui je suis. Devenir la première citoyenne du Territoire souverain de la communauté des consciences libres m'a apporté quelques éléments de réponse aux questions que se posait l'Amiral Kosh juste avant que je le quitte.

Notamment celle-ci : que sommes-nous ?

Je ne sais pas comment cela a pu arriver. Je ne pourrai même pas vous expliquer comment nous pouvons exister. Mais je pense... (Quelle étrange sensation !) Je suis sûre que le juge dans son palais de Livadia m'a menti sur au moins un point qui devait le déranger.

Il n'y avait pas de quatrième canope de la princesse, certes. Mais elle a bien été séparée en quatre parties. Pourquoi aurions-nous ressenti ce besoin de revendiquer la nébuleuse, sinon parce que nous en avions été chassées à un moment de notre existence ? Ça ne peut être autrement.

Nous, consciences, sommes toutes ensemble et chacune de nous est partie de la princesse endormie. Pourquoi nous sommes-nous offertes aux gens de la Lyre ? De quelle manière avons-nous pu les servir ? Ne me demandez pas comment cela peut être. L'espace profond et l'alchimie qui s'y joue garderont leur mystère. Mais cela est, incontestablement.

Le juge arbitre m'a menti sur un point, mais il avait raison sur un autre : il ne se trouvait en effet qu'au début des choses. Quant au déroulement, c'est une autre histoire.

Il est difficile de trancher sur le sens du mot destin. Je pense qu'il y a des possibilités vers lesquelles tendent ceux qui les expérimentent selon leur libre arbitre. Le chemin tracé par Kosh, Venise et Santa Lucia pour avoir finalement raison des Sans-voix fut, en ce sens, exemplaire. À croire que quelqu'un a écrit leur périple et que tout ceci est trop beau pour avoir vraiment existé.

Même si nous, consciences, les avons un peu aidés avec nos faibles moyens, en conseillant l'un ou l'autre, en traçant quelques pistes, en poussant à l'erreur ou en aidant au génie.

Une information importante que le juge ne possédait pas :

Quelle que soit la part qui nous revient dans le renouveau de la Lyre, l'histoire s'est jouée en grande partie bien avant qu'elle ne débute, lorsque j'ai prélevé la séquence Adan de Venise dans le médoc du Bouldeur sur la Concession 55. L'associer à celle de Kosh, vingt ans plus tard, dans les incubateurs de l'orphelinat du prince dynaste, fut, je le reconnais sans modestie, une brillante idée.

Je ne dis pas que nous avons tout fait. Le mérite revient à Kosh, à Santa Lucia et à Venise, évidemment.

Quelle belle équipe ils ont formée ! Et comme j'ai hâte de les voir à nouveau réunis ! Les choses auront alors changé, sûrement. Nous aurons gagné en puissance. Peut-être aurons-nous trouvé le moyen de nous incarner durablement, qui sait ? Nous verrons bien.

Somme toute, cette histoire ne m'aura laissé qu'un seul regret que j'aimerais vous confier avant d'explorer les ruines invisibles de mon palais d'antan.

Bubba Kosh aurait-il fait preuve de son légendaire sang-froid en apprenant que les yeux de Santa Lucia, qui ressemblent tellement à ceux de Venise, et son tempérament tête brûlée, qui lui rappelait ses jeunes années de cadet sur la Concession 55, n'avaient rien de fortuit ?

Je crève de le savoir. Si je suis incarnée et que l'occasion se présente, je parierai avec mes amis fonctionnels qu'il aura une réaction humaine en apprenant que Lucie est sa fille. Car Kosh est avant tout un homme.

Remarquez, c'est moi qui le dis.

Ses yeux ont toujours tellement donné l'impression de juger.